»LA GAJA SCIENZA«

VOLUME 1504

ASSASSINIO A CENTRAL PARK

Romanzo di

JAMES PATTERSON
e MARSHALL KARP

Traduzione di
FEDERICA MERATI

LONGANESI

www.longanesi.it

ISBN 978-88-304-6219-9

Titolo originale
NYPD RED 2

Realizzazione editoriale:
Studio editoriale Littera, Rescaldina (MI)

ASSASSINIO A CENTRAL PARK

All'altro mio coautore, mio nipote Zach.
Continua a scrivere, ragazzo. – MK

PROLOGO

GIDEON E DAVE

1

31 ottobre 2001

«Eri serio quando parlavi di Hitler?» chiese Dave, cospargendo di liquido infiammabile i jeans e il maglione di Meredith.

«Vacci piano con quella roba, piromane!» esclamò Gideon. «Dobbiamo solo dare fuoco ai suoi vestiti, mica bruciare la casa.»

«Ho cercato di fermarla» disse Dave, gettando il reggiseno e le mutandine in cima al mucchio con la disinvoltura di un adolescente che si sbarazza della biancheria intima della sorella maggiore. Per lui erano soltanto stracci da bruciare. Ma per Gideon quel reggiseno di pizzo nero e il sottile perizoma abbinato erano carburante per le sue fantasie di sedicenne.

Meredith aveva ventun anni e andava al college: capelli rossi, occhi verdi, pelle bianca come porcellana. Per quanto la riguardava, Gideon era solo un altro degli amici nerd di suo fratello minore. Non aveva idea di quanto lontano lo avesse spinto la sua immaginazione.

Dave aggiunse qualche altra generosa spruzzata di accelerante al mucchio di vestiti. «L'hai visto anche tu» disse all'amico, in cerca di rassicurazioni. «Ho cercato di fermarla!»

«Tenti sempre di impedire a tua sorella di fare cose stupide» ribatté Gideon. «Ma lei ha cinque anni più di te ed è cinquanta volte più testarda. Sta' indietro.»

Dave si allontanò dal vecchio barbecue Weber tutto arrugginito.

«E comunque sì, ero serissimo quando parlavo di Hitler» proseguì Gideon, accendendo un fiammifero e gettandolo sul maglione a brandelli di Meredith. Mentre le fiamme blu-arancio si sprigionavano nell'aria, si concesse di rivivere ciò che era accaduto quella sera...

Era la serata della festa di Halloween organizzata dai Salvi sulla spiaggia e Dave ce la mise tutta per convincere Meredith a non andarci. «Cos'è che ti ispira tanto?» le chiese. «Le vongole, i cannoli, o la semplice idea di uscire con un gruppo di mangiaspaghetti ubriachi?»

«No, David» rispose lei, che lo chiamava sempre per nome quando faceva la voce grossa. «Ci vado perché c'è una band da urlo e fuochi d'artificio come se fosse il Capodanno cinese e perché ho il cervello fritto dopo essere rimasta incollata per quattro ore a un libro di macroeconomia. Perché non venite anche tu e Gideon?»

«A una festa di mafiosi?» ribatté Dave. «No. Sai quanto papà odiava i Salvi.»

«Tutti li odiano, ma ci vanno lo stesso. E che importa se sono mafiosi? La birra è gratis e stai sicuro che non ti controlleranno la carta d'identità.» Meredith aprì la porta d'ingresso. «A che ora stacca la mamma dal lavoro?»

«Il bar sarà pieno stasera. Non tornerà a casa prima delle tre.»

«Bene, allora rientrerò per le due e cinquantanove.» Soffiò un bacio a entrambi i ragazzi e se ne andò ridendo.

Due ore dopo era di ritorno con i jeans e il maglione strappati, la faccia sporca di sangue rappreso e i capelli impiastrati di sabbia bagnata.

«Enzo» disse, trattenendo a stento le lacrime. «Enzo Salvi.»

«Ti ha picchiata?» domandò Dave.

Lei lo abbracciò e singhiozzò contro il suo petto. «Peggio.»

«Non fare la doccia» intervenne Gideon. «La polizia ha il kit stupro.»

«Niente polizia» replicò lei, staccandosi dal fratello. Chiuse la porta del bagno e passò i successivi trenta minuti sotto il getto dell'acqua, cercando di lavare via lo sporco, l'odore e la vergogna.

Poi li raggiunse in cucina con indosso una felpa grigia e un berretto da baseball dei Mets che le nascondeva metà del viso.

«Ti abbiamo preparato la cioccolata calda» disse Dave.

«Vuoi dei marshmallow?» chiese Gideon, che teneva in mano un sacchetto di mini Jet-Puffed.

«Non è proprio una serata da marshmallow» ribatté Meredith, versando metà della cioccolata nel lavandino. Prese una bottiglia di whiskey irlandese Jameson dal mobile della cucina e rabboccò la tazza. «Sono seria. Niente poliziotti» ribadì. «E di certo non puoi dirlo alla mamma.»

Dave scosse la testa. «Non credi che la mamma dovrebbe...»

«No!» urlò lei. «No, no, no!» Quando le lacrime ripresero a rigarle le guance, si asciugò il viso con la manica. «Ha detto che se glielo dico...» Cercò la forza nella cioccolata. «Ha detto che se glielo dico... lei sarà la prossima.»

Dopo altri due bicchieri di whiskey, Meredith era pronta per andare a letto. «Grazie, non so cosa avrei fatto senza di voi.» Abbracciò entrambi i ragazzi e diede a ciascuno un tenero bacio sulla guancia. Un bacio da fratello minore. Non quello che Gideon sognava da anni.

«Un ultimo favore» disse, gettando i suoi vestiti sul pavimento. «Bruciateli!»

I jeans elasticizzati ardevano lentamente. «Vorrei che ci fossero le palle di Enzo Salvi lì dentro» sbottò Dave, finendo la sua terza birra mentre le fiamme risalivano il cavallo dei pantaloni.

Per più di un anno, Hitler era stato l'argomento preferito di

Gideon. «Pensi che Hitler fosse un bravo ragazzo, quando frequentava il liceo?» chiedeva all'amico. «No, era malvagio, un pazzo furioso» diceva senza aspettare la risposta. «E peggiorava giorno dopo giorno. Non credi che il mondo sarebbe stato un posto migliore, se qualcuno lo avesse fatto fuori quando era ancora giovane? Perché Howard Beach sarebbe di sicuro un posto migliore, se qualcuno uccidesse Enzo Salvi.»

La risposta di Dave era sempre la stessa. «Sei matto.» Ma quella sera, mentre guardava i vestiti di sua sorella trasformarsi in cenere, quell'idea non gli sembrava più così folle.

«È colpa mia» farfugliò. «Sono in ritardo di tre rate.»

«Stronzate» replicò Gideon. «Nessuno stupra la sorella di qualcuno per sessanta dollari. Enzo Salvi è uno psicopatico.»

Dave stappò un'altra bottiglia di Bud Light e finalmente si decise a porre la domanda che Gideon si aspettava di sentire.

«Come potremmo farlo?»

2

L'indomani, nel pomeriggio, Gideon andò in fumetteria e vendette la sua collezione di *Spawn* a un prezzo vergognosamente basso. « Grazie » gli disse Dave, sapendo di non avere altro modo di procurarsi i soldi per pagare Enzo.

« Uccidere quello stronzo è costoso » ribatté Gideon. « Ma ne vale la pena. »

Per le tre settimane successive, i ragazzi pensarono e ripensarono all'omicidio, guardando episodi di *CSI* e noleggiando tutti i film che riuscirono a trovare con Jet Li, Jackie Chan e Jean-Claude Van Damme. Fecero jogging sulla spiaggia, sollevarono pesi e cercarono di aumentare la massa muscolare con Mega Mass 4000 di Joe Weider.

« Enzo prende steroidi dal primo anno di università » precisò Dave, mentre lui e l'amico trangugiavano uno dei tre frullati proteici quotidiani.

« Questo vuol dire che le sue palle si stanno raggrinzendo » replicò Gideon.

« No, significa che potremmo andare avanti a bere questa merda al cioccolato per sempre, tanto lui avrebbe comunque il doppio dei muscoli di noi due messi insieme. »

Gideon alzò il bicchiere per brindare. « Ma chi se ne frega! Avremo comunque palle più grandi. »

Il piano non sembrò davvero reale finché non scelsero un'arma. Buttarono giù un elenco di possibilità riportando accanto a ciascuna i pro e i contro. La pistola aveva il maggior numero di vantaggi, perché assicurava la buona riuscita del lavoro, ma anche il maggior numero di svantaggi, perché era difficile da reperire e facile da rintracciare. Alla fine, optarono per l'arma più antica del mondo e più semplice da recuperare. Una mazza.

«Funzionava per gli uomini delle caverne» commentò Dave.

Presero la metropolitana fino al Royale Sporting Goods di Brooklyn e pagarono sessantadue dollari per una mazza Brett Bros. Stealth nera da circa ottanta centimetri. Poi andarono all'AutoZone per comprare una scatola di guanti in lattice Diamond Grip.

Quindi, aspettarono il momento giusto.

Doveva essere un venerdì sera. Gran parte dei ragazzi della John Adams High pagava Enzo in contanti, ma Gideon lavorava nel magazzino del Tonello's Liquor Store ed era costretto a rubare una bottiglia di vodka alla settimana. E così, ogni venerdì, dopo il lavoro, si recava sulle dune di fronte alla casa dei Salvi su 165th Avenue per consegnare l'alcol a Enzo.

Scelsero il giorno dopo il Ringraziamento. Non c'era scuola e, se erano fortunati, Enzo si sarebbe presentato ubriaco.

In quel periodo dell'anno, le dune erano umide e fredde, ma Gideon era vestito di tutto punto: abbigliamento impermeabile Carhartt, berretto da sci, Timberland. Enzo, come al solito, non si presentò in orario. Cinque minuti di ritardo. Dieci. A quindici cominciarono le paranoie. *Lui lo sa. Non verrà. Mi lascerà congelare qui fuori e poi, quando finalmente mi arrenderò, mi ucciderà...*

«Dov'è quel frocio con la mia vodka?» gridò Enzo, avanzando nell'erba alta. Grazie allo spicchio di luna, Gideon riuscì a scorgere una figura con il collo, le braccia e il petto massicci, tipici di chi abusa di steroidi.

«Ehi» fece Gideon.

«Che diavolo ci fai infrattato tra queste dune?» chiese Enzo.

«Non sono qui per un pompino. Solo per un po' di alcol.»

Il ragazzo sollevò il litro di Absolut. «Ecco qui.»

Quello era il segnale e ciò che sarebbe successo dopo si ispirava a una scena del *Clan del Loto Bianco*. Dave, che era rimasto rannicchiato nell'erba bagnata, saltò alle spalle di Enzo e lo colpì forte con la mazza di legno di acero e frassino.

Ma la vita reale non si svolge come i film di kung fu, soprattutto quando la vittima ha la scaltrezza del figlio di un boss mafioso e l'aggressore, malgrado le innumerevoli prove, commette un errore proprio al momento decisivo.

Pur mirando alla nuca, Dave riuscì a colpire soltanto la spalla destra.

Enzo esplose. Con una mossa fulminea, si girò e diede un calcio al braccio dell'assalitore, facendo schizzare via la mazza. Una frazione di secondo più tardi, estrasse dalla tasca un coltello a serramanico Smith & Wesson Extreme Ops, fece scattare la lama e si avventò su Dave, spingendolo a terra.

«Bastardo irlandese senza palle. Ora ti strappo il cuore e lo ficco su per il culo di quella troia di tua sorella.» Si mise a cavalcioni su di lui e caricò il braccio, pronto ad affondargli la lama d'acciaio seghettata nel petto, ma Gideon lo colpì sulla testa con la bottiglia di vodka. Enzo Salvi lasciò andare il coltello e cadde a faccia in giù nella sabbia.

«Mi dispiace, scusa» farfugliò Dave, piangendo per la prima volta dal funerale di suo padre, avvenuto quando aveva dodici anni. «Ho rovinato tutto. Grazie, Gideon, grazie. Mi avrebbe ucciso. È morto? È morto?»

La risposta era chiara: Enzo si agitava sull'erba con il cervello e la coordinazione fuori uso, sbraitando parole senza senso e sputando sabbia e saliva.

Non era questo il piano.

«Cosa facciamo adesso? Eh, cosa facciamo?» chiese Dave.

«Prendilo dall'altro lato» gridò Gideon, strattonando con forza il braccio destro di Enzo.

«Che facciamo? Dove lo portiamo?»

«Sta' zitto e fa' come ti dico.»

Dave si aggrappò al braccio sinistro di Enzo, che urlò per il dolore mentre i due ragazzi lo trascinavano sulle dune fino alla riva.

Dopo essere entrato in mare fino alle cosce, Gideon gli spinse la testa sott'acqua. Enzo cominciò a dimenarsi.

«Prendigli le gambe! Non lasciarlo libero di scalciare» ordinò a Dave.

L'amico afferrò con fatica i piedi di Enzo.

«Tienili più in alto possibile. Così la testa affonderà ancora di più.»

Dave eseguì gli ordini e trenta secondi dopo il corpo di Enzo si afflosciò.

«Non possiamo rischiare, vieni qui» disse Gideon.

Dave mollò le gambe ed entrambi tennero la faccia del mafioso sott'acqua.

«Questo è per mia sorella, italiano del cazzo!» urlò il ragazzo, tirando un pugno sott'acqua e colpendo il cranio di Enzo. «Questo è per tutti i soldi che mi hai spillato, questo per tutti gli anni in cui mi hai picchiato, questo per quella volta che hai buttato i miei libri e tutta la mia roba nella baia, questo per...»

Continuò a inveire e a sbattere i pugni nell'acqua.

«Basta» disse infine Gideon.

«È morto?» domandò Dave, colpendo per l'ultima volta il volto sommerso e insanguinato della vittima.

«Da circa due minuti.»

«Abbiamo... ucciso... Hitler» sentenziò Dave ansimando, piangendo e ridendo al tempo stesso. «Abbiamo... ucciso... Hitler.»

I ragazzi trascinarono il corpo fradicio fino a riva e poi tornarono al piano originale. Gideon gli sfilò le catene d'oro dal collo, poi gli prese l'orologio e i soldi dal portafoglio. Dave gli sputò in faccia. «Andiamocene da qui» disse, pronto a scappare.

«Non così in fretta» ribatté l'altro. «Il registro delle riscossioni... ci sono dentro i nostri nomi.»

Enzo Salvi teneva registri dettagliati della sua fiorente carriera criminale in un posto assai improbabile: un diario con la copertina in pelle marocchina rosso scuro, bordato di filigrana oro e con una chiusura magnetica per proteggerne le pagine.

Gideon estrasse il registro dalla tasca della giacca di Enzo. Ci vollero altri dieci minuti per recuperare la mazza, il coltello e la bottiglia di Absolut, incredibilmente ancora intatta.

«Marcisca all'inferno!» esclamò Dave, sputando un'ultima volta sul corpo del mafioso.

Quando lasciarono le dune e imboccarono 165th Avenue, non c'era anima viva. Camminarono in silenzio in quella fredda notte di novembre, passando davanti al labirinto di case della classe media, mentre sorseggiavano vodka dall'arma del delitto.

3

Il funerale di un mafioso era il sogno di ogni fiorista.

Destino volle che i genitori di Gideon fossero i proprietari del locale negozio di fiori, nonché i beneficiari dell'ondata di manifestazioni di cordoglio di amici, parenti e soci d'affari della famiglia Salvi.

« È come se i miei si fossero ritrovati in tasca un biglietto vincente della lotteria » disse Gideon a Dave, « e non avessero idea che sono stato io a mettercelo. »

I ragazzi, insieme a Meredith, oltrepassarono con aria solenne la fila di trentadue macchine cariche di fiori e salirono le scale di St. Agnes. Davanti alla chiesa era parcheggiato un carro funebre bianco, mentre dietro, una carovana di limousine nere si estendeva per tre isolati. I furgoni dei media si accalcavano sull'altro lato della strada e una massa di fotografi esagitati premeva contro le barriere della polizia, sperando di realizzare uno scatto che potesse finire sulla prima pagina del *Daily News* del giorno successivo.

E poi i poliziotti. Poliziotti ovunque. Si partiva dagli agenti di quartiere, passando ai sergenti e risalendo la gerarchia fino al vicecapo. C'erano anche i federali a filmare ogni mossa, ogni dettaglio, ogni volto. Al diavolo il dolore e la privacy. Non c'è niente di meglio del funerale di un mafioso per riempire gli archivi del Bureau con preziosi filmati di « affiliati noti ».

Gideon, Dave e Meredith furono accompagnati a una panca e la ragazza si inginocchiò subito per pregare.

«Come puoi pregare per lui?» le sussurrò Gideon una volta che si fu seduta.

«Non l'ho fatto. Ho pregato per il perdono.»

«Per cosa?»

«Ho chiesto alla Santa Madre di punirlo e ora mi sento in colpa.»

Gideon avrebbe voluto dirle la verità. «Non prenderti tutto il merito. Erano in tanti a pregare per la sua morte.»

Alle undici tutti i posti a sedere della chiesa erano occupati. Quando una porta laterale si aprì, la folla si alzò in piedi. Padre Spinelli condusse la famiglia nella cappella. Prima Teresa, la madre di Enzo, che indossava un elegante e firmato abito nero in seta e una semplice croce d'oro al collo. Al posto del velo, un paio di grandi occhiali scuri le nascondeva il viso impassibile. Jojo, il figlio che le rimaneva, la scortò fino alla prima panca.

Meredith strinse la mano del fratello, sapendo cosa sarebbe successo di lì a poco. Il padre di Enzo, identico a lui a eccezione dei capelli argentati, Joe Salvi, entrò a braccetto con la madre ottantacinquenne, Annunziata, avvolta nelle gramaglie che portava da quando il marito era morto decenni prima. L'anziana gemette guardando la bara.

Il sacerdote esordì: «Da oltre ottant'anni, la famiglia Salvi ha fatto di Howard Beach la sua casa».

Non la sua casa, avrebbe voluto gridare Gideon. *Il suo territorio.*

«Ed è chiaro dalla dimostrazione di affetto di questa comunità...»

Sono qui solo perché hanno troppa paura per non presentarsi, o perché vogliono godersi il dolore della famiglia.

«... che la generosità di Joe e Teresa Salvi è leggenda. Cesti di cibo per i poveri il giorno del Ringraziamento, giocattoli per i bambini a Natale...»

Una cantina di vini ben fornita per la canonica...

«... e proprio il mese scorso, come da tradizione, la loro festa di Halloween sulla spiaggia, che quest'anno ha avuto un valore particolare perché è stata la prima volta che molti di voi sono tornati a sorridere dopo la caduta delle torri a settembre.»

Enzo si è divertito, Meredith no.

«So che il Dipartimento di polizia di New York sta lavorando sodo per assicurare alla giustizia la persona o le persone che hanno stroncato la vita di Enzo e...»

Senza preavviso, Annunziata Salvi si alzò dalla panca, si precipitò verso la bara e, gettandovisi sopra, gridò: «Niente polizia. La famiglia farà giustizia! La famiglia farà giustizia!»

Quell'atteggiamento faceva parte di un'antica teatralità funebre di campagna, perciò Joe Salvi lasciò che la madre si lagnasse finché non si afflosciò sulle ginocchia in preda ai singhiozzi. Alla fine, andò da lei, la aiutò a tornare al suo posto e si sistemò di fronte alla folla.

Milleduecento persone trattennero il fiato, quando il boss mafioso lanciò uno sguardo cupo e freddo ai presenti: un messaggio a tutti che, nonostante la perdita, la famiglia non era affatto più debole.

Gideon e Dave, con il cuore che batteva all'impazzata e le labbra sigillate, osarono sostenere quello sguardo. Sapevano cosa stava facendo Joe Salvi. Cercava *loro*. I suoi occhi suggerivano con chiarezza che avrebbe continuato la caccia finché fosse vissuto. *La famiglia farà giustizia*, aveva proclamato la matriarca.

La famiglia si sarebbe fatta giustizia da sola.

PRIMA PARTE

IL KILLER DELLA TUTA HAZMAT

1

I due senzatetto se ne stavano seduti sul selciato di fronte al memoriale della Grande guerra tra Fifth Avenue e 67th Street. Non appena si accorsero che mi dirigevo verso di loro, si alzarono in piedi.

«Zach Jordan, polizia di New York, squadra speciale Red» mi presentai.

«C'è una donna morta nel parco» disse uno.

«Sulla giostra» precisò il secondo.

Aveva i capelli scarmigliati, la barba incolta e sporca di terra e i vestiti logori che puzzavano di piscio stantio. Quando mi arrivò una forte zaffata, girai la testa.

«È così terribile?» chiese indietreggiando. «Non sento nemmeno più l'odore. Sono il detective Bell. Lui è il mio collega, il detective Casey. Lavoriamo all'Anticrimine. Una banda di ragazzini annoiati ha pestato a sangue dei senzatetto e noi facciamo da esca. Perdoni il fetore, ma dobbiamo puzzare tanto quanto suggerisce il nostro aspetto.»

«Missione compiuta» dissi. «Mi dia una descrizione della vittima.»

«Donna bianca, di mezz'età. Dato che è bardata con una di quelle tute di Tyvek, sembra essere una vittima del killer della tuta hazmat.»

Non era quello che volevo sentire. «Di chi si tratta?»

«Non possiamo avvicinarci. La giostra è chiusa a chiave e lei è dentro. Non l'avremmo mai trovata, se non avessimo sentito la musica. Non riuscivamo a capire perché suonasse alle sei e mezza del mattino.»

«Fate strada.»

La giostra si trovava nel cuore di Central Park, a un paio di chilometri da Fifth Avenue e, a meno che non fosse arrivato un custode con un golf cart, muoversi a piedi era il modo più veloce per raggiungerla.

«L'erba è piuttosto bagnata» constatò Bell, affermando l'ovvio. «Credevo che l'NYPD Red si scomodasse solo per le celebrità e i ricconi.»

«Una riccona è scomparsa venerdì sera e io e la mia compagna di squadra la stiamo cercando. Non appena avete chiamato per un presunto omicidio, mi hanno contattato. Lavoriamo al Diciannovesimo Distretto, quindi sono arrivato qui in pochi minuti. Ma se non si tratta della donna scomparsa, me ne vado e lascio il caso a un'altra squadra.»

«Io e Casey ci offriamo volontari» replicò Bell. «Ce la caviamo bene e, se forza la mano, potremmo anche trasferirci alla Red. È figo come dicono?»

Figo?

È figo giocare come interbase per i New York Yankees? Per un poliziotto, la squadra speciale Red è un lavoro da sogno.

New York ha otto milioni di abitanti. La missione del dipartimento è proteggere e servire ognuno di loro, ma alcuni ricevono una maggiore protezione e un servizio più vantaggioso degli altri. Può sembrare un comportamento antidemocratico, ma gestire una città è come gestire un'azienda: ti dedichi con più solerzia ai clienti migliori. Nel nostro caso, si tratta di gente che genera entrate e attira i turisti. In poche parole, i ricchi e i famosi. Se uno di loro è vittima di un crimine, riceve tutta la nostra attenzione. E credetemi, queste persone sono abituate a ricevere moltissima attenzione. Sono rockstar del mondo della finanza, della moda, dell'editoria e della musica.

Risposi alla domanda di Bell. «Tranne quando rovino un buon paio di scarpe camminando nell'erba bagnata, devo dire che è dannatamente figo.»

«Dov'è la sua compagna di squadra?» chiese Bell.

Non ne avevo idea. «Sta arrivando» mentii.

Mentre percorrevamo Center Drive, udii il fischio lontano di una calliope.

«È ancora più fastidioso quando ci si avvicina» osservò Bell.

Dovemmo fermarci a sei metri di distanza, quando ci bloccò la strada un cancello di ottone a fisarmonica alto tre metri. Al di là c'era una giostra d'epoca che ogni anno attirava centinaia di migliaia di genitori e bambini.

Mancavano ore all'apertura ufficiale del cancello, ma la giostra girava, i cavalli facevano su e giù e la musica suonava a tutto volume.

«Non si può entrare» disse Casey. «È chiuso a chiave.»

«E allora come ci è arrivata là dentro la vittima?» gli domandai io.

«Chiunque ce l'abbia messa ha rotto il lucchetto originale» spiegò il detective. «Poi l'ha sostituito con un altro a U per le biciclette della Kryptonite. È complicato da aprire.»

«A quanto pare, non volevano che qualcuno entrasse e rovinasse il loro quadretto.»

«Già, l'abbiamo pensato anche noi. In ogni caso, l'unità di emergenza sta mandando qualcuno a tagliarlo.»

«Non prima che i ragazzi della Scientifica lo spolverino per le impronte» precisai. «Dubito che troveremo qualcosa, ma non voglio che venga contaminato da un cowboy con una smerigliatrice angolare.»

«Detective Jordan...» Era Bell. «Da qui può vedere bene il corpo.»

Mi avvicinai al punto in cui si trovava e sbirciai attraverso un'apertura nel cancello.

« Eccola lì » disse Bell, come se mi potesse sfuggire una donna morta in una tuta di Tyvek bianca legata a un cavallo rosso, blu, verde e giallo.

« Accidenti! » esclamai mentre la vittima ci sfilò accanto.

« È la riccona scomparsa? » chiese Bell.

« Sì, si chiama Evelyn Parker-Steele. »

Mi rivolsero entrambi uno sguardo perplesso, come a dire che non l'avevano mai sentita nominare.

« Suo padre è Leonard Parker. Possiede circa un migliaio di sale cinematografiche in tutto il Paese. Suo fratello è Damon Parker. »

« Il tizio dei telegiornali? » chiese Casey.

« Stando alla biografia in mio possesso, è un giornalista radiotelevisivo di fama mondiale, ma certo, possiamo anche dire che sia il tizio dei telegiornali. Il marito della vittima è Jason Steele III, quello degli Steele Hotel e Casino. »

« Porca vacca » esclamarono Casey e Bell. « Siamo incappati nella first lady delle riccone. »

« Non solo. Lavorava in politica e veniva pagata fior di quattrini, al momento dirigeva la campagna di Muriel Sykes, candidata contro il nostro amato sindaco Spellman. »

« Ricca, famosa e con le conoscenze giuste » commentò Bell. « Non ci piove: un caso per la Red. Adesso credo sia meglio andarcene prima di far saltare la nostra copertura. Buona fortuna, detective. »

« Aspettate. La mia compagna di squadra è in ritardo e mi servirebbe il vostro aiuto per sondare la folla. »

D'istinto, Casey si voltò e diede un'occhiata al parco deserto.

« Non c'è ancora nessuno, ma presto arriveranno tutti » spiegai. « I media, i curiosi, le persone che hanno fretta di andare al lavoro ma trovano sempre il tempo di fermarsi a guardare la scena di un crimine e, se siamo fortunati, l'assassino. A volte, i killer tornano per vedere come reagiamo al loro lavoro. Vi dispiacerebbe darmi una mano?»

I due si scambiarono uno sguardo e sorrisero come bambini che hanno appena scoperto che la scuola è chiusa per neve.

«Se ci dispiace aiutare la Red su un omicidio di alto profilo?» chiese Bell. «Dice sul serio? Cosa vuole che facciamo?»

«Infilatevi dei vestiti puliti, liberatevi della puzza, poi state fuori e tenete occhi e orecchie ben aperti.»

«Tra dieci minuti saremo lindi e pinti» esclamò Bell. E se ne andarono.

La musica della calliope mi stava facendo impazzire. Così, mi allontanai dalla giostra quel tanto che bastava per riuscire a sentire i miei pensieri. Chiamai la mia compagna di squadra, Kylie MacDonald, e per la terza volta quella mattina partì subito la segreteria telefonica. «Dannazione, Kylie!» esclamai. «Sono le sei e quarantasette di lunedì mattina. Ho appena trascorso i primi diciassette minuti di una settimana pessima e, anche se non te l'ho detto spesso di questi tempi, non c'è nessun altro con cui preferirei passare una brutta settimana all'infuori di te.»

2

Finalmente ricevetti un messaggio da Kylie: *In ritardo. Arrivo appena posso.*

Quell'*appena posso* non fu abbastanza, visto che la mia compagna di squadra era ancora tra i dispersi quando Chuck Dryden mi informò di essere pronto per le sue osservazioni preliminari.

Lo chiamano Dryden il Burbero, perché non ama le chiacchiere, ma è l'agente della Scientifica più meticoloso, scrupoloso e analitico che io conosca; quindi, ero felice di averlo sul caso.

« La causa del decesso sembra essere l'asfissia. L'ora della morte si colloca tra l'una e le tre del mattino » spiegò, saltando i preamboli e snocciolando le sue conclusioni. « Ci sono prove evidenti che la bocca della vittima è stata sigillata con del nastro adesivo e i segni sui polsi indicano che è stata ammanettata o comunque trattenuta. »

« Che mi dici della tuta? »

Dryden mi scrutò da dietro gli occhiali senza montatura, un piccolo gesto di rimprovero per farmi intuire che stavo correndo troppo e lui non aveva ancora finito. Si schiarì la gola e continuò: « La bocca della vittima presenta delle lacerazioni. La lingua e il palato sono contusi, alcuni denti sono stati rotti o scheggiati di recente, ci sono tagli freschi sulle labbra e la mascella è lussata. Sembra che sia stata torturata per diversi giorni prima della morte. Probabilmente, è stata uccisa altrove e poi è stata trasportata qui». Fece una pausa. «Ora, hai qualche domanda da farmi, detective?»

«Sì. Mi piace il vestitino bianco che indossa la vittima. Chi è lo stilista?»

«Tuta di Tyvek» rispose lui senza sorridere. «Prodotta dalla DuPont.»

«Quindi abbiamo a che fare con il killer della tuta hazmat?»

Dryden alzò gli occhi al cielo. *Un altro gesto di rimprovero.* «Che nome orrendo per definire un assassino di questo calibro.»

«Non dare la colpa a me» ribattei. «È la stampa a chiamarlo così.»

«Un giornalismo del tutto privo di fantasia» replicò, scuotendo la testa. «Questa è la quarta vittima. Tutte rapite, tutte vestite allo stesso modo e tutte con questo strano e curioso schema di ferite sul corpo. Poche ore dopo il ritrovamento del cadavere, su Internet diventa virale un video in cui la vittima confessa un suo efferato crimine e la stampa newyorkese non riesce a inventarsi niente di meglio del 'killer della tuta hazmat'?»

Scrollai le spalle. «È una definizione piuttosto calzante.»

«Ma molto imprecisa. Tecnicamente, non è nemmeno una tuta hazmat. Sono due tute da cento dollari di Tyvek. La cosa più particolare è che nei tre casi precedenti i corpi sono stati lavati con ammoniaca, il che rende quasi impossibile elaborare il DNA dell'assassino. Inoltre, il Tyvek impedisce che altre prove rintracciabili finiscano sulla vittima. In laboratorio lo chiamiamo lo Sterilizzatore.»

Un sorrisetto soddisfatto gli illuminò il viso; ero quasi certo che fosse stato lui a inventare quel nome accattivante.

«Quindi hai lavorato ai primi tre casi?» domandai.

Dryden annuì. «I referenti principali sono i detective Donovan e Boyle del Quinto Distretto.»

«Il Quinto?» ripetei. «Chinatown?»

«La prima vittima era un gangster asiatico. Il secondo cadavere è stato ritrovato nel Quattordicesimo Distretto e il terzo, uno spacciatore, è stato scaricato a Harlem, ma visto che Donovan e Boyle si stavano occupando del numero uno sono rimasti sul caso. Tuttavia, immagino che la signora Parker-Steele con il suo sangue blu finirà direttamente in cima alla catena alimentare degli omicidi e sarà affidata alla Red.»

«Il suo sangue sarà anche blu, ma suo fratello è famoso, suo marito è un miliardario e pure suo padre, quindi il colore dominante qui è il verde. La signora Parker-Steele riceverà da morta lo stesso trattamento a cinque stelle a cui era abituata da viva.»

«Quindi, lavorerò con te e la tua compagna di squadra...» Si bloccò, cercando di ricordarne il nome.

Quante cazzate!

Il cervello di Chuck Dryden funzionava come un microchip di ultima generazione. Quando esaminava un corpo, elaborava ogni dettaglio. E quando il corpo si presentava con scintillanti occhi verdi, una fluente chioma bionda e il sorriso struggente di Kylie, veniva registrato per sempre nella sua banca dati di memoria altamente sviluppata. Sapeva il suo nome e, come la maggior parte degli uomini che incontrano Kylie, le aveva forse assegnato un ruolo da protagonista nelle sue fantasie. A me era successo undici anni prima, solo che nel mio caso noi due eravamo andati oltre la fase della semplice fantasia.

Ben oltre.

Ma ormai è la signora Spence Harrington, moglie di un noto produttore televisivo con una serie poliziesca di successo girata proprio a New York. Spence è una brava persona e andiamo d'accordo, ma mi rode il fatto che io debba passare quattordici ore al giorno a dare la caccia ai cattivi con Kylie, mentre lui fa il turno di notte.

«Si chiama Kylie MacDonald» risposi io, stando al gioco di Dryden.

«Giusto! Allora suppongo che finisca nelle sue mani. Cioè nelle vostre.»

Cosa dovrebbe finire nelle sue mani? A cosa stai pensando, Chuck?

«Sì, sono abbastanza sicuro che la detective MacDonald e io saremo incaricati di trovare questo maniaco.»

Sempre che la detective MacDonald si presenti al lavoro.

3

«Toglietela da lì» ordinò Dryden una volta che la sua squadra ebbe scattato qualche centinaio di foto di Evelyn Parker-Steele. Per quanto macabro fosse, immaginavo che le luci scintillanti e i cavalli dai colori vivaci avrebbero reso gli scatti della scena del crimine più festosi della norma.

Quando adagiarono il corpo su un telo vicino alla base della giostra, mi inginocchiai lì accanto per osservarlo da vicino.

«A quanto pare, hai trovato la tua persona scomparsa» commentò una voce familiare.

«Intendi lei o te?» ribattei, troppo arrabbiato per alzare lo sguardo.

Kylie non è brava a scusarsi, forse perché nella sua visione del mondo non sbaglia mai. «Ehi, sono arrivata appena ho potuto» rispose, soffermandosi su quell'*ho potuto* in modo che suonasse come un *mi dispiace*.

Ora non avrei più alzato lo sguardo. «Hai per caso ricevuto un messaggio che diceva che abbiamo un omicidio da risolvere?» chiesi, continuando a fissare il cadavere.

«Sì, credo che tu lo abbia lasciato circa ventisette volte.»

«Ma allora il tuo telefono funziona! Quindi il problema deve essere nel tuo dito che non compone i numeri.»

«Zach, oltre il nastro giallo ci sono un centinaio di ficcanaso che ci stanno guardando. Pensi davvero che sia questo il momento più opportuno per spiegarti il motivo del mio ritardo? Che ne dici, invece, di aggiornarmi su quello che mi sono persa?»

«Piccolo aggiornamento sul famoso messaggio 'abbiamo un omicidio da risolvere'. Ne abbiamo vinti altri tre.»

Kylie si inginocchiò accanto a me.

«Questa è Evelyn Parker-Steele. Evelyn, lei è la mia compagna di squadra, la ritardataria Kylie MacDonald.»

Mi voltai per cogliere la sua reazione. È quasi impossibile per Kylie non essere bellissima, ma quella mattina era un vero disastro. La malizia nei suoi occhi e il suo sorriso sexy e saccente erano spariti, sostituiti da palpebre gonfie, labbra serrate ed espressione corrucciata. La magia che di solito faceva girare la testa a chiunque era ammantata di cupezza.

Senza dubbio, qualunque fosse la ragione del suo ritardo, non era certo piacevole.

Mi sentii in colpa per essere stato così duro con lei. «Scusa se mi sono arrabbiato» dissi. Proprio così, ero io a scusarmi. «Stai bene?»

«Meglio di lei» rispose, esaminando i denti spezzati e la mascella lussata della vittima. «È terribile. Era viva quando gliel'hanno fatto. Parlavi sul serio, prima? Quattro omicidi? Dove sono gli altri tre cadaveri?»

«Morti e sepolti. Le precedenti vittime del killer della tuta hazmat.»

Poiché indossava già i guanti di lattice, toccò la tuta di Tyvek. «Chiunque può comprare una di queste tute anticontaminazione. Come facciamo a sapere che non si tratta di un emulatore?»

«Chuck Dryden ha lavorato sugli altri casi e sostiene che le prove la indicano come la sua quarta vittima.»

«Probabilmente ha ragione. Anche la giostra corrisponde allo schema. Quando il killer delle tute hazmat abbandona le sue vittime, gli piace scegliere un posto che faccia sensazione. Una sorta di contrappasso.»

«In questo caso, quale sarebbe la metafora? La vita della Parker-Steele era una giostra?»

Kylie scosse la testa. «Cavalli. Evelyn è cresciuta con quegli animali. Salto a ostacoli, dressage, tutte le stronzate da ricca amazzone. Lei e suo marito hanno un grande allevamento di cavalli nella contea di Westchester.»

«Quindi, forse l'assassino sta solo dicendo: 'Fanculo a te e al cavallo che hai montato'.»

«Andiamo a cercarlo e chiediamoglielo. Non c'è dubbio che questo sia un caso per noi. Se c'è qualcuno che corrisponde al profilo della Red, è proprio lei. Pensi che il comandante Cates ci chiederà di lavorare anche sugli altri tre?»

«Ti viene in mente un altro motivo per cui ha chiamato dicendo che il sindaco vuole vederci a Gracie Mansion?»

«Il sindaco ci ha fatto chiamare?» ripeté Kylie, sorridendo per la prima volta da quando era arrivata. «Quando lo incontreremo?»

Guardai l'orologio. «Avremmo dovuto incontrarlo venti minuti fa. Ma, ehi, capirà. Lui fa sempre aspettare la gente.»

«Accidenti... Perché non ci sei andato senza di me?»

«Cates è già lì. Se siamo entrambi in ritardo, possiamo dirle che siamo rimasti bloccati sulla scena del crimine e lei lascerà correre. Ma se mi presentassi da solo dicendo che la mia metà è dispersa, troverebbe una nuova squadra in un batter d'occhio.»

Kylie si prese qualche secondo per elaborare le informazioni e io riuscii a cogliere quella familiare espressione di apprezzamento nei suoi occhi. «Grazie» borbottò.

Conoscendola, quello era il massimo delle scuse che avrei potuto ottenere.

4

L'auto della polizia che Cates aveva mandato a prenderci era parcheggiata sulla pista ciclabile della Center Drive con i lampeggianti accesi.

« Oh cazzo! » esclamò Kylie, mentre attraversavamo il prato.

« Che c'è adesso? »

« Timmy Testadilegno. »

« Mi serve un altro indizio. »

« Il nostro passaggio. L'autista sta aspettando in macchina, com'è giusto che sia, ma il suo collega che è laggiù a chiacchierare con quelle tre donne è Tim McNaughton. »

« L'ho conosciuto » dissi. « È un figlio di puttana presuntuoso, ma lo eravamo anche noi, a quell'età. »

« Zach, direi che c'è una bella differenza tra essere sicuri di se stessi e fare gli stronzi provandoci con qualsiasi essere dotato di tette. Sappi solo che la sua foto è appesa alla bacheca del bagno delle donne con un mirino rosso disegnato sopra. In basso qualcuno ha scritto: 'Delicato come uno straccio imbevuto nel cloroformio'. »

« Sei sempre stata brava con le parole. »

« Grazie » rispose Kylie, mentre un accenno della sua solita malizia tornava a insinuarsi nel suo sguardo. « Qualcuno doveva avvertire le nuove arrivate. »

Non appena McNaughton ci vide, si voltò verso le donne con

cui stava parlando. Al momento giusto, le tre gridarono: «Vai, Red, vai!» E alzarono i pugni in aria.

«Vi meritate delle cheerleader» esclamò lui, orgoglioso del proprio lavoro.

«Non sulla scena di un omicidio» ribattei, sperando che non ci fossero telecamere pronte a immortalare il momento.

«Ops!» Si mise a ridere. «Errore mio.»

«Gracie Mansion» dissi. «Lampeggiante accesso, ma senza sirene.»

Il sedile posteriore di un'auto della polizia non è progettato per essere confortevole. È angusto, realizzato con una plastica dura per pulire facilmente i fluidi corporei e reclinato verso il basso in modo che gli occupanti non facciano leva, qualora cercassero di attaccare i buoni dall'altra parte della rete d'acciaio e del vetro antiproiettile.

L'autista mise in moto e si diresse verso ovest, fuori dal parco. McNaughton si girò e rivolse a Kylie il suo sorriso smagliante da conduttore di un quiz a premi. «È un po' stretto lì dietro, detective. Ha abbastanza spazio per quelle gambe?»

«Sono più a disagio di quanto lei possa immaginare.»

Lui rise come se avesse capito la battuta. «Come sta suo marito?»

«Mio marito? Di che diavolo sta parlando?» scattò Kylie.

«Ehi, senza offesa. Ho letto tutta la storia sul *Daily News*. Un pezzo grosso della televisione che produce polizieschi diventa vittima di un crimine.»

Il marito di Kylie era uno dei produttori televisivi più in vista della East Coast, il che lo aveva reso un bersaglio privilegiato per il pazzo che aveva quasi paralizzato il settore cinematografico di New York. Kylie e io avevamo fermato il maniaco, ma non prima che lui facesse finire Spence in ospedale.

«Allora, come sta il suo vecchio?» insisté McNaughton.

«Il mio vecchio?» ripeté Kylie. «Il mio vecchio sta che adesso lei si gira e chiude quella cazzo di bocca, ecco come sta.»

Timmy Testadilegno si rannicchiò sul sedile e nessuno fiatò finché non arrivammo all'incrocio tra 88th Street e East End Avenue.

Kylie scese dall'auto e si avviò verso la residenza del sindaco senza voltarsi. Io rimasi indietro e ringraziai l'autista per il passaggio.

McNaughton mi mise una mano sul braccio. « Che problema ha? Fa così con tutti? »

« No » replicai, togliendo la mano. « Solo con i pedofili e gli stronzi. Buona giornata. »

5

Gracie Mansion era stata costruita due secoli prima, ma solo dopo la Seconda guerra mondiale divenne la residenza di qualcuno abbastanza folle da voler diventare il sindaco di New York. L'attuale inquilino, Stan Spellman, desiderava con tutte le forze rinnovare il contratto di affitto per altri quattro anni, ma, stando ai sondaggi, nel giro di otto giorni sarebbe stato sostituito da Muriel Sykes.

Paragonata ad altri palazzi, era una residenza di basso profilo. Niente portici imponenti o colonne di marmo: una semplice casa a due piani, gialla e bianca, con cinque camere da letto e una vista migliore della media sull'East River.

Kylie era in cima ai gradini, furiosa. «Oggi per caso è la festa degli impiccioni? Perché tutti invadono la mia sfera privata?»

«Tutti?» ripetei, cercando di non gridare sul portico del sindaco. «A quel depravato piacerebbe un sacco invadere la tua sfera privata. Ecco perché ti chiede come sta tuo marito. Io, invece, voglio solo sapere perché stamattina sei sparita dai radar. Come diavolo ti permetti di mettere me e lui nella stessa categoria?»

«Perché state facendo domande diverse, che hanno la stessa dannata risposta. Stamattina Spence è caduto nella doccia e ha battuto la testa. L'ho portato al pronto soccorso. Ora sta bene, ma è arrabbiato perché non riesce ancora a stare in piedi dopo tre mesi dall'incidente del Camaleonte. Per questo ho fatto tardi. Sei contento adesso?»

Mi sentivo un idiota. «Mi dispiace» replicai, le mie seconde scuse in meno di venti minuti. «Perché non me l'hai detto?»

«Perché pensavo che la nostra priorità fosse trovare un assassino. Ora possiamo cambiare discorso?»

Kylie aprì la porta d'ingresso ed entrammo nell'atrio. Se io acquisto i mobili all'Ikea, il sindaco li prende dal XIX secolo. Ero già stato nella residenza e avevo imparato alcune cose. Indicai il pavimento, un'immensa distesa di rombi bianchi e neri che conduceva a una scala a chiocciola distante una decina di metri.

«Finto marmo» dissi, cercando di smorzare la tensione. «È legno dipinto.»

«Lo so, Zach. Ci sono già stata anch'io qui.»

A braccetto con Spence rimase sottinteso.

«Detective!»

Era il nostro capo. Mi bastò quella semplice esclamazione per capire il suo stato d'animo. Si precipitò giù dalle scale.

Il capitano Delia Cates è uno degli astri nascenti del dipartimento, nera fuori e blu dentro, una poliziotta di terza generazione. Sebbene tolleri a malapena gli aspetti politici del suo lavoro, se la gioca sempre bene. E quando finalmente una donna sfonda il tetto del cromosoma Y alla polizia di New York, si punta tutto su di lei. La sua reputazione è «sempre dura, a volte giusta». Dunque, mi preparai per una generosa dose di schiaffi verbali.

«Siete in ritardo» disse. «E il sindaco è uscito di testa!»

«Mi dispiace» replicai. «Seguivamo il principio secondo cui gli omicidi hanno la precedenza sulle crisi isteriche dei politici.»

«Credi che mi piaccia allontanare i miei investigatori migliori da un'importante scena del crimine? Questa non è la solita crisi di nervi. È il più grande casino politico in cui mi sia mai trovata. Qual è la storia del nostro VIV?»

Nel gergo della Red, VIV sta per «very important victim». La aggiornai con le poche informazioni a nostra disposizione, chiudendo il discorso con: «E Chuck Dryden è convinto che sia l'ultima vittima del killer della tuta hazmat».

«Probabilmente ha ragione» replicò Cates. «Qualcuno ha appena caricato online un video della Parker-Steele che confessa l'omicidio di Cynthia Pritchard. È il modus operandi del killer della tuta hazmat: rapisce, uccide e poi diventa virale per far sapere a tutti che la vittima non è poi così innocente come si crede.»

«Chi era Cynthia Pritchard?» domandai.

«Una coordinatrice di eventi che due anni fa ha lavorato con la Parker-Steele alla campagna per la rielezione del deputato Winchell. Un mese prima delle elezioni, ha fatto un volo di quattordici piani dal terrazzo dell'appartamento di Evelyn.»

«È caduta?»

«Così la nostra vittima aveva detto al procuratore distrettuale. Ma nel video cambia versione.»

«Non ho mai sentito parlare di questo caso.»

«Non ne hai mai sentito parlare perché Leonard Parker ha abbastanza avvocati per bloccare l'affondamento della *Queen Mary*» spiegò Cates. «Dall'autopsia era emerso che la Pritchard era ubriaca. Lo era anche Evelyn Parker-Steele: la polizia l'aveva trovata svenuta sul pavimento. Il medico legale ha stabilito che la Pritchard si era sporta troppo oltre la ringhiera ed era caduta. Ha dichiarato che si trattò di un incidente.»

«I medici legali commettono sempre degli errori. Il dipartimento non ha chiesto un'indagine supplementare?»

«Certo, ma gli avvocati l'hanno bloccata sul nascere. Hanno detto che le due donne erano colleghe, che andavano d'accordo e che mancava il movente. Hanno anche minacciato a gran voce che se una ingiustificata caccia alle streghe del dipartimento – parole loro – fosse arrivata alla stampa e avesse in qualche modo danneggiato la reputazione di Evelyn o di qualsiasi membro di una delle famiglie più importanti della città, ci sarebbero state delle ripercussioni.»

«Ripercussioni finanziarie» precisai.

«Esatto. Avrebbero fatto causa alla città e forse avrebbero anche vinto. Quindi, niente indagini, niente stampa, caso chiuso» disse Cates. «I soldi comprano l'anonimato, Zach, e molti soldi comprano il silenzio assoluto.»

«Solo che ora entra in azione un ignoto giustiziere che fa confessare l'omicidio alla Parker-Steele» intervenne Kylie.

«Proprio così. E Muriel Sykes sta già lanciando tweet per dire che sono solo una montagna di stronzate. Se torturi qualcuno abbastanza a lungo, ti dirà che Jimmy Hoffa è sepolto nella sua cantina. Sta urlando ai quattro venti che la Parker-Steele non è un'assassina, ma una vittima. E che questa città ha bisogno di un sindaco capace di rinchiudere i criminali, non di lasciarli liberi di far ricadere gli omicidi su cittadini innocenti.»

Cates si voltò e si diresse verso le scale rivestite di moquette, continuando a parlare. Io e Kylie la seguimmo. «Il sindaco è crollato nei sondaggi e con un assassino seriale a piede libero e un avversario che lo accusa di non essere abbastanza severo con il crimine, se non catturiamo questo killer della tuta hazmat, la sua campagna di rielezione finirà nel cesso.»

In cima alle scale, Kylie si fermò. «Capitano, posso essere brutalmente onesta?»

Cates si girò. «Con me sì, ma con il sindaco no. Parla.»

«Se ci dicessero che il mostro di Loch Ness è stato avvistato nella metropolitana, io e Zach cammineremmo sui binari dal Bronx fino a Far Rockaway per stanarlo. Non so quanto tempo ci vorrebbe, ma lo faremmo. Ora stiamo dando la caccia a un serial killer intelligente e scrupoloso che è sfuggito alla polizia per quattro mesi e il sindaco si aspetta che risolviamo il caso in una settimana?»

«Hai colto nel segno, MacDonald» ribatté Cates.

« Siamo poliziotti. Il nostro compito è inchiodare quel bastardo prima che uccida qualcun altro, non salvare il culo al sindaco. »

Cates rise. « Parli come me ai tempi in cui non dovevo preoccuparmi del politicamente corretto. Però il sindaco ha chiesto espressamente di voi due. Volete il caso? »

« Certo che sì. E siamo lusingati che ci abbia fatto chiamare » rispose Kylie. « Ma forse dovrebbe giocare di anticipo e noleggiare un furgone per i traslochi. »

6

Stanley Spellman aveva iniziato la sua carriera di avvocato nella Legal Aid Society di New York quarant'anni prima. E in breve la sua perspicacia, la sua empatia e il suo carisma lo avevano portato dal piccolo ufficio in Water Street al Congresso e infine a Gracie Mansion.

Tuttavia, quella mattina le sue qualità sembravano sparite, perché era in preda al panico.

«Era ora, maledizione!» urlò non appena varcammo la porta. Voleva farci sapere che era arrabbiato, ma era della vecchia scuola e quando era in compagnia preferiva il più educato «maledizione» al più incisivo «cazzo».

L'uomo seduto accanto a lui si alzò e attraversò la stanza per salutarci.

Era Irwin Diamond, il suo più vecchio amico e fidato consigliere. Spellman poteva uscire dai binari, soprattutto in tempi di crisi. Ma Diamond lo teneva con i piedi per terra. La sua carica non ufficiale era quella di vicesindaco con delega alla limitazione dei danni.

«Detective Jordan, detective MacDonald» ci salutò Diamond, stringendoci la mano. «Date le circostanze, non posso dire di essere felice di rivedervi, ma mi rassicura il fatto che ci stiamo affidando ai migliori investigatori della città. Grazie per essere venuti.»

«Arriva al punto, Irwin» lo incalzò Spellman, agitando una mano verso di lui.

«Il sindaco sta governando la città e conducendo una campagna elettorale intensa» esordì Diamond. «È un po' troppo impegnato, quindi non è cordiale come al solito.»

«Se la può consolare, nemmeno noi lo siamo» intervenne Kylie. «Le scene del crimine tendono a deprimerti.»

«Naturalmente. Primo ordine del giorno: tutto ciò che sentirete in questa stanza è strettamente riservato» spiegò Diamond, parlando piano e scandendo ogni parola come un insegnante che detta le regole base il primo giorno di scuola. «Non dovrete ripeterlo a nessuno né citarlo in alcun rapporto scritto. Accettate e concordate?»

Accettare e concordare? Stavamo aprendo un'indagine per omicidio o scaricando un software? Almeno non ci chiese di giurare solennemente. Kylie e io accettammo e concordammo subito.

«Abbiamo commesso degli errori» proseguì Diamond. «Le prime tre vittime del killer della tuta hazmat non costituivano certo una grande perdita per la città. Erano tutti criminali. Anche se detestiamo la giustizia fai da te, forse non siamo stati abbastanza aggressivi nel rintracciarlo.»

«Non siamo stati abbastanza aggressivi?» gli fece eco Spellman. «Alla fine, il caso è stato scaricato sulle spalle di due sbirri di Chinatown.»

Il vicesindaco ignorò il commento e riprese a parlare. «L'omicidio di Evelyn Parker-Steele cambia tutto. Il killer della tuta hazmat ora è la nostra priorità e il caso è stato assegnato alla squadra Red. Voi due sarete a capo della task force.»

«E i due detective che se ne sono occupati finora?» chiesi.

«Rispondono a voi. E stiamo snellendo la catena di comando. Lei farà rapporto direttamente al capitano Cates, mentre la sua compagna di squadra avrà una linea diretta con l'ufficio del commissario Harries.»

« Irwin, il video » intervenne il sindaco, il cui livello di agitazione era salito di una tacca. « Dovrebbero guardare quel dannato video. »

« Splendida idea » rispose Diamond, come se il suo capo avesse dato un contributo importante alla conversazione. Si rivolse a Cates. « Per favore, lo metta sullo schermo grande, capitano. »

Cates caricò il video su un portatile, mentre tutti noi prendevamo posto di fronte allo schermo piatto sulla parete.

Spellman si girò verso me e Kylie. Aveva la camicia macchiata di sudore, tanto era nervoso. « Mi dispiace. Non era mia intenzione gridarvi addosso quando siete entrati. »

« Non c'è bisogno di scusarsi, signor sindaco » replicò Kylie. « Ora siamo qui e faremo tutto il possibile per... »

« Questa Parker-Steele » la interruppe lui, alzando la voce. « Ammette di aver ucciso una giovane donna innocente. Si potrebbe pensare che tale ammissione abbia ripercussioni negative su Muriel Sykes, che l'ha scelta come responsabile della sua campagna elettorale. Ho ragione? »

« Stan » disse Diamond, « sono poliziotti, non politici. »

Il sindaco lo ignorò, continuando a parlare con il dito tremante puntato verso di noi. « Ma non è così. Sykes dice che la confessione è stata estorta, che l'NYPD ha preso sotto gamba i primi tre omicidi e che quindi è tutta colpa mia. Dice che se fossi stato più incisivo nel combattere il crimine, la Parker-Steele a quest'ora sarebbe ancora viva. E poi fa una giravolta e se la prende con me per l'omicidio Pritchard, sostenendo che ho permesso alla famiglia Parker-Steele di insabbiare l'indagine. »

« Stan, hai già analizzato la cosa » osservò Diamond, versando un bicchiere d'acqua da una brocca cromata sulla scrivania. « Siamo in campagna elettorale. Datti una calmata. Cosa pensavi che avrebbe detto? 'Sono un'idiota perché ho assunto un'assassina per gestire la mia campagna?' » Attraversò la stanza e porse l'acqua al sindaco.

« È diverso » ribatté Spellman. « Ha alle spalle Leonard Parker e Jason Steele. Vogliono cacciarmi e hanno i soldi per farlo. In più, c'è anche il fratello di Evelyn, quel pallone gonfiato di Damon Parker, e possiamo già immaginare cosa dirà in televisione. »

« Probabilmente dirà che sua sorella è una vittima innocente » incalzò Diamond. « E darà la colpa a te. »

Offrì al sindaco due piccole pillole ovali di colore rosa. Xanax, l'ansiolitico preferito dai padri di famiglia in preda al panico e dalle mamme stressate.

« La Parker-Steele non è una vittima! » gridò il sindaco, agguantando le pillole dalla mano di Diamond. « È un'assassina. Sono io la vittima! »

Se le mise in bocca come se fossero M&M's e le mandò giù con il bicchiere d'acqua.

Diamond guardò me e Kylie e scosse la testa per scusarsi in silenzio del comportamento molto poco signorile del candidato sindaco.

Ormai capivo come mai avesse tanto insistito perché facessimo voto di silenzio.

Quello che succede a Gracie resta a Gracie.

7

Il video era caricato su LiveLeak.com, pronto per essere riprodotto. La barra in basso indicava la durata: quattro minuti e diciassette secondi. Mi chiesi quante volte l'avrei guardato prima che il caso fosse chiuso.

Cates lo fece partire e l'immagine apparve sullo schermo grande.

Evelyn Parker-Steele era seduta su una sedia pieghevole di metallo. La sua tuta bianca di Tyvek risaltava nettamente contro lo sfondo nero.

Aveva i capelli arruffati, non era truccata e sotto le luci forti assomigliava più a un membro della famiglia Manson che non a una donna ai vertici della società newyorkese. «Mi chiamo Evelyn Parker-Steele e due anni fa ho ucciso Cynthia Pritchard» esordì, biascicando il nome tra i denti rotti. «Cynthia era una collega, un'amica e un'amante. Lei non faceva mistero della sua sessualità, io sì.»

L'espressione vuota e il tono monocorde mi ricordarono i video degli ostaggi di Al-Qaeda e mi domandai se stesse leggendo da un copione.

«Sono cresciuta in una famiglia che considerava l'omosessualità un peccato. Non mi avrebbero mai accettato per quella che sono, così ho finto di essere qualcun altro. Quando ho sposato mio marito, si è trattato di un matrimonio di convenienza che si adattava alle esigenze di entrambi.»

«Traduzione: Jason Steele è gay» intervenne il sindaco. «Nel caso non si fosse capito.»

«Stanley!» urlò Diamond, indicando me, Kylie e Cates per ricordare a Spellman che non si stava comportando in modo politicamente corretto. Poi si passò due dita sulla bocca, il gesto universale per ordinare di cucirsi le labbra.

«Chiedo scusa» borbottò il sindaco, per nulla dispiaciuto.

«La maggior parte dei miei incontri sessuali erano discreti, persino anonimi» proseguì Evelyn, «ma quando Cynthia è entrata nella squadra della campagna elettorale di Elliott Winchell, mi sono innamorata. Stavamo insieme giorno e notte. Ero felice di continuare la nostra relazione in segreto, ma lei si rifiutava di vivere nella menzogna.

«La notte in cui è morta, eravamo sul mio terrazzo. Lei continuava a bere e mi implorava di lasciare mio marito. Le unioni omosessuali erano ormai state legalizzate a New York. Tutti ne parlavano e lei voleva che informassi il mondo intero del nostro amore. Le ho detto che se non potevo dirlo nemmeno a mio padre, come avrei potuto dirlo al mondo? Lei ha risposto: 'Se non lo farai tu, lo farò io'. Poi si è avvicinata al bordo del terrazzo, è salita su una fioriera e ha cominciato a gridare.

«Eravamo quattordici piani sopra Park Avenue. Era buio. Probabilmente, nessuno l'avrebbe sentita. E anche se ci fossero riusciti, pensavo avrebbe gridato una cosa del tipo: 'Evelyn Parker-Steele è lesbica' e sarebbe finita lì. La mattina successiva ci avremmo riso sopra. Invece, ha urlato: 'Leonard Parker è lieto di invitarvi al matrimonio di sua figlia gay Evelyn e di Cynthia Pritchard, una giovane lesbica bella e talentuosa. Il signor Parker esprime un profondo rammarico per il comportamento omofobico e intollerante che ha rovinato la vita di sua figlia e...'»

Ci furono diversi secondi di silenzio, mentre Evelyn si limitava a fissare la telecamera. «È stato allora che l'ho spinta. È successo tutto in un istante. Non volevo ucciderla. Volevo soltanto fermarla.

«Mi sono fatta prendere dal panico. Ho afferrato il telefono per comporre il 911, ma sapevo che, se avessi chiamato pochi secondi dopo che si era schiantata a terra, avrebbero saputo che ero con lei. Non dovevo essere presente, se dovevano credere che Cynthia era caduta. Non potevo nemmeno lasciare l'appartamento, perché la gente sapeva che ero a casa. E poi mi è venuta un'idea. Sono andata al bar e ho preso una bottiglia di vodka. Ne ho bevuto un bel sorso, un altro e un altro ancora. A ogni sorso, mi veniva da vomitare, ma ho continuato lo stesso a bere.

«I poliziotti mi hanno trovata svenuta sul pavimento in una pozza di vomito, ubriaca e in stato confusionale. Non era una recita. I miei livelli di alcol nel sangue superavano di tre volte il limite consentito. Mi hanno portato in ospedale. Quando finalmente ho ripreso i sensi, mi hanno detto che Cynthia era morta e io ho pianto. Stavo così male che non mi hanno potuto interrogare fino al giorno dopo. A quel punto, mio padre aveva schierato un esercito di avvocati intorno a me. Ho raccontato alla polizia che ero svenuta e che l'ultima cosa che ricordavo era Cynthia seduta in terrazzo a bere. Il procuratore distrettuale ha creduto alla mia storia. Certo, non ha guastato il fatto che mio padre giocasse a golf con lui e sostenesse la sua campagna elettorale per la rielezione.

«Voglio scusarmi con i genitori di Cynthia e con i suoi due fratelli. L'ho uccisa perché non volevo che il mondo sapesse cosa provavo per lei. Ma ora sì. Era la giovane donna dallo spirito libero che ho sempre desiderato essere e l'ho amata più di quanto abbia mai amato nessun altro in vita mia. Non volevo ucciderla, ma l'ho fatto. E mi dispiace. So cosa succederà adesso. Nessun processo, nessun giudice, nessuna giuria. Quando vedrete questo...»

Il contatore del video segnò la fine dei quattro minuti e diciassette secondi e lo schermo si oscurò.

Nessuno disse una parola.

Persino il sindaco restò in silenzio. Lo Xanax aveva fatto effetto.

8

Ottima affluenza, pensò Gideon, mentre un flusso costante di curiosi lasciava da parte i programmi del lunedì mattina e si dirigeva verso la giostra.

Questo è il problema dei newyorkesi. Hanno cinquecento omicidi all'anno tra cui scegliere. Se spari a una vecchietta che scende da un taxi in Madison Avenue, passano sul suo cadavere per non lasciarsi scappare il taxi. Ma se metti il corpo di una ricca stronza in una tuta hazmat su una giostra di Central Park, sono disposti ad arrivare tardi al lavoro pur di allungare il collo e dare una sbirciatina.

Sorrise. *Date alla gente ciò che desidera e accorrerà alla vostra porta. Non c'è di che.*

Una mano gli picchiettò la spalla. «Allora, sei a favore o contro il killer della tuta hazmat?» chiese una voce femminile dietro di lui.

Gideon si bloccò. Il parco brulicava di giornalisti che spingevano macchine fotografiche e microfoni in faccia ai curiosi, sperando di catturare qualche frase incisiva per il servizio. Tornare sulla scena era già abbastanza folle, ma rilasciare un'intervista di fronte alle telecamere lo sarebbe stato ancora di più.

Si voltò lentamente. *Di sicuro, non è una giornalista. Le giornaliste in genere non indossano reggiseni sportivi neri in servizio.*

«Scusa, stavi parlando con me?» chiese Gideon.

« Solo se ti va » replicò la donna. « Io sono Andie. »

Aveva almeno cinque anni più di lui, occhi nocciola, capelli castani raccolti e infilati nel retro di un berretto da baseball del FDNY. Le mancava poco per essere bella, ma conosceva il suo pregio migliore, per questo non indossava altro che un reggiseno sportivo a ottobre inoltrato.

Gideon indicò il cappello. « Sei un pompiere? »

« Era del mio ex » rispose lei, alzando gli occhi al cielo per fargli capire quanto era felice che quel verme fosse uscito dalla sua vita. « Quanto a me, sono molto più brava ad appiccare gli incendi che a spegnerli. »

Col suo metro e ottantotto, i folti capelli scuri, le labbra carnose e un accenno di sorriso da cattivo ragazzo, Gideon era abituato a farsi rimorchiare. E Andie era una professionista. Gli si piazzò di fronte in modo che lui non potesse parlarle senza guardare quelle tette da record.

Dannazione, tesoro, il tuo tempismo fa schifo. Per quanto mi piacerebbe portarmi a casa il tuo corpo caldo e sudato e scoparti fino a farti perdere i sensi, stamattina l'unico afrodisiaco di cui ho bisogno è questa folla.

« Puoi ripetere la domanda? » chiese lui.

« Ti ho chiesto cosa ne pensi del killer della tuta hazmat. Dal modo in cui sorridevi, ho pensato che fossi un suo grande fan. »

Stavo sorridendo? Razza di idiota! Grazie per la dritta, Andie.

« Pensi che questo tizio abbia dei fan? »

« Migliaia, e io sono in cima alla lista. Potresti pensare che una bella ragazza ebrea del Queens sia una progressista dal cuore tenero, ma ti sbagli. »

« Non ti dà fastidio che sia un giustiziere? »

« Assolutamente no, questa città ha bisogno di altre centinaia di persone come lui. »

« Wow » fece Gideon. « E cos'è successo alla bella ragazza ebrea? »

« Stuprata al college al primo appuntamento. Ragazzo ricco.

Il paparino ha comprato i poliziotti, il giudice e la scuola. È stato allora che ho cambiato idee politiche. Sai, a volte un conservatore convinto è solo uno stupido progressista che è stato rapinato.» Alzò il cellulare. «Hai visto il video, quello che ha postato il killer?»

«Non ancora» rispose Gideon.

«Devi recuperarlo. Ha già avuto più di cinquantamila visualizzazioni.»

Ottantanovemila l'ultima volta che ho controllato.

«La vittima si chiama Eleanor qualcosa» continuò lei. «Ha ucciso a sangue freddo la sua ragazza, ma l'ha fatta franca perché è ricca e la sua famiglia sa come giocare con il sistema. Ma Tuta hazmat le ha dato proprio quello che si meritava. Vorrei potergli stringere la mano.»

Gideon respirava a fatica. *Stringergli la mano? Diavolo, questa ragazza non si accontenta certo di una stretta di mano. In qualsiasi altro momento, Andie. In qualsiasi altro posto...*

«È stato bello parlare con te, ma devo scappare.»

Andie si bagnò le labbra e mise il broncio. «Peccato che tu non faccia la mia stessa strada. Come ti chiami, comunque?»

«Brian» rispose Gideon.

Gli tese la mano. «Piacere di conoscerti, Brian.»

Lui la prese e gliela strinse.

Ecco fatto, Andie. Il tuo desiderio si è avverato.

9

Il cellulare di Cates squillò. Il capitano controllò il numero. «Matt Smith» ci disse prima di rispondere.

«Sono il capitano Cates. Che cosa hai scoperto, Matt?»

Lo ascoltò per venti secondi senza mai cambiare espressione. Lo ringraziò e riattaccò.

«Era il nostro agente informatico» spiegò, semplificando per il sindaco. «Ha cercato di risalire alla fonte del video, ma è stato caricato usando una VPN, una rete privata, signore. Maschera la posizione dell'indirizzo IP di origine.»

Il sindaco alzò le mani. «Certo che è mascherato. Ma abbiamo attrezzature da milioni di dollari e un sacco di geni dell'informatica. Mi sta dicendo che nessuno dei nostri è in grado di smascherarlo?»

«Signore» rispose Cates, «tutti i dati caricati sono criptati. Chiunque abbia postato questi video crea ogni volta un nome utente e un indirizzo e-mail diversi. Quindi sì, abbiamo molte attrezzature e molte persone intelligenti, ma l'assassino sa come nascondere le sue tracce. L'hacking e il tracciamento non sono un'opzione.»

«Bene» replicò il sindaco. «Quindi, non riuscite a trovare questo tizio con tutte quelle diavolerie tecnologiche. Prendetelo alla vecchia maniera, allora. Lavoro sul campo.» Si alzò. «Irwin, hai ancora bisogno di me?»

«No, e so che ti aspetta una giornata parecchio impegnativa» disse Diamond. «Dammi ancora qualche minuto e ti raggiungo.»

Spellman ci ringraziò e lasciò la stanza.

«Non c'è bisogno che vi dica che questo potrebbe essere il colpo di grazia alla campagna di rielezione del sindaco» disse Diamond.

«Signore, non me ne intendo di politica» dissi, «ma il video di Evelyn Parker-Steele è pieno di dettagli incriminanti. Credo davvero che abbia ucciso Cynthia Pritchard.»

«Certo che l'ha fatto!» esclamò Diamond.

«E allora perché questo non influenza negativamente Muriel Sykes? Prima dice che è una confessione fasulla, poi ribalta la situazione e sostiene che, se la Parker-Steele è un'assassina, è colpa del sindaco se è stata assolta. Sta palesemente cercando di tenere il piede in due scarpe!»

«Ha ragione, detective, ma è evidente che lei non se ne intende di politica. Regola numero uno: chi è più bravo a tenere il piede in due scarpe vince le elezioni.»

«Con tutto il dovuto rispetto, signor Diamond» intervenne a quel punto Cates, «fortuna vuole che anch'io ne sappia qualcosa di politica e, finché abbiamo l'obbligo di segretezza, possiamo giocare a carte scoperte? L'informazione è moneta e più i detective Jordan e MacDonald ne sanno, più possibilità avranno di risolvere il caso.»

Diamond soppesò la richiesta. «Va bene, capitano» disse infine, rivolgendosi a noi. «Muriel Sykes ha posto l'attenzione su una verità indiscutibile: è stata colpa del sindaco se Evelyn Parker-Steele l'ha passata liscia. Il commissario Harries voleva un'indagine approfondita, ma la famiglia di Evelyn ha convinto Spellman a sostenere la conclusione del medico legale, secondo cui si era trattato di un incidente. E il caso è stato archiviato.»

« *Convinto?* » domandai.

« Non è necessario che lei conosca i dettagli » ribatté Diamond. « Quello che importa è che in questo momento il sindaco è in una buca profonda. E la cosa peggiore è che se l'è scavata da solo. »

10

Non si sbaglia mai a fare amicizia con il sergente di turno del distretto. Bastò una telefonata a Bob McGrath del Diciannovesimo per avere una Ford Interceptor nuova di zecca ad aspettarci fuori dalla villa. Le chiavi erano inserite, ma non c'era nessun idiota alla guida.

Mi misi al volante e girai a sinistra su East End Avenue.

« Pensi che riusciremo a inchiodare questo tizio in una settimana? » chiese Kylie.

« Forse, se lavoriamo insieme come una squadra. »

Lei si voltò di scatto. « E questo che cosa vorrebbe dire? Mi stai ancora rimproverando perché non mi sono materializzata nell'esatto istante in cui mi volevi con te? Senti, mi dispiace aver tardato, ma dammi tregua, Zach, siamo ancora compagni di squadra. »

« Hai appena detto che ti dispiace di aver fatto tardi? »

« Mi hai sentito. Mi dispiace e apprezzo che tu mi abbia coperto. »

Svoltai a sinistra su 88th Street e accostai l'auto a una fermata dell'autobus. Mi girai sul sedile in modo da poterla guardare negli occhi.

« Non so se mi stai mentendo o mi stai nascondendo una grossa fetta di verità, ma il fatto che tu dica mi dispiace è paragonabile a un tizio che torna a casa dalla moglie con un mazzo di fiori dopo aver passato il pomeriggio a scoparsi la segretaria. 'Scusa il ritardo, tesoro. Sono successe un sacco di cose assurde in ufficio.' Senti, sono un detective e so riconoscere una storiella. Sei arrivata in ritardo o sei sparita dalla circolazione tre volte nell'ultimo mese; quindi o mi dici cosa sta succedendo, oppure mi confessi che la persona a cui affido la mia vita non ha abbastanza fiducia in me per dirmi che diavolo succede nella sua.»

Kylie ebbe il merito di andare dritta al punto. «È Spence. È davvero caduto nella doccia questa mattina. Era strafatto di pillole.»

Fece una pausa per permettermi di elaborare l'informazione. Non cambiai espressione e rimasi in silenzio.

«Sono passati tre mesi dall'incidente con il Camaleonte. Il chirurgo gli ha prescritto del Percocet da assumere ogni sei ore, ma lui lo prende come se fossero Tic-Tac. Oh, è prudente: il flacone sul suo comodino contiene poche pillole al giorno, quelle indicate, ma ne ha fatto scorta e le ha nascoste in tutto l'appartamento. Ieri sera ne ho trovate cinquanta avvolte nella carta stagnola dentro un calzino nella borsa della palestra.»

«Dove se le procura?» chiesi.

«Dal dottor Staibene o da uno qualsiasi di quei ciarlatani su Internet che scrivono ricette dalla Bolivia. Comunque, dopo che l'hanno ricucito al pronto soccorso stamattina, gli ho parlato e gli ho detto che, se non fosse mio marito, lo avrei arrestato.»

«E lui cos'ha risposto?»

«È rimasto lì con gli occhi vitrei, la faccia gonfia e la borsa della palestra piena di ossicodone, e mi ha detto che mi sbagliavo. Ha ammesso di aver aumentato un po' il dosaggio della prescrizione, ma ha precisato che è tutto sotto controllo e che appena i suoi piedi si saranno ripresi, passerà all'Advil. Nega tutto e a questo punto non so proprio cosa fare.»

«Non c'è niente che tu possa fare» replicai. «È un tossicodipendente in via di guarigione. È pulito da molto tempo.»

« Undici anni » intervenne Kylie.

« Quindi sa cosa fare. Andare agli incontri, chiamare il suo sponsor, persino entrare in riabilitazione, se la situazione è così grave. Ma sta a lui farlo. Non puoi ripescarlo tu dal baratro. »

Kylie trasse un respiro profondo ed espirò lentamente. « Zach, sono un poliziotto e in questo momento ho paura che, se qualcuno scopre che sono sposata con un tossicodipendente, finirò nel baratro insieme a lui. »

« Nessuno lo scoprirà. Il tuo segreto è al sicuro con me. »

« Grazie » disse lei con gli occhi lucidi. « Compagno di squadra. »

Ingranai la prima e mi diressi a ovest, verso 86th Street.

Mi innamorai di Kylie la prima volta che la vidi all'Accademia. Aveva da poco lasciato il fidanzato tossicodipendente e io ero felice di essere il suo rimpiazzo. Ma Spence la desiderava tanto quanto me. Andò in riabilitazione, tornò pulito ventotto giorni dopo e la pregò di dargli un'altra possibilità.

Lei accettò e un anno più tardi pronunciò il fatidico sì.

Negli ultimi dieci anni mi sono rassegnato al fatto che lei e Spence sono ricchi, felici e innamorati, la bella coppia che tutti i newyorkesi sono entusiasti di avere a cena nel loro attico di città, nella loro casa negli Hamptons o sul loro yacht.

La verità è che forse non ho mai smesso di amarla, ma almeno sono andato avanti e, dopo essere finito sul mercato dei single di New York passando da una relazione lampo all'altra, ho trovato Cheryl.

Cheryl Robinson è stata la prima donna con cui sono uscito ad aver soddisfatto gli standard impossibili che mi ero prefissato dopo aver perso Kylie. Ci conoscevamo da qualche anno, ma solo negli ultimi tre mesi la nostra relazione era diventata una cosa seria. Proprio quando cominciavo a credere di aver trovato la donna giusta, all'improvviso sembrava che il rapporto tra Kylie e Spence stesse iniziando a sgretolarsi.

Se fosse stata un'altra compagna di squadra, avrei fatto il tifo perché tornasse con il marito e rimettesse la sua vita in carreggiata.

Ma Kylie MacDonald non era una compagna di squadra qualsiasi. E in quel momento non avevo idea di come mi sentissi.

11

Da qualche parte tra 86th Street e la scena del crimine, mi concentrai sul fatto che, per quanto fossi pazzo, là fuori c'era un tizio con una scorta illimitata di tute hazmat che era ancora più pazzo di me.

«Al diavolo le elezioni!» esclamò Kylie. Allora capii che aveva fatto il mio stesso pensiero. «Irwin Diamond aveva ragione. Non siamo politici. Siamo poliziotti e il nostro compito è catturare Tuta hazmat prima che rapisca e uccida un'altra vittima innocente o non così innocente. Da dove cominciamo?»

«Dryden mi ha dato i nomi dei due detective che hanno seguito il caso, Donovan e Boyle del Quinto Distretto, ma preferisco aspettare a chiamarli. Non ho avuto modo di dirtelo, ma c'erano due ragazzi dell'Anticrimine che lavoravano sotto copertura al parco. Sono stati loro a trovare il cadavere. Li ho reclutati e ho chiesto loro di darci una mano. Prima di tutto, andiamo a vedere com'è la situazione.»

«Lavoro sul campo» disse lei. «Molto più efficiente di quei computer ultramoderni.»

«Ehi, da' tregua al povero sindaco. Il lavoro di polizia non è il suo forte.»

«Allora non avrebbe dovuto impedire al dipartimento di indagare sulla morte di Cynthia Pritchard. Se perderà le elezioni, avrà solo ciò che si merita. E, visto che sto condividendo con te tutti i miei segreti più profondi e oscuri, ce n'è uno che ti ho tenuto nascosto.»

«Quale sarebbe?»

«Che, caso risolto o no, martedì prossimo voterò per Sykes.»

L'area intorno alla giostra sembrava il punto di ritrovo di un flash mob. «È la nostra scena del crimine o un concerto di Bon Jovi?» chiese Kylie.

Appena scesi dall'auto, qualcuno gridò: «Detective Jordan!»

Erano Casey e Bell, che si facevano strada tra la folla. Avevano dismesso i panni da senzatetto, ma avevano un'aria esausta.

«Menomale che siete tornati» esclamò Casey.

«Mi dispiace aver tagliato la corda» risposi. «Siete riusciti a gestire tutto da soli?»

Bell sorrise. «Direi di sì.»

«Ce la siamo cavata alla grande» ribatté Casey. «È un caso grosso, lontano anni luce da qualsiasi altro su cui abbiamo mai lavorato, ma vi portiamo buone notizie e anche una cattiva che non vi piacerà per niente.»

«Prima di tutto, vi presento la mia compagna di squadra. Detective MacDonald, questi sono i due detective Casey e Bell che ho precettato.»

Annuirono tutti.

«Bene. Cosa avete scoperto?»

«Abbiamo trovato uno di quei carrelli della spesa pieghevoli tra gli alberi sulla traversa di 65th Street» spiegò Casey. «È merce preziosa da queste parti, quindi non poteva essere stato abbandonato da tanto tempo, altrimenti qualcuno l'avrebbe preso. Lei ha detto che la vittima è scomparsa venerdì; quindi, l'assassino non l'ha uccisa nel parco. L'ha fatto da qualche altra parte e l'ha scaricata qui.»

Dryden ce lo aveva già detto, ma li lasciai continuare.

Bell proseguì: «La nostra ipotesi migliore è che dopo aver

ucciso la Parker-Steele, l'assassino l'abbia infilata in una borsa, l'abbia portata in questo quartiere e abbia parcheggiato l'auto nelle vicinanze».

«Potete controllare con la Stradale se sono state emesse multe per divieto di sosta nel raggio di dieci isolati dai punti di accesso principali?» chiese Kylie. «Lati est e ovest.»

«Lo farò, ma non ci spererei troppo» replicò Bell. «Parcheggiare è una rogna durante il giorno, ma dopo le dieci di sera ci sono molti posti in cui avrebbe potuto lasciare l'auto.»

«Quindi ha parcheggiato la macchina qui vicino? Cosa ne deducete?»

«Ha caricato il corpo nel carrello della spesa e ha attraversato il parco senza essere notato, come uno dei senzatetto che si aggirano per le strade della città» rispose Casey. «È così che io e Bell ci siamo mimetizzati. Poi ha rotto il lucchetto del cancello, legato la vittima al cavallo, collegato il quadro elettrico per far partire la musica e la giostra, richiuso il cancello, abbandonato il carrello, scavalcato il muro di pietra e si è incamminato lungo la traversa per tornare alla sua auto.»

I due rimasero lì a guardarci come dei cuccioli di cane che hanno appena riportato un bastoncino e si aspettano una grattatina alla testa.

«Ottimo lavoro» dissi. «Avete notato qualcuno che sembrava sospetto tra la folla?»

Si girarono l'uno verso l'altro e scoppiarono a ridere.

«Tutti in quella folla sembrano sospetti» replicò Bell. «Una donna morta con una tuta hazmat su una giostra è una calamita per svitati. Per farsi notare, l'assassino avrebbe dovuto indossare un cartello con scritto: 'Sono stato io'.»

«Ehi... Ehi, voi!»

Mi voltai. Due uomini passarono sotto il nastro della scena del crimine e si diressero verso Kylie e me.

«Che cazzo cercate di fare?» urlò uno di loro.

«Si tenga forte» commentò Casey.

«Conoscete questi tizi?»

«Li abbiamo incontrati solo dieci minuti fa. Prima ho detto che c'era una notizia cattiva che non le sarebbe piaciuta... Be', è questa.»

12

« Si chiamano Donovan e Boyle » spiegò Casey. « Si comportano da idioti, vanno in giro a dire a tutti che sono... »

« *So* che cosa dicono a tutti » replicai. « Grazie tante, me ne occupo io. »

Kylie mi afferrò il braccio. « Zach, sono di pessimo umore. Lascia che mi sfoghi con qualcuno che non sei tu. »

« Accomodati pure » dissi, e mi feci da parte.

Donovan e Boyle attraversarono il prato e si fermarono davanti a noi.

Prima che potessero aprire bocca, Kylie passò all'attacco. « Cosa diavolo credete di fare voi due pagliacci? State indietro. Questa è una scena del crimine. »

Uno era alto, più di un metro e ottanta, con i capelli scuri e un bel viso da bravo ragazzo. L'altro era tracagnotto, con labbra sottili e il taglio a spazzola, e non altrettanto piacente. Non sapevo ancora chi fosse chi.

« La *nostra* scena del crimine » ribatté taglio a spazzola. « Io sono Boyle, lui è Donovan. Ci occupiamo del caso del killer della tuta hazmat. »

« Da quello che ho sentito non avete cavato un ragno dal buco. E vi informo che da un'ora il caso è passato a noi. »

« E chi lo dice? »

« Il mio capo, il capitano Delia Cates, il suo capo, ovvero il comandante della polizia Richard Harries e il suo capo, cioè il sindaco.»

«Cazzate» replicò Boyle. «Perché diavolo ci hanno fatto fuori?»

«Non vi hanno *fatti fuori*» precisò Kylie. «Il caso è stato affidato all'NYPD Red. Mi chiamo MacDonald, lui è Jordan e voi siete stati assegnati alla nostra task force.»

«Lavoriamo per *voi*?» chiese Donovan.

«È un problema per te, detective Donovan?» chiese Kylie.

«Certo che sì.»

«In tal caso, inviate tutto quello che avete sul killer della tuta hazmat al nostro ufficio. Ce ne occuperemo noi.»

«Col cavolo che lo farete. Alla squadra Red non fregava niente delle prime tre vittime, ma ora che la sua avversaria è coinvolta, il sindaco interviene e sposta il caso in cima al mucchio dei ricchi e famosi. Qual è il vostro compito? Infangare il più possibile la Parker-Steele in modo che possa compromettere la campagna elettorale di Muriel Sykes?»

«Non si tratta di politica» replicò Kylie. «Si tratta di trovare un serial killer.»

«Cosa diavolo crede che abbiamo fatto negli ultimi quattro mesi?»

«Buffo, è quello che si chiedeva anche il sindaco. 'Che diavolo hanno fatto quei due poliziotti negli ultimi quattro mesi?' Se non vi piace la sua decisione, presentate un reclamo al dipartimento.»

Donovan guardò il collega. Era evidente che non volevano essere delle riserve, ma non avevano alcun potere e Kylie lo sapeva bene. Il detective provò a guardare me, come se potessi far ragionare Kylie, ma io non battei ciglio.

«Decidetevi, ragazzi. Siete con noi?»

«Ehi, se non vogliono» intervenne Casey, «io e Bell saremmo felici di...»

«Fatti da parte» disse Donovan. «È stato il nostro caso fin dal primo giorno, non ci faranno fuori per qualche manovra politica. Noi restiamo.»

«Potete cominciare consegnandoci i documenti al Diciannovesimo Distretto tra venti minuti» fece Kylie, porgendo loro il suo biglietto da visita. «Mi assicurerò di dire al sindaco quanto siete stati collaborativi.»

I miei due cuccioli mi guardarono come se qualcuno si fosse appena impadronito del loro giocattolo antistress preferito. «Questo significa che non avrete più bisogno di noi?» domandò Bell.

«Siete stati di grande aiuto e lo apprezziamo molto» risposi.

«Ma questi due sono dentro e noi siamo fuori» concluse Bell.

Annuii. Kylie, che ama sempre avere l'ultima parola, ne offrì due. «Per ora.»

13

«Ti sei sfogata a sufficienza?» chiesi a Kylie dopo che le due squadre si furono divise.

«Ho sempre un serbatoio di riserva.»

«È uno schifo dover scambiare due poliziotti entusiasti con due palinculo» replicai.

«Avremmo potuto tenerli tutti e quattro. In un caso come questo, abbiamo carta bianca. Potremmo mettere insieme una task force di cinquanta persone e passare tutto il tempo impantanati nella burocrazia. L'unica cosa di cui questo caso ha bisogno è che noi due facciamo quello che sappiamo fare meglio. Ho chiesto a Donovan e Boyle di restare perché sono ostinati. Ma non appena saremo a buon punto, attingerò al mio serbatoio di cattiveria e dirò loro di andare a rompere le scatole altrove.»

Passammo un'altra ora sulla scena del crimine. Gli uomini di Chuck Dryden stavano ancora setacciando la zona e, a parte il carrello della spesa, non erano emersi nuovi elementi. Tornammo in ufficio.

La squadra Red non ha una propria sede. Come molte unità d'élite, siamo ospiti di un distretto già esistente, nel nostro caso il Diciannovesimo su 67th Street, tra Third Avenue e Lexington Avenue, che accoglie più di duecento unità e decine di detective, ma è ancora abbastanza grande da permettere alla Red di insediarsi al terzo piano, lontano dalla follia quotidiana dei piani inferiori. Tuttavia, dobbiamo lo stesso attraversare il tumulto per salire. E non si può andare da nessuna parte senza essere intercettati dal sergente Bob McGrath.

«Grazie per la macchina, sergente» esclamò Kylie.

«A disposizione, detective» rispose McGrath. «Un attimo. Ho qualcos'altro per voi.»

Cercò sotto la scrivania e tirò fuori una scatola di cartone. «Questo è stato appena consegnato. Sono i fascicoli sul killer della tuta hazmat.»

La presi in mano. Non pesava quasi nulla.

«Tutto qui? Non c'è altro?» chiesi.

«È quello che mi hanno dato e per cui ho firmato. Vuoi vedere i documenti?»

«No, sergente, è solo che ci aspettavamo qualcosa in più.»

«Mi dispiace deludervi. In alcuni casi riceviamo dieci, venti scatole e i detective si lamentano che non riusciranno mai a finire tutto. Questo carico è molto più leggero. Pensavo ne sareste stati felici.»

«Sai com'è con i detective» dissi. «Non sono mai contenti.»

Portai la scatola nel nostro ufficio e Kylie la aprì.

«Questo è il risultato di quattro mesi di indagini?» esclamò. «Ci sono soltanto quattro fascicoli: Alex Kang, Sebastian Catt, Antoine Tinsdale e Donald Li.»

«Riconosco i primi tre nomi. Sono le vittime. Chi è Li?»

Kylie sfogliò il fascicolo. «Ha una laurea in assistenza sociale. È un detective che lavora sulle bande di Chinatown. Donovan e Boyle gli hanno chiesto di tracciare un profilo dell'assassino.»

«È uno strizzacervelli?»

Lei diede un'altra occhiata. «Non c'è scritto 'dottor' Li, quindi ne dubito.»

Estrassi il fascicolo dalla scatola.

«Conosco una vera dottoressa ed è una profiler dannatamente brava. Penso che passerò dall'ufficio di Cheryl e le chiederò di guardare gli appunti di questo tizio. Tornerò tra poco.»

«Pensavo fosse a Boston» disse Kylie, mentre mi dirigevo verso la porta.

«Solo per il fine settimana. È tornata con il primo aereo del mattino.»

«Quindi non la vedi da quando? Venerdì?»

«Giovedì pomeriggio.»

«In tal caso, dubito che tornerai tra poco. Ma non ci mettere troppo tempo. Le elezioni sono tra otto giorni.»

14

Dio benedica Fred Robinson.

Per undici anni era stato sposato con una donna bellissima, intelligente e sicura di sé. Poi l'aveva scaricata per una più giovane, più stupida e meno autonoma.

Mors tua, vita mea.

Avevo conosciuto Cheryl quattro anni prima, quando speravo di entrare nella Red. Era la strizzacervelli incaricata di sondare la mia mente per assicurarsi che fossi un buon acquisto.

Ero nervoso e lei lo sapeva.

Mi sorrise. « Non si preoccupi, detective Jordan. Non mordo. »

Non mi dispiacerebbe se mordesse, dottoressa morbide labbra rosse, invitanti occhi castani e pelle liscia color caramello incorniciata dalle soffici onde di una folta chioma nerissima. Avevo solo ventinove anni, ma ero pronto a rinunciare alle mie ambizioni per andare a letto con una sexy psicologa di origine latina.

Qualche anno dopo, Cheryl mi spiegò che era al novanta per cento irlandese, ma grazie alla nonna portoricana sembrava irlandese tanto quanto J.Lo. Purtroppo, all'epoca sfoggiava ancora la fede nuziale, perciò pensai che provarci con una donna sposata durante un colloquio di lavoro fosse una pessima mossa per la mia carriera.

Chiacchierammo del mio passato, personale e professionale, poi lei mi fece una domanda a trabocchetto: « Pensa che le persone ricche e potenti meritino un servizio migliore da parte della polizia?»

«Assolutamente no» replicai, una risposta in apparenza sbagliata per uno che sta cercando di entrare nella squadra superelitaria creata per servire i ricchi e i famosi.

Cheryl non reagì, disse solo: «Può spiegarsi meglio?»

«I ricchi non meritano una protezione migliore rispetto a dei senzatetto. Quello che meritano, *soprattutto se sono vittime di un crimine*, è un poliziotto sensibile alle loro esigenze, non certo uno che ce l'ha con loro perché sono ricchi, viziati ed egocentrici.»

«Lei viene dalla classe operaia, detective Jordan. Cosa la rende sicuro di saper trattare con una persona come Donald Trump?»

«Mia madre era una truccatrice: film, televisione, servizi fotografici di moda. Aveva a che fare con dive, primedonne, rockstar, ognuna più viziata dell'altra. Mi ha insegnato a gestire questa gente.»

«Come?»

«'Non cercare di cambiarli' diceva sempre. 'Ricordati che nel profondo sono insicuri come tutti noi. E la stanza non è mai grande abbastanza per due narcisisti; quindi, lascia il tuo ego sulla porta.'»

«Aveva una madre intelligente» replicò Cheryl. «Sembra che andasse d'accordo con tutti.»

«Tutti tranne un ragazzo con cui litigava in continuazione.»

Non c'è nessuno che non ami i pettegolezzi del mondo dello spettacolo e io sapevo di avere Cheryl in pugno. «Non deve dirmi il suo nome, ma sto morendo dalla curiosità. Chi era?»

«Mio padre.»

Ottenni il lavoro.

Io e Cheryl stringemmo subito amicizia e poi, quando il suo matrimonio cominciò a scricchiolare, divenni l'unica persona con cui voleva confidarsi. Due settimane dopo il suo divorzio, ci trasformammo in amici di letto. Inutile dire che l'evoluzione del nostro rapporto fu alquanto piacevole.

La porta dell'ufficio di Cheryl era aperta, perciò entrai. Appena mi vide, saltò in piedi da dietro la scrivania, mi abbracciò e mi baciò con foga. «Dio, come sono felice di vederti!» esclamò, premendosi contro di me.

E così all'improvviso mi ritrovai con alcune parti del corpo molli e altre un po' meno.

Cheryl e io stavamo insieme solo da pochi mesi e non ero pronto a un saluto così appassionato, ma il mio corpo mise il pilota automatico e mi ritrovai a fare con i fianchi dei piccoli movimenti circolari contro di lei.

«Esattamente, quanto sei felice di vedermi?» chiesi, chiudendo la porta con il tallone e spingendola verso l'invitante divano azzurro che tornava utile ogni volta che doveva lavorare fino a tardi.

«Sei pazzo» disse Cheryl bloccandomi, ma senza allontanarmi.

«Pazzo? Diagnosi sbagliata, dottoressa. Provi con eccitato.» Iniziai a sbottonarle la camicetta.

Pensavo che mi avrebbe fermato, invece cominciò a baciarmi e palpeggiarmi. «Chiudi a chiave» mormorò.

La lasciai andare, mi voltai e presi la maniglia, ma in quel momento qualcuno dall'altra parte colpì la porta con il piede. Non bussò. Sferrò soltanto un calcio bello forte.

«Un attimo!» gridai e aspettai che Cheryl tornasse di corsa alla scrivania e si abbottonasse.

Aprii. Era Matt Smith.

«Ehi Zach, come stai? Non sapevo che fossi qui, altrimenti avrei portato un caffè anche per te» disse con il suo accento britannico.

Teneva in mano due tazze di Starbucks, motivo per cui aveva cercato di aprire la porta con un calcio.

« Pensavo ti servisse qualcosa per tirarti su » esordì lui, posandone una sulla scrivania. « Latte di soia con doppio espresso, giusto? »

Gli occhi di Cheryl si illuminarono. « Grazie, Matt. Non ce n'era bisogno. »

« È stato un piacere. E grazie per quel libro. L'ho letto durante il fine settimana. Mi ha aperto gli occhi. Avrei alcune domande, ma possono aspettare. Voi due sembrate occupati. Zach, ho sentito che stai lavorando al caso del killer della tuta hazmat. Ho cercato di tracciare l'ultimo video che ha postato, ma non ho trovato nulla, spero vi serva ancora uno smanettone. »

Matt è un super nerd che probabilmente potrebbe hackerare i sistemi del Pentagono, se glielo chiedessimo. È intelligente e meticoloso ed è divertente lavorare con lui. È senza dubbio il nostro miglior informatico. C'è solo un piccolo problema: non sembra affatto un nerd, assomiglia più a David Beckham che a Bill Gates e in quel momento la cosa mi infastidiva a morte.

« Oh, ti chiamerò di sicuro » risposi.

« Fantastico! » esclamò, mostrando un ampio e perfetto sorriso che contraddiceva tutto ciò che avevo sentito sulla scarsa qualità dei dentisti inglesi.

Uscì dalla stanza, voltandosi per chiudere la porta.

« Lasciala pure aperta » disse Cheryl. « A me e Zach farebbe bene un po' d'aria fresca. »

« Significa che non riprenderemo da dove ci siamo interrotti? » chiesi, non appena Smith non fu più a portata d'orecchio.

« Ora che ho avuto un minuto per pensare, mi sono ricordata che questa è una stazione di polizia. »

« E allora? Non stavamo mica per commettere un crimine. »

« Datti una calmata, cowboy. Continueremo fuori dall'orario di lavoro e ti prometto che varrà la pena aspettare. »

Non avevo dubbi che sarebbe stato così.

Come ho detto, Dio benedica Fred Robinson.

15

L'arredamento dell'ufficio di Cheryl era troppo comodo e ben progettato per essere opera del dipartimento. Doveva aver comprato tutto a sue spese, scegliendo tessuti e colori che creavano un buon equilibrio tra il suo lato professionale e quello femminile. I diplomi erano appesi alle pareti, ma non c'erano foto personali. Dopotutto, era una strizzacervelli.

«Accomodati, detective» disse, sedendosi dietro il tavolo di vetro che era la sua scrivania.

Mi sistemai di fronte a lei su una sedia per gli ospiti rivestita di tessuto color pesca.

«Allora, tu e Kylie avete preso in mano il caso del killer della tuta hazmat» fece con aria molto professionale.

«La sua ultima vittima è Evelyn Parker-Steele.»

«Lo so. Ho visto il video. Poveretta. Come posso aiutarti?»

«I fascicoli sulle prime tre vittime sono piuttosto scarni. Io e Kylie dobbiamo ancora esaminarli. Ma ce n'era un quarto, un profilo dell'assassino. Volevo che gli dessi un'occhiata.»

Posai il fascicolo sulla scrivania.

Lei lo guardò, ma anziché prenderlo, tolse il coperchio dal caffellatte e ne bevve un piccolo sorso. «Chi è il profiler che lo ha compilato?»

«Si chiama Donald Li.»

«Non lo conosco.»

« Dubito che sia alla tua altezza. È un detective di Chinatown. Ha una laurea in assistenza sociale. »

Cheryl fece scivolare il fascicolo sul mio lato della scrivania. « Sarò felice di aiutarvi, ma non ho intenzione di dare un'occhiata a quello. Fammi solo vedere ciò che hai sulle vittime e ti darò un nuovo parere. »

« È quello che avevo in mente di fare. Forse sono arrivato un po' troppo presto, ma volevo metterti al corrente. »

« Credo che tu volessi solo portarmi su quel divano » ribatté lei prima di bere un altro sorso.

« Certo, anche quello. Non ti vedevo da quattro giorni e avevo bisogno di una scusa per passare dal tuo ufficio. Il fascicolo è stata un'idea pessima. Avrei fatto meglio a portarti un caffellatte. Latte di soia con doppio espresso... non sapevo che fosse la tua droga preferita. »

« Perché quando ti vedo di sera preferisco lo Chardonnay, ma il dipartimento non lo tollera durante il giorno. »

« E Matt Smith sa cosa bevi? » chiesi.

« Sì. È nell'ufficio qui accanto. »

« Quindi, ti prende il caffè? »

« No, me l'ha portato per ringraziarmi. Gli ho regalato un libro sull'ordine di nascita. »

« Perché? »

« Ha due fratelli, uno più grande e uno più piccolo... »

« Ah, la vecchia sindrome del figlio di mezzo. Il povero Matt non ha ricevuto abbastanza attenzioni dai genitori, così ora cerca l'amore nei posti sbagliati. »

« Santo cielo, mi ha solo portato un caffè. È un gesto carino e lui è un bravo ragazzo. »

« Sì, un bravo e bel ragazzo *single*. Vuoi dirmi che era solo un gesto per ringraziarti del libro? Non ci sta provando con te? »

« Forse sì. Sono single da poco e nessuno, a parte il capitano Cates e Kylie, sa che io e te usciamo insieme. Per quello che ne sa lui, sono libera come l'aria. Quindi, forse stava flirtando con me, ma io non ho ricambiato.»

«Certo che no. Ero qui...»

«Zach, come donna sono lusingata dalle conclusioni assolutamente insensate a cui stai saltando, ma come strizzacervelli posso solo consigliarti di darti una calmata.»

Cheryl se ne stava lì a fissarmi, continuando a sorseggiare il caffellatte ormai tiepido.

«È buono, vero, tesoro?» esclamai, fingendo un sofisticato accento inglese.

«Abbastanza» rispose lei, cercando di non ridere.

«Abbiamo appena avuto il nostro primo litigio?»

Ci pensò su. «Non è niente di che, ma direi di sì.»

«Bene» dissi. «Allora ho qualcosa da aspettare con ansia.»

«Non vedi l'ora di un'altra bella litigata?»

«No» replicai, raccogliendo il fascicolo e dirigendomi verso la porta. «Di fare la pace tra le lenzuola.»

Non mi voltai, ma udii la sua risata.

16

«Siamo nella merda fino al collo» esclamò Kylie quando tornai alla mia scrivania.

«Più di quanto lo eravamo prima che me ne andassi dieci minuti fa?» domandai.

Lei sollevò uno dei fascicoli sul killer della tuta hazmat che avevamo appena ereditato. «Ti ricordi di chi è stata la brillante idea di tenere Donovan e Boyle su questo caso?»

«Credo che tu sia rimasta proprio abbagliata dalle loro scintillanti personalità e dal fatto che – tue testuali parole – fossero ostinati.»

«Mi sbagliavo di grosso su entrambi i fronti.» Lasciò cadere il fascicolo sulla scrivania. «Non c'è niente qui dentro.»

«Definisci 'niente'.»

«La maggior parte delle informazioni è roba di contorno. Biografie, rapporti del medico legale e schede delle vittime. Potremmo ottenere di più leggendo la rubrica di Pete Hamill sul *Daily News*. Tre omicidi, Zach, e questi tizi non hanno trovato uno straccio di pista.»

«Allora credo che siamo fortunati» replicai. «Abbiamo un quarto omicidio e non hanno ancora fatto casino. Mettiamo da parte i fascicoli e cominciamo da Evelyn Parker-Steele. È quello su cui sappiamo di più.»

«Per caso vivi nel mondo dei sogni?» ribatté Kylie. «Non

abbiamo niente. Tutte le informazioni in nostro possesso le abbiamo prese da un politico dalla lingua sciolta. E questo *prima* che la Parker-Steele cambiasse il suo status da persona scomparsa a vittima di omicidio e *prima* che si dichiarasse colpevole e confessasse di aver ucciso la sua amante lesbica. Per quanto mi riguarda, siamo al punto di partenza.»

«Hai ragione. Allora, cominciamo a esaminare le sue e-mail, i tabulati telefonici, le transazioni delle carte di credito. Tutto quello che riusciamo a trovare. E vediamo se conosceva una delle altre vittime.»

«Stando al loro passato, probabilmente non le conosceva» fece notare Kylie. «Ma vediamo se sono collegate in qualche modo. Forse hanno un nemico in comune. Inoltre, parliamo con la famiglia e vediamo cosa possono dirci.»

«Buona idea. Perché i miliardari sono sempre pronti a rivelare i loro piccoli e sporchi segreti di famiglia per aiutare gli inquirenti a portare a galla la verità. Chi è nel mondo dei sogni?»

«Adesso sei tu ad aver ragione. Chiamiamo Muriel Sykes. Anche se non sa nulla, possiamo almeno mettere le mani sul computer di Evelyn.»

Sykes ci aveva dato il suo contatto personale il sabato precedente, quando aveva chiamato per denunciare la scomparsa della Parker-Steele. Kylie compose il numero.

«Signora Sykes, sono la detective MacDonald. Io...»

La donna la interruppe. Passarono almeno venti secondi prima che Kylie potesse dire una parola. «Signora, l'ho chiamata appena ho trovato un minuto. Eravamo sulla scena del crimine e...»

Pausa. Poi: «Cosa vuol dire 'quale scena del crimine'? Eravamo a Central Park con Ev...»

Un'altra interruzione. L'espressione di Kylie passò dall'esasperato al confuso. «No, non ce l'ha detto nessuno. Quando ha sporto denuncia? È il Diciassettesimo Distretto. Che cosa è stato preso?»

Kylie si girò verso di me e pronunciò una sfilza di silenziose imprecazioni.

« La prego, non se ne vada. Saremo lì... »

Qualche secondo di silenzio e poi sbottò: « Allora dove si trova adesso, signora Sykes? » domandò. « Dove? »

Quando mi fece segno di muovermi, io la seguii fino alla porta.

« Per favore, non tocchi niente. E non faccia entrare nessun altro. Saremo lì tra cinque minuti. »

Kylie riattaccò e si lanciò giù per le scale, gridando: « Cazzo, cazzo, cazzo, cazzo, *cazzo*! Siamo una coppia di *idioti*! »

17

La Ford Interceptor era parcheggiata davanti al distretto. Kylie si mise al volante e, appena chiuse la portiera, partì a razzo sfrecciando verso ovest sulla East 67th Street. Accese i lampeggianti e le sirene e passò col rosso su Lexington Avenue. Poi girò a destra e si diresse a tutta velocità su Park Avenue in direzione uptown.

«Abbiamo un codice tre?» gridai per sovrastare l'ululato della sirena.

Il codice tre è soltanto per le emergenze in cui ci sono delle vite in gioco. Non possiamo ignorare del tutto il codice della strada, ma possiamo far spostare le auto per passare con più facilità. Il codice due è per le emergenze non prioritarie. E in quel caso abbiamo l'obbligo di rispettare il codice della strada.

«Codice due e mezzo. Cercherò di non uccidere nessuno» rispose Kylie.

«Allora rallenta.»

Non premette il freno, ma smise di schiacciare l'acceleratore.

«Ora, dove stiamo andando e perché siamo degli idioti?»

«Qual era la più grande, anzi l'unica preoccupazione del sindaco Spellman?»

«Arrestare il killer della tuta hazmat prima di martedì prossimo, altrimenti lui diventerà l'*ex* sindaco Spellman?»

«Esatto» rispose lei. «Se lo facciamo sotto l'occhio vigile di

Spellman, lui si prenderà la gloria e dirà al mondo che il candidato intransigente con il crimine è già in carica. Se non avremo risolto il caso prima che gli elettori si rechino alle urne, Sykes accuserà il sindaco di essere debole e impotente. Quindi cosa pensi che la candidata sindaco voglia che facciamo? »

« Merda! » esclamai. « *Non* catturare l'assassino! »

« Centrato. È nel suo interesse rallentarci e potrebbe aver capito come riuscirci. Questa mattina, sul presto, c'è stata un'irruzione nel quartier generale della sua campagna elettorale, e indovina un po'? È stato rubato il computer di Evelyn. »

« Hai ragione. *Siamo* degli idioti. Eravamo così impegnati a fare i poliziotti che abbiamo perso di vista la cosa più importante. La politica. »

Kylie aggirò un tassista troppo lento e arrogante per togliersi di mezzo. Attraversammo 86th Street di corsa verso uptown.

« Aspetta. Il quartier generale della campagna è su 55th Street. Dove stiamo andando? »

« Tra 94th Street e Park Avenue. L'appartamento di Evelyn Parker-Steele. Lo stesso posto in cui ha ucciso Cynthia Pritchard due anni fa. »

« Che c'è lì? »

« Muriel Sykes. E scommetto un anno di stipendio su quello che non c'è. Il computer di Evelyn. »

« Dannazione » esclamai, colpendo il cruscotto con un pugno. « Al diavolo il codice due. Spingi sull'acceleratore. »

18

Rispetto agli altri edifici di Park Avenue, quello in cui abitava Evelyn era piuttosto moderno. Non era uno dei grandiosi palazzi costruiti all'inizio del secolo scorso, ma un fabbricato in mattoni rossi degli anni Sessanta e con ogni probabilità Evelyn aveva acquistato il suo appartamento con due camere da letto per un paio di milioni, che in questa zona della città è un prezzo stracciato.

Naturalmente, Evelyn e suo marito, Jason Steele, possedevano un allevamento di cavalli da ottanta milioni di dollari a Pound Ridge. Per lei, quindi, la casa al civico 1199 di Park Avenue era solo un rifugio, arredato con gusto e con qualche milione di dollari di arte moderna e mobili antichi.

Non servì sventolare i nostri distintivi sotto il naso del portiere. Gli bastarono i lampeggianti della Ford parcheggiata in doppia fila.

«Siete qui per la signora Parker-Steele?» chiese, tenendoci la porta.

«Esatto» rispose Kylie. «La signora Sykes è di sopra. Ci sta aspettando.»

«Appartamento 14A. L'ascensore è laggiù» disse il portiere. «Peccato per quello che è successo. Era una brava inquilina. Mai nessun problema.»

Tranne quella volta che ha spinto la sua ragazza giù dal terrazzo.

È incredibile quanto si possa ignorare del passato di una persona, quando la si vede torturata su Internet.

La porta dell'appartamento si aprì prima che potessimo suonare il campanello. Muriel Sykes ci fece entrare. Un tempo giocava a lacrosse nella NCAA alla Penn State. Trent'anni e quattro figli dopo, conservava ancora un fisico atletico e imponente. I capelli castani acconciati con studiata semplicità e il completo gonna grigio ardesia si confacevano all'età e all'immagine di una donna che voleva rivolgersi a un elettorato ampio e trasversale.

«Grazie mille per essere venuti» ci accolse, come se avessimo accettato il suo cortese invito e non fossimo scappati dal distretto quando avevamo capito che stava cercando di minare la nostra indagine.

L'appartamento di Evelyn era anonimo e straordinariamente neutro. Le pareti, i mobili e persino le opere d'arte erano tutte di varie tonalità di beige. L'unico dettaglio che saltava all'occhio era l'ottuagenario dall'espressione arcigna in abito nero e dolcevita rosso, seduto su un divano écru di gusto minimalista, con un telecomando argentato in una mano e una lattina verde brillante di ginger ale Canada Dry nell'altra.

«Lui è il padre di Evelyn, Leonard Parker» spiegò Sykes, presentandoci.

Attenendoci al solito protocollo, porgemmo le nostre condoglianze. Lui ci ringraziò, sebbene sembrasse più interessato all'andamento della borsa che scorreva nella striscia in basso della tv.

«Non era gay» affermò, alzando gli occhi dallo schermo. «L'hanno torturata per farglielo dire. Evelyn e Jason erano felici come una coppia di sposini.»

Non tentò di negare il fatto che sua figlia era un'assassina, l'importante era che non ce ne andassimo pensando che fosse un'assassina lesbica. Che padre!

«Trovatemi questo bastardo della tuta hazmat» disse, dimenticando che io e Kylie lavoravamo per la città e non per lui. «Gli tireremo fuori la verità. Ho chi può occuparsene.»

Sykes si intromise prima che l'uomo avesse la possibilità di illustrare il suo piano di vendetta. «Leonard, è una situazione molto stressante. Ho il disperato bisogno di una sigaretta.»

Lui la guardò come se avesse detto che stava per fare pipì sul tappeto. «Non qui dentro. Devo vendere questo posto. Gli acquirenti sentiranno l'odore di quella merda fin dall'ingresso. Va' fuori.»

Sykes ci condusse a una portafinestra scorrevole e la aprì.

Era il famoso terrazzo in cui Cynthia Pritchard aveva trascorso i suoi ultimi istanti. Poiché era appartenuto a una donna ricca, l'avevo immaginato come uno spazioso cortile pieno di costosi mobili da giardino Frontgate e vegetazione lussureggiante. Non era così.

Si trattava di un semplice balcone. Uno di quei piccoli scaffali che si vedono appesi ai grattacieli, dove gli abitanti della città, sempre a corto di spazio, stipano le biciclette, i barbecue hibachi tutti arrugginiti e altre schifezze che non vogliono tenere in casa. Non c'era nemmeno posto per sedersi. Aspettammo che Sykes accendesse una Capri, una di quelle sigarette ultralunghe e ultrasottili amate dalle donne che vogliono apparire sofisticate, mentre inalano sostanze cancerogene infuse di nicotina.

«Niente foto, per favore» disse, dopo aver tirato una boccata. «Non gioca a favore della mia immagine.»

«Ci racconti dell'irruzione» incalzò Kylie.

«Hanno preso solo un paio di computer. Sono sicura che siano stati gli uomini di Spellman. Sapete come funziona la politica. Si pensa che la gente abbia imparato qualcosa dal Watergate, ma a mali estremi, estremi rimedi. Immagino che il sindaco farà di tutto per salvarsi il culo.»

«Ha denunciato il furto?» domandò Kylie.

«Lo ha fatto qualcuno del mio staff.»

«Allora perché è qui, anziché al quartier generale della sua campagna elettorale?»

«Leonard è un caro amico. Sta cercando di affrontare il lutto e mi ha chiesto se potessimo passare un po' di tempo qui da soli. È un vecchio brontolone, ma Evelyn era la sua bambina e l'adorava. Credo volesse avere un momento di tranquillità per entrare in connessione con lei.»

Tutti i politici raccontano stronzate, e Muriel era una vera professionista. Da quello che avevo potuto constatare, il suo caro amico Leonard era più preoccupato che il fumo delle sue sigarette abbassasse il valore della proprietà.

«Ha preso qualcosa dall'appartamento?» chiesi.

«Detective, la sua domanda rasenta l'insulto. Sa che sono un ex procuratore? Prendere qualcosa da questo appartamento potrebbe essere considerato un reato, come minimo intralcio alla giustizia. La risposta è un no inequivocabile.»

«Le chiedo scusa. Tipica domanda da poliziotto medio.»

«Solo che né lei né la sua compagna siete tipici poliziotti medi. Voi della Red siete addestrati a gestire situazioni di alto profilo come questa. Siete stati eroi da prima pagina qualche mese fa. Mi aspetto che ci pensiate due volte prima di farmi altre domande stupide.»

La miglior difesa è l'attacco e Muriel Sykes ci ha appena preso a pugni.

«Ora, a che punto siete con l'omicidio di Evelyn?»

«Volevamo controllare il suo computer. Ha un portatile qui?»

«Non ne ho idea. Se ce l'ha, posso assicurarle che né io né Leonard lo abbiamo toccato.»

E se ci fosse del porno lesbico in giro, sono sicuro che tu e Leonard non vi siete sbarazzati nemmeno di quello.

«Abbiamo bisogno di un mandato di perquisizione o possiamo dare un'occhiata in giro?» domandai.

«Certo. Sono qui per aiutarvi» replicò lei, sfoderando quell'affabile sorriso da nonna che caratterizzava tutti i suoi manifesti elettorali. Ma dal collo in giù, il suo corpo di un metro e ottanta era pronto per la battaglia. Come scrisse una giornalista: «Sykes è un enigma politico. Non si sa mai se ha intenzione di picchiarti a sangue o di prepararti dei biscotti».

«Le viene in mente qualcosa che possa collegare Evelyn alle tre vittime precedenti?» chiesi.

«No, niente» rispose Sykes. «L'assassino non la conosceva. Ha ucciso quelle tre canaglie, ma il sindaco non gli ha dato ciò che voleva. Attenzione. Così, ha preso di mira una persona di potere, le ha strappato una falsa confessione e ora è un fenomeno mediatico internazionale. Se a Gracie Mansion ci fossi stata io, lo avrei rinchiuso prima che mettesse le mani su Evelyn.»

Spense la sigaretta e si mise in bocca una mentina. «Ora lasciatemi tornare da Leonard» disse, tirando la maniglia della portafinestra. «Siete liberi di guardare in giro quanto volete.»

Io e Kylie ci aspettavamo di non trovare nulla, ma setacciammo lo stesso tutte le stanze, facendo le dovute verifiche.

«Questo sì che è interessante» osservai quando arrivammo nello studio di Evelyn. «Niente computer, niente modem.»

«Forse era Amish» ribatté Kylie. «Per fortuna sappiamo che Sykes è un ex procuratore degli Stati Uniti, altrimenti avrei potuto sospettarla di manomissione delle prove.»

Tornammo in soggiorno, dove Leonard camminava e urlava al cellulare. «Aspetta, Vernon» esclamò non appena ci vide. «Chiedo alla polizia.»

«Ehi, signora ispettrice, questa è una scena del crimine?» chiese, roteando il dito ossuto per la stanza. «L'appartamento, è una scena del crimine?»

«Tecnicamente, non ci sono prove...» rispose Kylie.

«Un sì o un no. Scena del crimine oppure no?»

Nessuno, per quanto anziano o ricco, riesce a mettere fuori gioco Kylie MacDonald. «Signor Parker» esordì, usando un tono intenzionalmente cordiale, « per rispondere alla sua domanda, l'NYPD al momento non considera l'appartamento della sua defunta figlia una scena del crimine. »

« Siamo a posto, Vern » disse Parker al telefono. « Mettilo in vendita a un milione e novecentocinquantamila dollari e vedi se qualcuno abbocca. »

E, detto ciò, il padre in lutto riattaccò, ci superò e uscì dalla porta principale.

19

«Be', è andato tutto a meraviglia» osservai quando fummo di nuovo in ascensore. «In pratica io ho accusato un ex procuratore di aver manomesso le prove, tu sei arrivata a tanto così dal dire al padre della vittima di buttarsi dal balcone e il computer di Evelyn, che è forse il nostro miglior collegamento con l'assassino, è misteriosamente scomparso.»

«Non c'è nessun mistero» ribatté Kylie. «Semplicemente, lo ha preso Muriel Sykes.»

«Prova a dimostrarlo.»

«Pensi che non ci riesca?» mi rimbeccò lei, mentre la porta dell'ascensore si apriva. «Sta' a vedere.»

Si avvicinò subito al portiere.

«Com'è andata lassù?» chiese l'uomo, tutto allegro, come se il Natale fosse dietro l'angolo e Kylie fosse l'inquilina dell'attico pronta a elargire laute mance.

«Come si chiama?» domandò lei con il piglio da poliziotto cattivo, mettendo da parte il fascino.

«Nestor» rispose il portiere, docile.

«Avete la videosorveglianza in questo edificio, Nestor?»

«Solo a circuito chiuso» disse lui, indicando gli otto minuscoli monitor sulla sua scrivania. «Non registra nulla, mi permette solo di tenere d'occhio le cose.»

«Quindi, è un tipo piuttosto vigile?»

« È il mio lavoro. »

« Allora se lo ricorderebbe, se avesse visto la signora Sykes salire le scale per raggiungere l'appartamento della signora Parker-Steele questa mattina presto? »

« Se l'ha fatto, non l'ho vista » replicò con un po' troppa fretta.

« Nestor, sa perché siamo qui? » domandò Kylie.

« Per la signora Parker-Steele. Qualcuno l'ha uccisa. »

« Esatto. Stiamo indagando su un omicidio. Quindi, se le faccio una domanda e lei mente, è colpevole di intralcio alla giustizia, che è un reato. Ha capito? »

Il portiere annuì.

« Bene, allora lasci che le rifaccia la domanda. Ha visto la signora Sykes salire nell'appartamento della signora Parker-Steele questa mattina presto? E ora, prima di rispondere, si chieda se qualsiasi somma le abbia dato per tenere la bocca chiusa è sufficiente per passare i prossimi due anni in galera, perché è il minimo che le toccherebbe per aver mentito a un investigatore della Omicidi. »

« La signora Sykes è passata stamattina. Poco dopo le sette. So l'ora perché inizio il turno alle sette esatte e stavo ancora bevendo il caffè. È arrivata con un'auto di servizio e ha detto all'autista di aspettarla. È andata di sopra, quando è salita non aveva nulla con sé, ma quando è scesa cinque minuti dopo aveva il portatile della signora Parker-Steele. Ho riconosciuto la custodia per via di uno di quegli adesivi della Apple. Mi ha dato cento dollari. »

« Per cosa? » chiese Kylie.

« Mi ha detto: 'Se qualcuno ti chiede se sono stata qui, tu rispondi di no'. »

« Ed è quello che ha fatto, quindi si è guadagnato i suoi cento dollari. E poi ha detto la verità, quindi ora non salirà con me sul sedile posteriore di quell'auto della polizia » concluse Kylie. « Buona giornata, Nestor. »

Afferrò la maniglia in ottone della porta e la aprì con uno

strattone. Mi fece cenno di passare e mi seguì fino all'auto. Nestor rimase lì impalato, con l'aria sconvolta.

«Come stavo dicendo» disse Kylie, accomodandosi al posto di guida, «non c'è nessun mistero in questa faccenda. Muriel Sykes ci ha battuti sul tempo. E ora che so che ci vuole fregare, ho cambiato idea.»

«Su cosa?» domandai.

Si immise nel traffico. «Martedì prossimo voto per Spellman.»

20

Eravamo di nuovo in macchina, diretti verso downtown. « Lo sai, vero, che il portatile è scomparso solo temporaneamente? » chiese Kylie.

« Pensi che salterà fuori mercoledì prossimo, appena le elezioni saranno concluse, oppure Sykes lo terrà nascosto fino al giuramento del primo gennaio? »

« In ogni caso, l'NYPD Red non può aspettare. Andiamo a fare visita a Evelyn. Forse può dirci qualcosa. Chiama Chuck Dryden e chiedigli se gli dispiace vedermi per la seconda volta nello stesso giorno. »

« Sai, non credo gli dispiacerebbe se ti trasferissi da lui. Nel caso in cui la tua mente acuta da poliziotto non l'avesse ancora capito, il ragazzo ha una cotta per te. »

« Ooooh » esclamò lei senza fiato, spostandosi i capelli biondi in una perfetta imitazione di Marilyn Monroe. « È così intelligente e io sono così stupida che non riesco proprio a immaginare cosa ci trovi in me. »

« Penso sia affascinato dalla tua umiltà » risposi.

L'ufficio del primario di medicina legale si trova sulla East 26th Street, proprio dietro l'angolo di una delle loro fonti principali, il Bellevue Hospital.

Come previsto, Chuck era più che felice di vederci e, quando dico noi, non intendo me. Lasciai che fosse la mia compagna di squadra a parlare.

« Chuck, stiamo incontrando ostacoli a destra e a manca. Abbiamo assolutamente bisogno del tuo aiuto » esordì.

Lui si lisciò il camice bianco con entrambe le mani. « Da questa parte » disse, e ci accompagnò in una sala autopsie dove Evelyn era sdraiata su un tavolo autoptico.

« Di solito, non siamo così veloci, ma lei è salita subito in cima alla lista. Abbiamo appena finito di ricucirla. »

« E cosa avete trovato? » lo incalzò Kylie.

« Non si tratta di un omicidio di emulazione. In vita questa vittima sarà anche appartenuta a una fascia sociale diversa rispetto alle prime tre, ma sono morte tutte nello stesso modo. Asfissia. Probabilmente soffocate da un sacchetto di plastica. Tutte e quattro le vittime sono state tenute prigioniere per almeno settantadue ore, i loro corpi sono stati lavati con ammoniaca e per di più il loro stomaco aveva lo stesso identico contenuto: pizza. E non una pizza qualsiasi. Stesso impasto, stessa salsa, stesso formaggio di qualità. Una pizza fatta a regola d'arte, in casa, non commerciale come quelle di Domino's o di Pizza Hut. »

« Puoi stabilire anche questo? » esclamò Kylie. Mi guardò: « Ma questo medico è fantastico! »

Chuck se ne stette immobile, cercando di incassare il complimento senza avere un'erezione.

« E le ferite da difesa? » chiese Kylie. « Nocche ammaccate, pelle sotto le unghie, qualcosa che non si riesce a eliminare con l'ammoniaca? »

« Niente. Sembra che nessuna delle vittime abbia avuto la possibilità di opporre resistenza. »

Kylie si chinò sul tavolo operatorio per guardare meglio il volto di Evelyn. « Perché la bocca è così malmessa? Pensi che l'assassino abbia usato un bavaglio? »

« No, un bavaglio servirebbe soltanto a far tacere le vittime, qualsiasi cosa abbia usato ha causato molti più danni. Denti rotti, ferite all'interno della bocca, muscoli mascellari lacerati. Un bavaglio non li avrebbe ridotti in questo stato.»

«Allora cosa potrebbe essere?»

«Non mi piace formulare ipotesi» replicò Dryden con un sorrisetto ironico.

«Ma ti sei fatto un'idea, non è così?» replicò lei.

«Non nel rapporto ufficiale. Niente finisce nei miei rapporti ufficiali, se non è verificato. Io mi occupo di fatti, non di congetture.»

«Allora concediti trenta secondi di congetture. Per favore...»

Dryden sorrise come non gli avevo mai visto fare prima. «In via ufficiosa» precisò. Era un'affermazione, non una domanda.

«Lo giuro» ribatté Kylie, poggiando una mano sul cuore.

Con uno scintillio negli occhi, Chuck disse: «Quanto sai del sadomasochismo medievale?»

«Qualcosina» rispose lei, guardandolo con un rispetto nuovo. «Ma evidentemente non tanto quanto te.»

21

«Credo che abbiamo appena visto un lato di Dryden il Burbero che poche persone hanno il privilegio di conoscere» disse Kylie non appena tornammo in macchina. «Quel tipo conosce gli strumenti di tortura medievale meglio di quanto la Kellogg's conosca i cereali.»

«Ho sempre pensato che Dottor Integrità avesse un lato perverso.»

«Probabilmente ha una rastrelliera in camera da letto e una ghigliottina in cantina» ribatté lei, ridendo di gusto.

E così il suo bagliore tornò a splendere. Qualunque velo di malinconia si fosse posato sul capo di Kylie, era sparito e lei sprizzava energia da tutti i pori.

«Non mi importa chi vincerà le elezioni. Inchioderemo il bastardo della tuta hazmat prima di martedì prossimo e giocheremo di nuovo ad armi pari.»

Si fermò a un semaforo rosso e si girò verso di me come un segugio tenuto a stento al guinzaglio. «La prima cosa che faremo sarà coinvolgere Matt Smith.»

Quell'affermazione fu come un pugno allo stomaco. Prima che riuscissi a chiedere a cosa diavolo ci servisse Matt Smith, Kylie si spiegò.

«Hai sentito Dryden. La maggior parte di quegli affari si trova nei musei. Se vuoi metterci le mani, non puoi certo andare al reparto torture del supermercato più vicino. È un mercato esoterico e ho pensato che se Matt riuscisse a rintracciare chi li vende, potrebbe anche condurci alla persona che li ha comprati. Sei d'accordo?»

Non potevo che concordare. «Vale la pena tentare.»

«Devo dirtelo» proseguì Kylie. «Ho lavorato con molti informatici, ma Matt Smith è il nerd più intelligente del mondo. E non solo capisce il lato tecnico, si rapporta anche bene con le persone. Siamo fortunati ad averlo qui nell'edificio.»

Già. Proprio nell'ufficio accanto a Cheryl.

Quando tornammo al distretto era pomeriggio inoltrato, ma Matt, affabile e bello come sempre, era lì ad aspettarci, entusiasta all'idea che avessimo bisogno del suo aiuto.

«Una pera orale?» chiese, quando gli spiegammo cosa aveva pensato Dryden. «Non ne ho mai sentito parlare.»

«Allora siamo in tre» replicò Kylie. «E Dryden non vuole dichiarare in modo ufficiale che è ciò che sospetta. Dice che si tratta soltanto di un'ipotesi plausibile.»

«Dove ha studiato? A Hogwarts?» esclamò Matt. «Non ne so molto di tortura, ma datemi qualche ora e vedrò di capire dove l'assassino ha fatto i suoi acquisti. E il computer della Parker-Steele?»

«Scomparso» risposi. «Sparito come un treno merci nella notte.»

«Acciderboli!» borbottò Smith. È un'espressione che tira fuori in continuazione e che, a quanto pare, è così flessibile da poter essere usata sia quando è incazzato sia quando è felice.

«Hai trovato qualcosa tra le spese della carta di credito o nei tabulati del cellulare che la colleghi alle altre tre vittime?» domandai.

«Niente. Non ha mandato messaggi, non li ha chiamati né ha guardato una delle loro confessioni video sull'iPhone. E non c'è nulla nelle sue tracce vocali o nei suoi dati che mi dia un indizio sull'assassino. È possibile che non conoscesse il suo rapitore.»

«Allora come ha fatto a prenderla senza che lei opponesse resistenza o senza richiamare l'attenzione di qualcuno?»

«Come fai a sapere che non ha opposto resistenza?»

«Non lo so e questo mi infastidisce. Kang, Tinsdale, Catt, Parker-Steele non sono le persone più facili al mondo da rapire. Se non hanno nulla in comune, supponiamo che a sequestrarle sia stato un perfetto sconosciuto. Se così fosse, sicuramente avrebbero opposto una qualche resistenza.»

«Soprattutto Kang e Tinsdale» precisò Kylie.

«E se l'hanno fatto, potrebbero esserci dei testimoni che li hanno visti lottare contro un aggressore» aggiunsi. «Concentriamoci su Evelyn. Dagli addebiti sulla carta di credito sappiamo che venerdì sera era all'Hackie's Pub su Second Avenue. Non è mai tornata nel suo appartamento, che dista soltanto nove isolati. Matt, forse se provi a tracciare il suo telefono, puoi localizzare l'area generale in cui è avvenuto il rapimento. Così potremmo...»

«Sono un idiota» esclamò l'uomo che Kylie aveva appena sostenuto essere il nerd più intelligente del mondo. «Sono stato così impegnato a cercare qualcosa che collegasse le quattro vittime che ho ignorato del tutto l'ovvio. Datemi venti minuti e avrò qualcosa per voi.»

Si sedette al computer. «Sei davvero brillante, Zach. Non so perché non ci ho pensato da solo.»

Acciderboli, amico. Forse eri troppo impegnato a corteggiare la mia ragazza con le tue arie da star del calcio, il tuo fastidioso accento inglese e i tuoi improvvisati caffellatte di soia del cazzo.

22

Venti minuti più tardi, io e Kylie eravamo di nuovo nell'ufficio di Matt Smith. Notai che la porta di Cheryl era chiusa e le luci erano spente, il che significava che non sarebbe tornata a casa né con me, né con l'altro spasimante.

«Cos'hai scoperto?» chiese Kylie.

«Che prima di sparire, Evelyn è stata qui» rispose Smith, indicando sul monitor una mappa di Google dell'Upper East Side. «L'Hackie's Pub. Tra Second Avenue e 88th Street. Ha pagato il conto con un'American Express alle 23:09. Il suo appartamento si trova tra 94th Street e Park Avenue, a circa dieci minuti a piedi. Era una serata mite, quindi potrebbe aver deciso di fare una passeggiata. Tuttavia, anche se avesse preso subito un taxi, cosa improbabile in un fine settimana frenetico, con il traffico e i semafori avrebbe comunque impiegato almeno dieci minuti a rientrare. Però, siccome sappiamo che non è mai arrivata a casa, deve essere sparita in una zona non troppo distante dal bar.

«Partendo dal presupposto che fosse a piedi, ho cercato le immagini del traffico e delle telecamere di sorveglianza lungo Second Avenue. Dopo aver pagato il conto deve averci messo qualche minuto a uscire da Hackie's, ma alle 23:17 una videocamera del traffico la riprende su 89th Street, mentre si dirige verso uptown su Second Avenue. La ritroviamo su 90th Street e su 91st Street, poi basta. Non risulta nulla in nessuna telecamera oltre 91st Street e Second Avenue.

«A questo punto, ho ricontrollato i tabulati del suo cellulare. L'iPhone segnala sempre la sua posizione e, stando a Verizon, è rimasta al bar per tutta la sera, poi il segnale si aggiorna di continuo finché non viene rintracciata mentre cammina su Second Avenue. Alle 23:19 è tra 91st Street e Second Avenue. Cinque minuti dopo, è a dodici isolati a sud, su 69th Street. Otto minuti più tardi si trova sul ponte di 59th Street, diretta verso il Queens, dove il segnale si perde. Verizon non l'ha più ripresa. O il telefono è spento o è in fondo all'East River.»

«Quindi, una macchina o un taxi l'ha caricata vicino a 91st Street?» chiesi.

«Quella parte di Second Avenue è piena di locali» rispose Smith. «Ce ne sono tre fra 91st e 92nd Street, che è il punto in cui l'abbiamo persa. Ma nessuno ha le telecamere sulla strada.»

«Anche così» intervenne Kylie, «era un venerdì sera nell'Upper East Side. Ci dovrebbero essere molti potenziali testimoni.»

«Ma la maggior parte sarebbe stata dentro uno di quei locali» replicò Matt.

«Non sto parlando della gente dentro i bar, sto parlando di quella fuori» ribatté lei.

Si rivolse a me. «Ricordi cosa ha fatto Leonard Parker per impedire a Muriel Sykes di abbassare il valore della sua proprietà?»

«L'ha spedita fuori a fumare. Ottima idea, detective. Quindi, ora non dobbiamo far altro che sorvegliare quella striscia di bar, trovare qualche dipendente dalla nicotina che era lì alle ventitré di venerdì sera ed era ancora abbastanza sobrio da aver notato Evelyn che saliva su un'auto e si dirigeva verso downtown su Second Avenue.»

«Mi sembra un buon piano» disse Kylie, più ottimista di quanto non fosse stata in tutta la giornata. «Andiamo a fare un giro dei locali, compagno di squadra.»

23

Il post-it sulla scrivania di Emma Frye recitava: *Chiamare Gideon.* Le grandi lettere maiuscole in fondo alla sua lista della spesa ribadivano: *CHIAMARE GIDEON!!* Ma lei si era lasciata sfuggire l'intera giornata senza telefonare a suo figlio. Come molti newyorkesi, era rimasta incollata alla televisione, rapita dal processo per omicidio a Rachael O'Keefe.

«Emma» gridò Sherman entrando dalla porta, «hai già chiamato Gideon?»

La donna azzerò l'audio e si affrettò a scendere le scale, fermandosi per controllare i capelli nello specchio all'ingresso. *Ma guardati*, disse a se stessa. *Sei euforica come un'adolescente.*

Sherman era al lavello della cucina, impegnato a mettere i fiori in un vaso.

Dopo la morte del marito qualche anno prima, Emma pensava che non avrebbe mai avuto un altro giorno felice nella sua vita. Quando lo gestiva con Roy, il negozio di fiori rendeva bene, ma non riusciva a portarlo avanti senza di lui. «Lo venderò» aveva detto a Gideon.

Suo figlio aveva poi trovato l'acquirente perfetto. Sherman Frye era stato insegnante di storia e allenatore di atletica alla John Adams High ed era appena andato in pensione dopo trentacinque anni di lavoro. Era disposto ad acquistare il negozio, ma solo a patto che nel primo anno Emma lo affiancasse nella gestione.

Lei aveva accettato e dopo due mesi avevano iniziato a uscire ogni tanto per una cena di lavoro. Poi c'erano stati i fine settimana. Golf, antiquariato, le gite in macchina ai campi di battaglia della Guerra civile e quelle a bordo del Tecumseh, un cabinato Chris-Craft di tre metri che Sherman aveva restaurato a meraviglia.

La sera in cui l'anno di affiancamento di Emma era giunto al termine, i due erano andati nel loro ristorante preferito, La Nora su Cross Bay Boulevard. Lui aveva aspettato che prendessero caffè e cognac prima di far scivolare la busta sul tavolo.

«Tieni, è un regalo di addio per la mia dipendente preferita.»

Emma l'aveva aperta e aveva letto il biglietto. C'era scritto: *Non andare via. Mai.*

A quel punto, Sherman aveva sollevato il coperchio della scatolina in velluto blu con un antico anello di diamante al suo interno. «Mi dispiace non potermi inginocchiare. Avresti dovuto conoscermi prima che il golf mi rovinasse il crociato anteriore, ma ti amo e hai lavorato per me abbastanza a lungo. Vorrei passare il resto della mia vita a lavorare *con* te. Emma, vuoi sposarmi?»

Ancora una volta, lei aveva risposto di sì alla sua offerta. Da allora, non era mai stata tanto felice.

«Iris» disse, mentre Sherman riempiva d'acqua il vaso. «I miei preferiti.»

«No» replicò lui. «I tuoi preferiti sono i lillà, ma tutti quelli che avevo in negozio erano freschi e pronti per la vendita. Questi bambini, invece, hanno circa ventiquattr'ore di vita prima di crollare. Così, ho pensato di portarli a casa a mia moglie, che a quest'ora avrà sicuramente chiamato suo figlio, come le ho chiesto di fare negli ultimi cinque giorni.»

Le avvolse le sue grandi braccia da orso intorno alle spalle. «Allora» le sussurrò all'orecchio, «l'hai chiamato?»

Emma si liberò dalla presa per poterlo guardare nei suoi magici occhi azzurri e rivolgergli il più sexy dei bronci da *mea culpa*.

«Non ancora. Volevo chiamarlo ieri, ma era domenica e lui è stato così impegnato al lavoro che non volevo disturbarlo nel suo giorno libero.»

«E oggi è lunedì, ma è tutto il giorno che guardi il processo a Rachael O'Keefe alla tv...»

«Colpevole.»

«Ah! Sapevo che era colpevole.»

«No, no, no» lo corresse Emma. «Quella colpevole sono io per aver guardato la tv. Il verdetto è arrivato oggi pomeriggio. La giuria l'ha dichiarata non colpevole.»

«È assurdo» commentò Sherman. «Quella donna ha ucciso sua figlia. Come fanno a non capirlo?»

«Ora sai perché non riuscivo a spegnere la tv. Adesso chiamo Gideon» disse Emma, pigiando il tasto selezione rapida del cellulare.

Il ragazzo rispose al primo squillo. «Ehi, mamma, è importante? Sono di fretta.»

«Be', ciao anche a te. Come mai hai fretta?»

«Devo incontrare Dave e un gruppo di persone. Andiamo in un bar del centro per bere qualche birra e vedere la partita di football del lunedì sera. Puoi aspettare fino a domani?»

«Ho una domanda. Mi ci vorrà solo mezzo secondo. Pensi che i tuoi amici e la tua birra possano aspettare mezzo secondo?»

«Certo, mamma. Una domanda. Spara.»

«Sherman vorrebbe trasformare la tua vecchia camera da letto in una piccola tana per lui.»

«Questa non è una domanda» ribatté Gideon, «ma io ne ho una. Vi siete risposati meno di un anno fa e Sherman è già pronto a cambiare camera da letto?»

«Non fare il simpatico» disse Emma. «Vuole solo un posticino tutto per sé per lavorare al computer. Desidera scrivere un romanzo.»

«Davvero?»

«Davvero. Si svolge durante la Guerra civile.»

«Vuoi dire una cosa alla *Via col vento*?»

Emma rise. «Meglio!»

«Ho fretta, mamma. Qual è la domanda?»

«Ho passato tutto il giorno a impacchettare le tue vecchie cose. Vestiti, giocattoli, un mucchio di documenti del liceo, tutti i tuoi trofei della Little League. Puoi venire a prenderle, così liberiamo la stanza?»

«No.»

«Come sarebbe a dire 'no'? Sei un uomo adulto. Non puoi lasciare tutta la tua roba qui per sempre. Abbiamo bisogno di spazio.»

«Allora metti tutto sul marciapiede per il netturbino. Ho preso quello che mi interessava tenere quando mi sono trasferito. Il resto di quella robaccia non mi è servito per quindici anni e non mi serve adesso.»

«Sei sicuro? Non vuoi provare a vendere su eBay alcuni di quei vecchi giocattoli o videogame?»

«Mamma, sei un'accumulatrice seriale. Io no. E nemmeno Sherman. Butta via tutta quella robaccia. Bruciala.»

«Va bene» rispose Emma. «Penso che tu sia pazzo a buttare via anche le roba bella, ma so che Sherman sarà felice. E per la cronaca, caro mio, io e il mio nuovo marito siamo felicissimi nella nostra camera da letto.»

«Oddio» fece lui, «adesso metto giù, prima che tu mi dia i dettagli. Ti voglio bene, mamma.»

«Ti voglio bene, anch'io» rispose Emma prima di riattaccare e abbracciare Sherman. «Okay fiorellino, la stanza è tutta tua. Ora va' nel tuo nuovo ufficio e inizia a scrivere quel libro.»

Sherman le mise le mani sul sedere morbido e tondo e la tirò a sé. «Che ne dici di accompagnarmi di sopra in camera da letto, nel caso avessi bisogno di un po' di ispirazione prima di cominciare a scrivere?»

«Oh, merda» esclamò Emma.

«È questo il modo di parlare a un ragazzo che ti ha portato gli iris?»

«No, volevo dire: 'Oh merda, ho dimenticato di dire a Gideon una cosa'.»

«Allora richiamalo.»

«Non stasera. Sta uscendo a divertirsi con gli amici. Posso dirglielo un'altra volta.»

«Dirgli cosa?» chiese Sherman, spingendola verso le scale.

«Quando ho ripulito la sua scrivania, ho trovato questo taccuino di pelle rossa incastrato dietro l'ultimo cassetto. Non è di Gideon. Mi chiedevo se ne sapesse qualcosa.»

«Di chi è questo taccuino?» domandò Sherman, mentre salivano al piano di sopra.

«Di Enzo Salvi.»

Sherman si fermò a metà scala. «Conoscevo quel ragazzo, quando insegnavo. Era un vero stronzo. Sai chi è suo padre?»

«Certo che lo so» replicò Emma. «Lo sanno tutti a Howard Beach. Siamo andati al funerale di Enzo per rispetto alla famiglia.»

«Allora fammi un favore. Per rispetto a me, non farti coinvolgere. Il ragazzo è morto. Gideon non ha bisogno di questo taccuino.»

«Be', forse sua madre potrebbe volerlo. Ha perso un figlio. È una sorta di legame con lui.»

«È proprio un legame, ma con noi. Non voglio essere collegato alla famiglia Salvi. Emma, sono mafiosi. Le persone normali come te e me non si immischiano con quella gente.»

«Allora cosa devo fare con questo taccuino?»

«Buttalo nella spazzatura con il resto della roba di Gideon.»

«D'accordo» rispose Emma e salì di corsa le scale verso la camera da letto.

Sherman era proprio dietro di lei.

24

Davanti allo specchio, Gideon strizzò gli occhi e si passò la spazzola tra i capelli scuri e ricci alla ricerca di una di quelle isolate ciocche grigie spuntate di recente. Non ce n'era traccia.

Ripensò alla donna con il reggiseno sportivo e il berretto da baseball del FDNY. «Il tempismo è tutto, Andie» disse, osservando la sua immagine riflessa, «e si dà il caso che il tuo faccia schifo.»

Uscì dal suo appartamento su West 84th Street e si diresse verso la stazione della metropolitana tra 86th e Broadway. Si sentiva bene al pensiero di aver fatto ridere sua madre. Era il minimo che potesse fare dopo averle ucciso il marito.

Prese la linea 1 per downtown e trovò un posto a sedere.

Gideon si incolpava per la morte di suo padre. Ufficialmente, si era trattato di un incidente, ma era sicuro che non sarebbe mai accaduto, se lui avesse mantenuto la sua promessa. Avrebbe dovuto guardare il Super Bowl sul nuovo schermo piatto del padre, ma due giorni prima della partita aveva trovato un paio di biglietti sulla linea delle quaranta iarde, gli aveva dato buca ed era volato a Miami con Meredith.

Era stato il weekend più bello della sua vita, finché la madre non lo aveva chiamato durante l'intervallo. Dopo due birre, Roy aveva deciso di regolare l'antenna parabolica sul tetto. Forse erano state quattro le birre, magari sei. Non importava: un collo spezzato è un collo spezzato. A detta di tutti, era stata una fortuna che fosse morto al momento dell'impatto, perché in caso contrario sarebbe rimasto un vegetale.

Gideon era tormentato dal senso di colpa. Avrebbe dovuto salire lui su quel tetto. Aveva giurato che avrebbe fatto qualunque cosa per farsi perdonare da sua madre. Trovare Sherman Frye come acquirente del negozio di fiori era stata una mossa eccellente. Quell'uomo aveva reso felice sua madre e di conseguenza anche lui.

Scese dal treno alla stazione di Chambers Street, si diresse verso West Broadway, poi girò a destra su Duane Street, in direzione del locale più in voga di Lower Manhattan, forse dell'intero quartiere.

Due anni prima, tre avvocati penalisti di mezz'età avevano deciso che avrebbero preferito far ubriacare le persone piuttosto che salvarle dalla galera, così avevano aperto un grande bar su Duane, a soli due isolati dal tribunale distrettuale degli Stati Uniti che serviva la zona meridionale di New York.

Lo avevano battezzato «Don't Judge Me» ed era diventato presto il punto di ristoro non ufficiale dei legali, una mecca per orde di giovani avvocati arrivisti, uno dei pochi posti a New York in cui si poteva dire di essere un avvocato, tanto nessuno avrebbe alzato gli occhi al cielo.

«Non giudicarmi» disse Gideon, guardando il suo riflesso nella finestra di vetro smerigliato. La targa d'ottone sulla porta d'ingresso recitava: QUI NESSUNO È UNA CAUSA PERSA. Il ragazzo entrò.

Il locale era pieno di gente, ma Meredith doveva avere gli occhi incollati alla porta perché la sentì gridare «*Gid!*» sopra il frastuono. Si alzò e lo salutò, mentre lui si dirigeva verso il tavolo dove lei era impegnata in una discussione con un gruppo di avvocati che avevano appena perso il caso più importante della loro giovane carriera.

Meredith, alticcia, devastata, ma ancora bellissima, gli gettò le braccia al collo. « Non posso credere che abbiamo perso » esclamò, senza lasciarlo andare.

« Mi dispiace tanto » disse lui, facendo attenzione a non premere troppo i fianchi contro i suoi. Nulla grida *stronzo insensibile* più di un'idiota con un'erezione che cerca di confortare una donna che soffre. « Non è colpa vostra » aggiunse, scostandole dal viso una ciocca di capelli rossi e posandole un delicato bacio sulla fronte. « La giuria si è bevuta le stronzate della difesa. »

Meredith si sedette e Gideon si accomodò tra lei e suo fratello.

« Brutta serata » commentò Dave, versando al suo migliore amico una birra da uno dei cinque boccali sul tavolo. « Davvero una brutta serata per il sistema giudiziario. »

25

«Voi siete molto più avanti di me. Devo rimettermi in pari» disse Gideon. Prese la sua birra fredda e frizzante, ne bevve quattro lunghi sorsi, poi posò con forza il boccale sul tavolo e lasciò che Dave lo riempisse.

Scrutò la stanza. Le pareti erano tappezzate di televisori, metà dei quali sintonizzati sul *Monday Night Football* e l'altra metà su *Post Mortem*, il popolare programma della CNN incentrato sulle principali notizie del giorno. E in un locale pieno di avvocati, niente, nemmeno il killer della tuta hazmat, era più importante del caso di Rachael O'Keefe.

O'Keefe era una madre single ventinovenne che viveva su East 71st Street con la figlia Kimi di cinque anni. Di giorno faceva la flebotomista, raccogliendo sangue, urina, saliva e altri fluidi corporei per un laboratorio diagnostico privato nell'Upper West Side. Gran parte delle sere, nel disperato tentativo di evadere dal tedio della sua vita, metteva a letto Kimi alle 20:00 e alle 21:00 scendeva al bar dall'altra parte della strada.

La bambina sapeva che, se si fosse svegliata e avesse avuto bisogno di qualcosa, avrebbe potuto comporre il numero di cellulare della madre o semplicemente alzare l'interfono e parlare con il portiere, che sarebbe corso al bar a chiamare Rachael.

La donna sapeva benissimo che quello non era il tipo di genitorialità approvato dal dottor Spock, ma al diavolo: gli uomini che incontrava sul lavoro restavano solo il tempo necessario a farsi infilare un ago nel braccio e riempire qualche provetta. Le notti erano l'unico momento in cui poteva uscire e incontrare un tipo decente, o almeno un duro che potesse portarla in camera da letto e farle tornare il sorriso.

Ma una domenica sera qualcosa andò storto. Stando a quanto raccontava, era tornata a casa alle 2:00, si era messa a letto e aveva dormito fino alle 10:00. Di solito, Kimi si svegliava intorno alle 6:30, così verso quell'ora era andata in camera sua per vedere cosa non andasse.

La bambina non c'era più. E non c'era nemmeno Mookie, la scimmia rosa di peluche con cui dormiva ogni notte. Alle 10:04 di quel lunedì mattina, Rachael aveva chiamato il 911 e nel giro di ventiquattr'ore Kimi O'Keefe era la persona scomparsa più ricercata d'America.

Il suo corpo fu trovato quattro giorni dopo in una discarica in Pennsylvania. Era stata soffocata. Non c'era traccia della scimmia rosa, ma il mucchio di rifiuti in cui venne trovata fu facilmente riconducibile al camion della nettezza urbana di New York che era passato dal loro palazzo il lunedì mattina.

Un mese più tardi, il procuratore distrettuale accusò Rachael di omicidio di secondo grado.

Gideon ricordava la sera in cui Meredith era stata assegnata al caso. Era entrata nel suo appartamento strillando di gioia. « Ce l'ho fatta! Ce l'ho fatta! Sono nella squadra del caso O'Keefe! »

Quando lo aveva abbracciato, si erano abbandonati sul divano a baciarsi.

« È fantastico! » aveva detto lui, rialzandosi per prendere aria. « Diventerai una star! »

« Ne dubito. Siamo in nove. Non sarò nemmeno in aula, ma rinchiusa al settimo piano a passare al setaccio le prove. È un lavoro noioso, ma posso preparare alcuni dei testimoni. Questo è il processo più importante della mia carriera e se vinciamo... »

«*Quando* vincerete» l'aveva corretta Gideon, mentre con la mano si faceva strada sotto la sua gonna e risaliva, con movimenti lenti e stuzzicanti, lungo la gamba.

Il sesso con Meredith era tutto ciò che Gideon aveva sognato da ragazzino. Lui e Dave non le avevano mai raccontato la verità sull'omicidio di Enzo Salvi, ma in qualche modo Gideon aveva sempre pensato di dover ringraziare Enzo per la sua fortuna.

Ci erano voluti due anni prima che Meredith provasse di nuovo a fare sesso. Era stato un vero disastro. Lei aveva rassicurato il ragazzo che non era colpa sua e poi aveva commesso l'errore di dirgli la verità. Anziché mostrarsi comprensivo, lui aveva associato festa in spiaggia, alcol, costume sexy ed era giunto a una conclusione naturale: *Meredith se l'era cercata*. Non aveva pronunciato quelle parole, ma lei sapeva a cosa stesse pensando. Da allora, i suoi incontri sessuali erano stati rari e poco soddisfacenti.

Poi era arrivato il Capodanno del 2009. Gideon e Meredith erano a una festa e stavano ballando, quando la palla era comparsa a Times Square. Lei si era avvicinata, aveva premuto le labbra sulle sue e lui aveva ricambiato il bacio. Avevano cinque anni di differenza, ma a quel punto l'età non contava più nulla.

«Mi fido di te» aveva detto Meredith, baciandolo con un trasporto e una passione di cui non era più stata capace da quella notte sulla spiaggia. Da quel momento, il sesso era sempre stato splendido. Nessuna vergogna, nessun senso di colpa, nessun «ti amo».

La prima volta che Gideon glielo aveva detto, Meredith aveva ribattuto: «Quindici iarde di penalità per aver violato la regola cardinale degli amici di letto: l'uso illegale della parola con la A!»

La sera in cui lei era al settimo cielo per essere stata scelta per il caso più importante della sua carriera, Gideon ci aveva riprovato. Sdraiato sul pavimento, con il respiro affannoso, circondato dalle riviste del tavolino rovesciato, ancora dentro di lei, le aveva sussurrato all'orecchio: «Ti amo».

Aveva aspettato che lei gli ricordasse le regole base del loro rapporto, ma poi aveva sentito le lacrime scorrergli lungo la guancia. Le lacrime di Meredith.

«Mi dispiace averti fatto aspettare così tanto» gli aveva detto lei, sollevando la testa e avvicinando le labbra alle sue. «Ti amo anch'io.»

A quel punto, il suo corpo si era rilassato e il suo respiro aveva assunto un ritmo familiare. «Vinceremo quel caso, vero?» aveva chiesto addormentandosi.

«Mmm...» aveva risposto Gideon, gli occhi chiusi e il respiro sincronizzato con quello di lei. «Non puoi perdere.»

26

«Non so perché trasmettano questa merda sulla CNN» disse Meredith nel bel mezzo del suo quarto margarita. «Dovrebbero darla su Comedy Central, perché tutto il processo è stato una barzelletta.»

Gli avvocati intorno al tavolo alzarono i bicchieri in segno di solidarietà.

«Avevamo cinquanta testimoni pronti a dichiarare che Rachael O'Keefe era una frequentatrice abituale di locali e che lasciava la figlia da sola la maggior parte delle sere» proseguì, rivolgendosi al pubblico di sostenitori. «Il nostro errore è stato di chiamare a testimoniare soltanto cinque persone. E di queste appena tre hanno affermato che Rachael si sentiva intrappolata da Kimi, che si sedeva al bar a bere vino bianco e a dire a chiunque volesse ascoltarla che avrebbe voluto che la bambina non fosse mai nata. Un giorno e mezzo di testimonianze e i giurati hanno ascoltato qualcosa? Certo che sì. Hanno sentito quanto basta per dichiararla colpevole di aver messo in pericolo il benessere della bambina. Il verdetto della cattiva madre. È come dichiarare colpevole O.J. di aver sporcato di sangue il marciapiede o multarlo per abbandono dei rifiuti.»

Meredith si scolò l'ultimo bicchiere. Dave si alzò e la abbracciò. «È ora di sedersi, sorellina.»

Lei si svincolò. «No, sto ancora parlando.»

« Che ne dici di sederti tu, Dave? » intervenne Gideon. « Ha avuto un paio di mesi difficili. Lasciala sfogare. »

Dave scosse la testa, ma non discusse e tornò al suo posto.

Gideon passò a Meredith una birra. « Ecco a te, piccola. Parla quanto vuoi. »

« Okay, facciamo finta che io sia Rachael O'Keefe » biascicò. « Sono le due del mattino e sono ubriaca fradicia. »

« Mi hai convinto » gridò Gideon, e il gruppo scoppiò a ridere.

« Compagnia teatrale della New York University » spiegò Meredith, facendo un piccolo inchino. « Dov'ero rimasta? Ah sì, barcollando attraverso la strada fino al mio appartamento » continuò, tornando a vestire i panni di Rachael. « Controllo mia figlia – perché anche le madri ubriache controllano i loro figli – e la povera Kimi, lasciata sola al buio per quattro ore, sta piangendo. *Questa dannata bambina piange sempre*, penso, così prendo un cuscino e glielo premo sulla faccia. Non voglio ucciderla. Voglio solo farla stare zitta. E ci riesco. La bambina smette di piangere. La sensazione è così piacevole che tengo il cuscino in posizione ancora per un po'. E poi la piccola smette di respirare. Ops. Non volevo farlo. Non volevo *ucciderla*. »

Meredith si alzò in piedi, si lisciò la gonna e si rivolse al gruppo. « Signore e signori della giuria, Rachael O'Keefe forse non aveva *intenzione* di uccidere la sua bambina, ma una volta oltrepassato quel limite, ha fatto di tutto per *coprire* l'omicidio. Chi altro avrebbe potuto avvolgerla in una coperta bella pulita e infilarla in un sacco della spazzatura? Chi altro avrebbe potuto sgattaiolare fuori dall'ingresso di servizio e lasciare il corpicino di Kimi in mezzo ad altri cinquanta sacchi dell'immondizia in attesa della raccolta mattutina? Una cattiva madre? No. Rachael O'Keefe è sempre stata una cattiva madre, ma quella notte è diventata una madre assassina. »

« Mi hai convinto » disse Gideon. « Voto colpevole. »

« Grazie » replicò Meredith, bevendo un altro sorso della birra di Gideon. «Tu, mio affascinante amico, avresti dovuto far parte della giuria. Sai qual è stato il loro problema?»

Lui alzò le spalle. «Azzardo danno cerebrale.»

Meredith rise molto più forte e a lungo di quanto la battuta meritasse. «No, il problema della giuria era che *nessuno aveva visto Rachael O'Keefe uccidere sua figlia*. Dodici persone assennate e imparziali? Dodici imbecilli, vorrai dire.»

Un altro sorso di birra. «Ho una domanda per voi» disse rivolta al gruppo. «Se una mattina vi svegliate e le vostre finestre e i marciapiedi fuori sono bagnati, dovete davvero sentire o vedere la pioggia per giungere all'inevitabile conclusione che durante la notte ha piovuto?»

Tutti scossero la testa e fischiarono. «No!»

«No» ripeté lei. «Non dovevamo vedere Rachael uccidere Kimi per sapere che era stata lei. Nessun altro è stato visto entrare o uscire. Nessun altro aveva accesso all'appartamento. E, cosa ancora più importante, nessun altro al mondo aveva un movente. Rachael O'Keefe ha ucciso la figlia alle due del mattino, ha aspettato otto ore finché il corpo non è stato nelle viscere di un camion della nettezza urbana, poi ha chiamato la polizia e ne ha denunciato la scomparsa. Questo caso era una passeggiata. Come diavolo abbiamo fatto a perdere?»

«Basta così» disse Dave a Gideon. «Basta. Si sta solo torturando.»

Tutti sapevano come avevano perso, ma non fiatarono. Nessuno voleva che Meredith pensasse che la stessero incolpando.

Dave si alzò, la abbracciò di nuovo e la fece sedere accanto a Gideon.

«Come diavolo abbiamo fatto a perdere?» ripeté lei, seppellendo il viso nel suo petto. «Come diavolo abbiamo fatto a perdere?»

E poi, come se avessero sentito la domanda, gli dei della CNN fecero apparire la risposta sullo schermo.

Lo Stregone.

27

Uno dei testimoni chiave dell'accusa era Audrey Yeager, un'assistente legale di mezz'età, non sposata, che viveva nell'appartamento accanto a quello di O'Keefe. Meredith l'aveva preparata per il processo e, con suo grande stupore, fu invitata a sedersi al tavolo dell'accusa il giorno in cui la Yeager salì sul banco dei testimoni.

Audrey fece centro. Dichiarò con calma e grande chiarezza che le era capitato diverse volte di sentire Kimi piangere di notte e che, a dispetto di quanto sosteneva la difesa, la bambina non sempre chiamava il cellulare della madre e, se lo faceva, Rachael non si affrettava a tornare a casa.

«C'erano notti in cui sentivo la povera piccola singhiozzare per ore» disse Audrey alla corte. «Iniziava prima che andassi a dormire, poi smetteva e ricominciava, passava da gemiti udibili a mugolii sommessi, ma poiché la sua cameretta era contigua al mio soggiorno, riuscivo a sentire tutto benissimo. Era straziante.»

La sua testimonianza fu decisiva. Dipingeva un ritratto di Rachael O'Keefe come una madre negligente che abbandonava la figlia tutte le notti. L'affermazione dell'imputata, secondo cui era sempre a portata di telefono, faceva acqua da tutte le parti. La realtà, secondo l'accusa, era che la maggior parte delle sere Rachael rientrava ubriaca e si ritrovava a dover calmare una bambina isterica. Ma quella fatidica domenica sera, Rachael non aveva avuto né la pazienza né la voglia di confortare la figlia. Sopraffatta dal peso della maternità e in evidente stato di ubriachezza, aveva premuto un cuscino sulla faccia di Kimi nel tentativo di farla tacere.

Forse non si era trattato di un gesto premeditato, ma l'intento di uccidere era indiscutibile. Omicidio di secondo grado.

A quel punto, si fece avanti Dennis Woloch. Una leggenda: un avvocato difensore che riusciva sempre a strappare la vittoria. Una volta, un editorialista del *Daily News* scrisse: «Woloch ha una tale abilità nel lanciare incantesimi sulle giurie che dovrebbe farsi chiamare lo Stregone».

Il soprannome rimase e Woloch se ne compiaceva. Quando compì quarant'anni, decise di accettare solo due tipi di clienti: quelli con le tasche profonde, che potevano accrescere la sua fortuna, e le cause perse come Rachael O'Keefe, che potevano dare lustro alla sua reputazione.

«Signorina Yeager» esordì, avvicinandosi alla teste, «giochiamo a carte scoperte. Ci conosciamo, non è vero?»

«Sì, signore» rispose Audrey.

«Lei lavora come assistente legale per uno dei miei colleghi e ci siamo incontrati in diverse occasioni» proseguì lui, sorridendo.

«Sì, signore» ripeté la teste.

«Ha idea di quello che penso di lei?»

Audrey rabbrividì. «No, signore.»

«Bene, allora mi permetta di dirlo apertamente. Questa donna ha un cuore d'oro. È una persona premurosa, gentile, compassionevole come poche.»

Alcuni giurati sorrisero, ma tutti parevano perplessi. *Perché l'avvocato della difesa avrebbe dovuto elogiare il carattere della testimone chiave dell'accusa?*

Neanche Meredith lo sapeva, ma sentì subito un sapore metallico in bocca, mentre il suo sistema gastrointestinale iniziava ad agitarsi.

«Audrey» continuò lo Stregone, «deve essere stato difficile per lei udire quella povera bambina piangere notte dopo notte.»

«Sì, signore» rispose la donna.

Meredith annuì. *Risponda solo alla domanda. Non prenda l'iniziativa.*

«Ha mai parlato con sua madre della situazione?»

«No, signore.»

«E come mai?»

«Non era compito mio.»

«Comprensibile» commentò Woloch. «Chi di noi vorrebbe affrontare il proprio vicino per mettere il becco su come educa il figlio? È d'accordo?»

Audrey annuì.

«Quindi ha lasciato che la povera piccola Kimi piangesse a dirotto notte dopo notte.»

La Yeager non disse una parola. Rimase seduta, di ghiaccio.

«Mi dispiace» fece Woloch. «Non ho sentito la sua risposta. Forse perché ho fatto un'affermazione generica. Mi permetta di riformularla come domanda. Lei, signora Yeager, ha lasciato che Kimi O'Keefe, sola e impaurita, piangesse a dirotto per ore, mentre la sua patetica madre se ne stava comoda sullo sgabello di un bar a sbronzarsi, sperando di trovare qualcuno con un paio di pantaloni disposto a sbattersela?»

«Obiezione!» tuonò il pubblico ministero. «Sta tormentando la testimone!»

«Accolta» rispose subito il giudice. «Signor Woloch, le permetto di proseguire con questa linea di interrogatorio, ma mi aspetto che si dia una regolata e tratti la testimone in modo più civile.»

«Mi scuso con la corte» replicò l'avvocato. «E con la signora Yeager. Audrey, la conosco. È proprio come l'ho descritta alla giuria e anche se è plausibile che non abbia mai parlato con la signora O'Keefe a proposito dei suoi discutibili metodi educativi, non posso credere che lei abbia lasciato che quella bambina soffrisse senza fare qualcosa, qualsiasi cosa, per aiutarla. Ho ragione?»

«Sì.»

Meredith rimase seduta, madida di sudore e con il cuore che batteva all'impazzata.

«Dica alla giuria che cosa ha fatto per aiutare Kimi» la incoraggiò Woloch.

«Una sera ho suonato il campanello» spiegò la Yeager. «Le ho detto che ero la vicina. La piccola mi conosceva un po' e ha aperto la porta. Sono entrata e l'ho tranquillizzata.»

«In che modo?»

«Oh, le leggevo un libro, o cantavamo delle canzoni, qualche volta giocavamo anche con le sue Barbie. C'erano molte cose che ci piaceva fare insieme.»

«Quindi è andata da Kimi più di una volta.»

«Sì.»

«Più di cinque volte?»

«Sì.»

«Più di dieci?»

«Sì, signore.»

«Non stiamo a cavillare su un numero. Possiamo dire che lei ha bussato alla porta di Kimi e le ha fatto compagnia molte volte? O dovremmo dire spesso?»

«Molte volte.»

«Sua madre lo sapeva?»

«Nessuno lo sapeva» disse Audrey di sua spontanea volontà. «Ho detto a Kimi che, se lo avesse rivelato a qualcuno, mi avrebbero sgridato e non sarei più potuta tornare.»

«Ha mai fatto del male a Kimi?» chiese Woloch con gentilezza.

«Oh, Dio, no» rispose la Yeager. «Io... le volevo bene. Non ho mai avuto figli. E non riuscivo a sopportare il modo in cui sua madre la trattava.» Aveva gli occhi lucidi e le guance rigate di lacrime. « Mi chiamava mamma Audrey, ero una specie di madre adottiva. Kimi era... era la cosa migliore che mi fosse mai capitata, e quella... quella... »

Audrey Yeager era una vera signora e tenne per sé qualunque parola le frullasse in testa.

Woloch si avvicinò al tavolo della difesa e le porse una scatola di fazzoletti. Aspettò che la donna si ricomponesse. « Vada avanti, per favore. »

Lei fece un respiro profondo. « Kimi era la cosa migliore che mi fosse mai capitata » ripeté, « e Rachael l'ha uccisa. »

« Forse ha ragione » ribatté l'avvocato. « È molto probabile che quella sera Rachael O'Keefe sia tornata a casa e abbia ucciso la figlia. »

Fece una pausa, in attesa che quella considerazione colpisse la giuria.

« *Ma!* » gridò e Meredith sapeva cosa stava per dire.

« Ma » ripeté Woloch a bassa voce, « Kimi era una bambina affamata d'amore, disposta, anzi desiderosa, di aprire la porta a chiunque sentisse i suoi singhiozzi e volesse confortarla. »

« Obiezione! »

« Respinta. »

« Forse c'era un altro vicino compassionevole. O un vicino non così compassionevole che era solo stanco dei suoi lamenti continui. O un ragazzo della pizza mentalmente instabile. O uno qualsiasi dei mille estranei che avrebbero potuto entrare nell'edificio, mentre il portiere si allontanava per andare in bagno. Quindi potrebbe essere stata lei » disse, indicando Rachael e alzando di nuovo la voce, « o potrebbe essere stato chiunque. Ho ragione, Audrey? »

La testimone sospirò.

« Parli più forte! »

« Sì, ha ragione. »

Woloch si rivolse alla giuria. « Sì, ho ragione. Potrebbe... essere stato... *chiunque*. E Kimi, alla disperata ricerca di attenzioni, può aver aperto la porta e fatto entrare quella persona.»

Tornò lentamente al tavolo della difesa e tirò indietro la sedia.

«E questo, signore e signori della giuria, come può confermarvi anche la signora Yeager che è un'assistente legale, è ciò che chiamiamo ragionevole dubbio. Un dubbio molto, molto, molto ragionevole» concluse e si sedette.

La giuria era ipnotizzata.

Ancora una volta, lo Stregone aveva lanciato il suo incantesimo.

28

Io e Kylie percorrevamo Third Avenue, entrambi persi nei nostri pensieri. Io mi stavo immaginando scenari da soap opera, che finivano tutti con Cheryl che mi lasciava per Matt Smith. Conoscendo Kylie, ero sicuro che stesse pensando a come usare i suoi superpoteri per salvare il marito dall'autodistruzione.

Svoltammo a destra su 92nd Street e accostammo in un'area disastrata nota come Progetto metropolitana di Second Avenue.

La grande idea di scavare un tunnel della metro sotto Second Avenue, che collegasse Harlem al distretto finanziario, era stata proposta decenni prima che io nascessi. I lavori sono cominciati nel 2007, ma, se mai riusciranno a finanziare e portare a termine i tredici chilometri di tratta, si chiuderanno molto dopo la mia dipartita. Nel frattempo, Second Avenue da 63rd a 96th Street sembra Baghdad dopo i bombardamenti americani.

Parcheggiammo su First Avenue e tornammo indietro a piedi. L'autunno era arrivato. La temperatura era scesa sotto i quattro gradi e i bar lungo Second Avenue erano in piena modalità Halloween, con le vetrine decorate da poster di folletti, fantasmi, vampiri e birra Sam Adams Octoberfest.

La nostra prima tappa fu il Foggy Goggle, tipico nome dei locali leziosi dell'Upper East Side. Quando ero bambino, la nostra distilleria locale era la Chop's Tavern, ma nessuno in quella zona di New York avrebbe mai pagato quindici dollari per prendere un Appletini – un Martini con succo alla mela – in un locale con quel nome.

I lunedì sera, durante la stagione calcistica, sono affollati come i venerdì. Anche se non giocava nessuna delle due squadre di New York, il bar era pieno di fanatici che speravano di vedere i New England Patriots massacrati dal Miami.

Volantini di Evelyn alla mano, iniziammo a battere la pista più promettente: i fumatori fuori dal locale. Alcuni l'avevano vista al telegiornale della sera, ma nessuno l'aveva notata passare davanti al bar venerdì in serata. Nemmeno all'interno trovammo aiuto.

La tappa successiva fu lo Sticks and Balls, nella cui sala sul retro c'erano tante persone che assistevano al torneo di biliardo del lunedì sera quant'erano quelle che tifavano contro i Patriots.

Io e Kylie ci dividemmo per ottimizzare i tempi. Almeno una mezza dozzina di ragazzi con il testosterone alimentato dall'alcol pensavano di «sapere qualcosa» e si offrirono di discuterne con Kylie davanti a un drink.

La mia compagna di squadra aveva la risposta pronta: «Fantastico. Che ne dici di casa mia, il Diciannovesimo Distretto? Puoi anche fermarti per la notte».

Dopo dieci minuti, ci rendemmo conto che nemmeno lì avremmo cavato un ragno dal buco e quindi passammo al Not a Health Club. Il nome doveva fare una certa impressione sugli avventori, perché fuori c'era almeno il doppio dei fumatori rispetto ai primi due locali.

Uno alla volta guardarono la foto di Evelyn e scossero la testa. Avevamo interrogato la metà dei presenti quando uno di loro si avvicinò a Kylie e disse: «Sono Romeo. Mi stavate cercando?»

Era alto un metro e settanta, pesava centoventi chili, aveva i capelli ricci e radi e una barba folta e selvaggia che rendeva il suo viso paffuto ancora più tondo. Dubitavo seriamente che una donna lo stesse cercando, soprattutto se la sua frase di approccio era: «Sono Romeo. Mi stavate cercando?»

« E per cosa la starei cercando? » chiese Kylie.

« Siete poliziotti, giusto? State cercando informazioni su di lei » rispose, indicando il volantino che Kylie teneva in mano. « Sono quello che vi ha chiamato. Joe Romeo. »

« Quando ha chiamato? » gli chiese la mia compagna di squadra.

« Stasera, subito dopo aver sentito dell'omicidio di Evelyn Parker-Steele al telegiornale delle sei. Ho chiamato il numero verde dei Crime Stoppers sul vostro sito. Quelli che danno una ricompensa di duemila dollari, se la mia soffiata aiuta a inchiodare l'assassino. Poi li ho richiamati alle sette e mezza e ho detto loro che non potevo stare a casa tutta la notte e che potevamo incontrarci qui. »

Quando un omicidio finisce sulla prima pagina dei giornali, il nostro centralino registra centinaia di chiamate. Alla fine, il dipartimento cerca di rispondere a tutte, quindi non aveva senso spiegare a Romeo che il suo messaggio era sepolto sotto un mucchio di altre segnalazioni.

« Oh, sì » intervenni. « Abbiamo ricevuto entrambe le chiamate. Ci dica cosa sa, signor Romeo. »

« Venerdì sera, intorno alle ventitré, ero fuori a fumare e ho visto questa Evelyn Parker-Steele che camminava su Second Avenue. Allora non sapevo chi fosse, ma la stavo osservando. Lavoro nel settore dell'abbigliamento e quella donna sapeva come vestirsi. Tailleur con pantalone grigio, camicetta di seta bordeaux, slingback di Brian Atwood, non certo roba a buon mercato. »

« Ha visto dove era diretta? » domandò Kylie. « Ha girato l'angolo? È entrata in un locale? »

« No, un'auto si è fermata accanto a lei » rispose lui, tirando una boccata dalla sigaretta. « Un SUV nero. »

« Ha visto il conducente? » chiesi.

« No, ma il tizio sul sedile posteriore ha abbassato il finestrino e l'ha chiamata. »

Il tizio sul sedile posteriore? Kylie e io ci scambiammo uno sguardo. « È sicuro che l'uomo fosse sul sedile posteriore? » incalzai.

« Sì. Ho intuito che non lo conosceva. Pensavo fosse solo uno di quei coglioni che ci provavano con delle ragazze a caso, ma lei si è avvicinata. A quel punto ero curioso e ho aspettato che lo mandasse a quel paese... invece, lo ha ascoltato per dieci secondi buoni, poi ha aperto la portiera ed è salita. »

« È salita e basta? Lui non è sceso dall'auto e l'ha aiutata a salire? »

Il signor Romeo scosse la testa. « No. È salita dietro e basta. »

« Ma è assolutamente sicuro che ci fossero due uomini nell'auto? » chiesi. I testimoni oculari che hanno bevuto non sono così affidabili, e io stavo facendo pressioni su Romeo per vedere se continuava con la sua storia.

« No » replicò. « Non sono sicuro che fossero due *uomini*. Non ho visto il conducente. Potrebbe essere stato una donna o una scimmia ammaestrata. »

« Può descrivere l'uomo sul sedile posteriore? »

« Bianco. »

« E cos'altro? »

« Non lo so. Non l'ho visto in faccia, ma teneva la mano appoggiata sul finestrino. Ehi, non cercate di fregarmi sulla ricompensa solo perché non sono riuscito a vedere le facce. Vi ho dato l'auto nera e un bianco. Queste informazioni devono pur valere qualcosa. »

« Assolutamente » replicai. « È stato molto utile. Grazie per aver chiamato. »

Romeo spense la sigaretta, porse a Kylie il suo biglietto da visita e tornò nel bar.

« Ha descritto i vestiti che indossava » osservò la mia compagna di squadra. « E il fatto che abbia visto Evelyn salire su un'auto avvalora la teoria di Matt, secondo cui si è spostata lungo Second

Avenue e sul ponte di 59th Street verso il Queens prima che il segnale del suo cellulare si spegnesse. »

« D'accordo. Ricapitoliamo: abbiamo due sospettati, uno maschio e l'altro di sesso indefinito, un SUV nero diretto verso il Queens e il sospettato maschio ha sicuramente una mano bianca. »

Kylie non poté fare a meno di sorridere. « Si restringe il campo. »

29

Io e Kylie concludemmo il giro dei locali alle 22:15. Alle 22:16 chiamai Cheryl a casa. Non rispose e io non lasciai messaggi.

Alle 6:00 del giorno successivo andai al Gerri's Diner e mi accomodai al solito tavolo. Con mia grande sorpresa, la stessa Gerri fece cenno alla cameriera che mi servì in pochi secondi, versandomi del caffè caldo.

«Allora, Zach, come va con la strizzacervelli?»

La tavola calda si trova vicinissima al distretto e Gerri Gomperts, un incrocio tra una madre chioccia e la responsabile della posta del cuore, si premura di essere al corrente degli affari altrui. La battuta ricorrente al Diciannovesimo Distretto è che se gli Affari interni hanno bisogno di sapere qualcosa su uno dei nostri poliziotti, vanno dritti dritti alla tavola calda.

Gerri seguiva la mia relazione con Cheryl da prima che io stesso sapessi che esisteva una relazione.

«Sta andando bene, credo» risposi, fingendo un sorriso.

Anche Gerri mi rivolse un sorriso fasullo in risposta. «È così romantico. Eppure, non mi sembra d'aver mai sentito una canzone d'amore che dice: 'Sta andando bene, credo'.»

Cheryl mi raggiunse cinque minuti dopo.

Gerri non perse nemmeno un secondo. «Buongiorno, dottoressa Robinson» esclamò, versandole del caffè.

«Cosa? Niente latte di soia?»

A giudicare dalle occhiate che entrambe mi lanciarono, la mia frecciatina era andata a segno.

«Ieri sera non sono riuscita a guardare i fascicoli prima di andarmene» disse Cheryl, non appena Gerri si fu allontanata. «Puoi aspettare fino a questo pomeriggio?»

«Oggi io e Kylie siamo in giro per la città. Che ne dici dopo le cinque? E magari dopo cena?»

«Buongiorno!» esclamò una voce baritonale prima che lei potesse rispondere. Era Matt Smith, il protagonista indiscusso delle mie soap opera immaginarie. «Mi dispiace non potermi unire a voi. Sto solo prendendo un caffè. L'e-mail del capitano Cates continua a bloccarsi e vuole che la ripristini al più presto. Com'è andata ieri sera?»

«Fantastico» rispose Cheryl. «È stato tutto come avevi detto.»

«In realtà, stavo chiedendo a Zach» disse Matt. «Com'è andato il tuo giro dei bar?»

«Abbiamo una pista. Sembra che qualcuno, anzi due persone, abbiano prelevato la Parker-Steele con un SUV nero proprio nel punto in cui hai detto che era sparita dai radar.»

«Ottimo lavoro. Questo spiega il suo rapido spostamento verso il ponte su 59th Street. Ho i suoi tabulati telefonici. Controllerò se qualcuno che ha chiamato negli ultimi sei mesi possiede un SUV nero. Lo farò appena avrò risolto il problema dell'e-mail del capitano. Sto ancora cercando da dove viene la pera orale.»

«Grazie» dissi.

«Non ringraziarmi, è un piacere essere in squadra con te. Quanto alla dottoressa» si rivolse a Cheryl, «perché non fai un salto nel mio ufficio a pranzo? Potremmo mangiare un boccone insieme, così mi racconti della serata di ieri.»

«Andata» rispose lei.

Aspettai che Matt uscisse dalla tavola calda. «Allora, dottoressa. Cos'è che è andato così bene ieri sera?»

«Lo spettacolo. Ti ho detto che avrei portato i miei genitori a teatro per il loro anniversario. Siamo andati a vedere una nuova opera di Off Broadway che mi ha consigliato Matt.»

«Mi dispiace. Ho avuto da fare. Credo di essermene dimenticato. Sono contento che sia andata bene.»

«Più che bene. Matt è amico del drammaturgo. Mi ha permesso di portare mamma e papà dietro le quinte a incontrarlo. Sono letteralmente impazziti.»

«Ma è... fantastico.»

«Zach, non sembri tu. Cosa ti sta succedendo?»

«È un problema personale.»

«Vuoi dirmi di cosa si tratta?»

«Me lo stai chiedendo come strizzacervelli o come amica?»

«In entrambi i casi, rimarrà tra noi. Cosa ti preoccupa?»

Per cominciare, mi preoccupa che farai un salto nell'ufficio di Matt a pranzo.

Ma, ovviamente, non potevo dirlo. «Si tratta di Spence» risposi, scervellandomi per trovare qualcosa che si sarebbe bevuta. «Ha sviluppato una dipendenza dagli antidolorifici e questo si ripercuote sull'affidabilità di Kylie.»

«Mi pare ovvio che stia influenzando anche te.»

«Be', è il marito della mia compagna di squadra. Quello che succede a loro si ripercuote su di me.»

«Tutto qui?»

«È l'unica cosa che mi preoccupa. Nient'altro.»

Cheryl si sfregò il mento e annuì pensierosa. «Lei, detective Jordan, racconta un sacco di stronzate. Ho solo una domanda: sta mentendo alla strizzacervelli o... all'amica?»

Beccato. Scoppiai a ridere. «A entrambe. Eppure, sembra che nessuna di voi due se la beva.»

«Zach, non so cosa ti turbi» disse, alzandosi. «Ma anche se lo sapessi, non te lo direi. È meglio se ci arrivi da solo. Poi posso aiutarti ad affrontarlo. Devo scappare. E sì, mi piacerebbe cenare con te stasera. Se ti va, possiamo riprendere il discorso in quell'occasione.»

Quando se ne andò, rimasi seduto per un altro minuto a finire il caffè. Poi mi alzai e raggiunsi l'ingresso della tavola calda. Gerri era dietro la cassa. Non disse una parola, si limitò ad aggrottare la fronte.

«Cosa ti passa per la testa, Gerri?» chiesi.

«Niente.»

«Stamattina pare che te ne stai lì in silenzio, a giudicarmi.»

«Mi conosci. Rispetto sempre i confini personali.»

«Da quando?»

«Tesoro, se vuoi davvero sapere cosa ne penso, faresti meglio a chiedermelo.»

«Va bene, Gerri. Te lo chiedo. Cosa ne pensi?»

«Sei sicuro di volerlo sapere?» ribatté, tenendomi sulle spine.

Ero certo che me ne sarei pentito, ma prima o poi me lo avrebbe detto comunque.

«Sentiti libera» risposi.

«Senza fare domande» precisò lei, «mi limiterò a dire quello che penso. Non ci saranno discussioni. Non voglio certo entrare in un club di dibattito.»

«Bene. Niente domande. Dimmi solo quello che pensi.»

Si alzò in punta di piedi, anche se restava comunque un metro più bassa di me, e mi fissò dritto negli occhi. «Dovresti smetterla di fare come gli struzzi e togliere la testa dalla sabbia.»

«C'è altro?» chiesi.

«Sì, un dollaro e cinquanta per il caffè.»

30

Erano solo le 6:45 quando arrivai in ufficio, ma Kylie era già alla sua scrivania.

« Buon pomeriggio, detective » disse. « È stato gentile a passare. »

« Dal tuo tentativo di fare la simpatica immagino che tu e Spence abbiate trascorso una mattinata piacevole » replicai.

« Sono uscita ancora prima che si svegliasse. Non c'è niente di più piacevole » ribatté lei. « Cates ci sta aspettando per un aggiornamento. »

Ci vollero dieci minuti per aggiornare il capitano Cates su Evelyn. Ci interruppe solo due volte, la prima quando entrambi la informammo che i computer della vittima erano scomparsi al momento giusto.

« E siamo sicuri che il portiere abbia visto Sykes uscire dall'edificio con il portatile di Evelyn? » chiese il capitano.

« Tecnicamente l'ha vista con una custodia in mano » precisai, « ma lei gli ha dato cento dollari per tenere la bocca chiusa. »

« Un altro chiaro caso di intralcio alla giustizia che non sopravviverà al nostro stupido sistema giudiziario » commentò Cates.

La sua seconda osservazione arrivò quando le parlammo di Joe Romeo e del fatto che aveva visto Evelyn salire su un SUV nero con due persone venerdì sera.

« Quindi, pensate che abbiamo a che fare con due killer della tuta hazmat? »

«Il killer di Hollywood sull'Hudson aveva un complice» rispose Kylie. «Considerando che Tuta hazmat trasporta corpi pesanti, non ci sorprenderebbe se ne avesse uno anche lui.»

«Voi due avete individuato il luogo in cui Evelyn Parker-Steele è stata rapita» disse Cates, «e avete trovato un testimone oculare che l'ha vista salire volontariamente su un SUV nero con almeno due persone all'interno. In ventiquattr'ore avete formulato più ipotesi plausibili di quante ne abbiano formulate Donovan e Boyle in quattro mesi.»

«Non ci dia troppi meriti» replicò Kylie. «Quei ragazzi sono stati così gentili da abbassare l'asticella. I fascicoli che hanno messo insieme sui primi tre omicidi sono più che altro dei depliant. Non c'è nulla su cui basarsi. Io e Zach abbiamo pensato che sarebbe stato utile tornare su alcune delle loro indagini.»

«Se riusciamo a capire da dove sono scomparse le altre tre vittime, potremmo trovare un testimone in grado di fornirci una descrizione migliore dell'auto e dei colpevoli» aggiunsi. «Inizieremo con la seconda vittima, Sebastian Catt. Viveva proprio qui vicino, tra 84th Street e York.»

«Qual è la sua storia?» chiese Cates.

«Per ora non abbiamo nuovi elementi su di lui» dissi, «solo quello che c'è nel patetico fascicolo di Donovan e Boyle.»

«Sarò onesta con voi» confessò il capitano. «Sono stata talmente presa da tutte le stronzate politiche che non ho avuto il tempo di leggere nessuno dei fascicoli, per quanto piccoli possano essere.»

Kylie sembrò sorpresa. «Stronzate politiche? È la prima volta che ne sento parlare. Grazie per avercele risparmiate, capitano.»

Cates sorrise. «E grazie per questa risata, detective. Con il sindaco e la polizia che mi stanno con il fiato sul collo, potrebbe essere l'ultima. Ditemi cosa avete su Sebastian Catt.»

«Era un 'fotografo di moda'» esordì Kylie, mimando le virgolette.

Il capitano colse il non detto e scosse la testa, disgustata. «E chi gli piaceva fotografare? I ragazzini? Le bambine?»

«Giovani donne. Le trovava su Craiglist, prospettava loro una carriera da modelle, poi le costringeva a fare spettacoli via webcam o a indossare squallida lingerie a feste private. Inoltre, era dipendente dal sesso. Drogava queste ragazze, spesso minorenni, le spogliava e ne abusava. Viveva con una o due di loro, poi le scaricava per fare spazio a carne fresca.»

«Difficile credere che qualcuno lo volesse morto» commentò Cates.

«Ha ucciso una delle sue modelle» aggiunsi. «Si chiamava Savannah Lee. Lei aveva diciannove anni, lui quarantanove, ma era diversa dalle altre, perché se ne era innamorato. È durata forse un paio di mesi, poi una notte Savannah è stata trovata accoltellata a pochi isolati dalla casa di Catt. Mancava il suo zaino e sembrava si trattasse di una rapina finita male, però la polizia non se l'è bevuta. Sospettavano di lui, ma non c'erano elementi che lo collegassero alla vittima.»

«Poi è spuntata una testimone: Hattie LaFleur» continuò Kylie. «Lei e il marito vivevano nell'appartamento accanto a quello di Catt. Aveva circa settant'anni e gestiva il Daffodil Grill su York Avenue. Era un'anziana esuberante, tutti nel quartiere le volevano bene.»

«Parli di lei al passato...» commentò Cates.

«È stata la seconda vittima di Catt. Hattie offriva il pranzo a Savannah al ristorante un paio di volte alla settimana. Alla fine, ha convinto la ragazza a lasciare quell'uomo e ad andare avanti con la sua vita. La notte in cui Savannah è stata uccisa, Hattie era fuori a portare a spasso il cane. Era l'una, cioè nel bel mezzo della finestra temporale dell'omicidio, e di fronte alla polizia ha giurato di aver visto Catt rientrare di soppiatto nell'edificio, tutto spettinato, con in mano lo zaino della ragazza. È stato arrestato, ma ha pagato la cauzione una settimana prima del processo. Hattie era fuori a fare la solita passeggiata con il cane all'una di notte quando è stata accoltellata.»

«Un'altra cosiddetta rapina finita male» osservò Cates.

«Tutti sapevano chi era stato a ucciderla» disse Kylie. «Soprattutto perché il cane di Hattie non è mai stato trovato. Cioè, se vuoi sbarazzarti della donna che può mandarti in galera per omicidio, perché non sbarazzarti anche del fastidioso cane che vive nella casa accanto? Tuttavia, non c'erano prove concrete e Catt la fece franca. Di nuovo.»

«E lo sappiamo per certo» continuai io, «perché ha confessato entrambi gli omicidi nel video pubblicato online. Ha anche ammesso di aver spezzato il collo al cane e di averlo gettato nell'East River.»

«Il corpo di Sebastian è stato abbandonato vicino all'International Center for Photography su West 43rd Street» concluse Kylie, «ma non sappiamo quando è stato rapito né dove è stato portato. Questo perché è il tipo di persona di cui nessuno sente la mancanza quando scompare. Quindi vedremo se riusciremo a scoprire qualcosa. Inizieremo con il vicino di casa di Catt, il marito di Hattie, Horton LaFleur.»

31

« Devo fare una sosta veloce » disse Kylie quando uscimmo dall'ufficio di Cates. « Prendi la macchina e aspettami fuori. »

« Dev'essere bello avere un'auto e un autista a disposizione » replicai, non perdendo l'occasione di punzecchiarla. « Proprio come il capo di polizia Harries. »

« Non direi » ribatté lei, « ho conosciuto l'autista del capo e sa tenere la bocca chiusa. »

Accadde mentre Kylie si dirigeva al bagno delle donne e io scendevo le scale del distretto, diretto alla macchina.

Un'imboscata.

Sbucò da dietro un minivan parcheggiato: Damon Parker, il fratello di Evelyn Parker-Steele.

Se avessero organizzato un concorso per l'uomo più odiato d'America, lui sarebbe stato di sicuro in lizza per la vittoria. Quando era piccolo, quel bastardo senza cuore di suo padre doveva avergli inculcato l'idea che i bravi ragazzi finiscono sempre ultimi, perché non era certo con la gentilezza che Damon aveva fatto carriera nel giornalismo televisivo.

Era noto più per i suoi attacchi a sorpresa e per gli scontri faccia a faccia che per l'integrità professionale e, a giudicare dalla troupe al suo seguito, stavo per diventare la sua prossima vittima.

« Detective Jordan » sbraitò Parker, non tanto rivolto a me, quanto al pubblico invisibile che l'avrebbe guardato più tardi, quella stessa sera, mentre mi metteva sotto torchio. «La gente vuole sapere!»

Il suo tormentone nonché il titolo del suo show televisivo.

Il mio tormentone, invece, è: *Non me ne frega un cazzo se la gente vuole sapere*, ma l'Ufficio relazioni esterne disapprova i poliziotti che spiattellano ciò che pensano davanti alla telecamera.

Continuai a camminare, ma Parker e la sua troupe mi tagliarono la strada.

«La gente vuole sapere» urlò come se fosse a un isolato di distanza, «perché i soldi delle tasse finanziano la bellezza di trentacinquemila poliziotti, eppure l'NYPD non è stata in grado di rintracciare il mostro che ha torturato selvaggiamente e ucciso quattro vittime innocenti.»

«No comment» dissi.

«No comment è pur sempre un commento, non è vero, gente?» abbaiò ai fedeli che ogni sera si sintonizzavano sulla sua trasmissione per sentirlo sproloquiare. «Certo che non parlerà. Il sindaco gli ha messo la museruola. E volete sapere perché? Perché c'è una quinta vittima. Una vittima che il sindaco Spellman, nel suo disperato tentativo di aggrapparsi a un ruolo in cui ha fallito, si rifiuta di rendere pubblica. Può almeno dirci qualcosa della vittima numero cinque, detective?»

La vittima numero cinque? Quell'uomo era un campione della manipolazione. Sono addestrato a non farmi abbindolare, perciò mi attenni al protocollo.

«Non posso commentare un'indagine in corso» risposi con gentilezza. Proprio come mi era stato insegnato.

«Allora lasci che dica ai cittadini quello che il sindaco non vuole che si sappia. Questo demone, questo orco della tuta hazmat, ha terrorizzato i newyorkesi al punto che molti di loro si sono barricati in casa. Sono stato ad Astoria, a Bensonhurst, a Kew Gardens, e le persone hanno così paura di uscire di notte che le piccole attività commerciali di quei quartieri stanno soffrendo. I ristoranti sono vuoti. I negozi a conduzione famigliare che contano sulla gente del posto sono stati costretti a chiudere. La quinta vittima è l'economia della città di New York.»

Era una solenne stronzata, ma geniale. Damon stava sostenendo Sykes e mi stava usando come spalla. Feci del mio meglio per passargli accanto senza spingere. Ero sicuro che gli sarebbe piaciuto, se mi fossi anche solo azzardato a sfiorarlo. Un bel filmato sulla brutalità della polizia.

E poi Kylie uscì dall'ingresso principale del distretto.

Una delle cose che insegnano all'accademia è la seguente: *A volte la stampa ricorre a misure drastiche, attaccando gli agenti o il dipartimento con dichiarazioni provocatorie nel tentativo di indurre una reazione emotiva. Non reagire. Mantenere la compostezza e continuare a mostrarsi assertivi, ma educati.*

Mi ero sempre impegnato a evitare qualsiasi scontro con i media, ma ero sicuro che la mia compagna di squadra, se mai avesse ascoltato quell'insegnamento, aveva deciso che il rispetto di quella linea guida era facoltativo.

«Damon» urlò Kylie dalla cima delle scale.

Noi due ci muoviamo in ambienti completamente diversi. Poiché lei è la moglie di un produttore, incontra molte persone del mondo della televisione. A quanto pareva, conosceva Parker.

Quando il giornalista si voltò, lei si precipitò giù dalle scale. «Santo cielo, cosa stai facendo, Damon?»

Il matador aveva agitato il mantello rosso.

Il toro avanzò con cautela. «Cosa sto facendo?» ripeté lui.

Mancava solo la folla che gridava: «Olé!»

«Sto cercando la verità. La gente vuole sapere la verità, detective MacDonald, e si aspetta che io gliela racconti. È questo che sto facendo. È questo che faccio sempre. Solo che stavolta è una questione personale. Mia sorella è stata uccisa e voglio che il suo assassino sia consegnato alla giustizia.»

Con me aveva usato la strategia della quinta vittima, mentre adesso si era d'un tratto trasformato in un fratello in lutto.

«State almeno *cercando* l'assassino di mia sorella?» chiese, sfoderando uno dei suoi stiletti verbali preferiti. «O siete stati incaricati di marciare sulla cosiddetta confessione di Evelyn per bollarla come assassina e affossare la candidata in cui mia sorella credeva con tutta se stessa?»

Non c'è niente di più incendiario di un'affermazione del genere. Parker stava usando tutte le risorse a sua disposizione. Aveva cercato di farmi saltare i nervi, ma non avevo abboccato. Con Kylie era un'altra storia. Kylie giocava in attacco.

Il cameraman si girò per cogliere la reazione della mia compagna di squadra, che fissò l'obiettivo. La signora MacDonald era pronta per un bel primo piano.

«Tu non vuoi giustizia. L'ultima cosa che vuoi è che scopriamo chi ha ucciso Evelyn. Non cerchi l'assassino, ma dai la caccia ai poliziotti e al sindaco. Stai sfruttando l'omicidio di tua sorella per aumentare gli ascolti. Ecco perché ci stai ostacolando. Ho un'ultima domanda per te, Damon. Come diavolo fai a vivere con te stesso?» gridò. «*La gente vuole sapere.*»

Non aspettò la risposta. Si fiondò sul sedile anteriore e sbatté la portiera. Quando mi affrettai a raggiungerla, Parker stava urlando alla telecamera.

Kylie non si limita a infrangere le regole, lei balla tra le macerie.

«Allora» disse, rivolgendomi un sorrisone da dura, «come sono andata? Pensi che abbia un futuro in televisione?»

«Hai fatto il culo a tutti» risposi, dirigendomi verso 67th Street e Park Avenue. «Ma dopo questo scontro pubblico, spero solo che tu abbia ancora un futuro in polizia.»

32

L'Upper East Side di Manhattan è uno dei quartieri più facoltosi della città. Ma a differenza dei residenti di Bel Air a Los Angeles, i nostri ricchi non hanno lo spazio per costruire case enormi su terreni magnifici. Gli immobili di New York si sviluppano in verticale, quindi anche un appartamento da venti milioni di dollari può passare inosservato quando fa parte di un grattacielo di quaranta piani.

Quello che risalta è l'edilizia non troppo ricercata, come il palazzo brownstone di cinque piani costruito prima della guerra su East 84th Street, tra First e York Avenue. Era affiancato da un lavasecco su un lato e da un condominio di duecento unità sull'altro, con la facciata sbiadita ricoperta da una di quelle classiche scale antincendio scrostate montate sui vecchi edifici bassi e ad affitto calmierato.

Proprio lì trovammo Horton LaFleur, che abbassava il reddito pro capite del suo quartiere benestante.

Suonammo il citofono e, dopo esserci identificati, ci presentammo davanti alla porta dell'appartamento 1A al piano terra. L'uomo che ci aprì era magro, alto più di un metro e ottanta, e si trascinava dietro una bombola di ossigeno portatile.

« Enfisema » spiegò con un grugnito. « Entrate. »

Il soggiorno era compatto. Non poteva essere altrimenti. A parte la cucina minuscola e il bagno, era l'unica stanza dell'appartamento. C'erano un divano letto e un tavolo da pranzo usato anche come scrivania, sulla parete al di sopra del quale spiccava una cornice con una medaglia militare del Cuore Viola.

Il mio sguardo si posò proprio sull'onorificenza. « Grazie per il suo servizio » dissi.

Lui annuì. « Vietnam. »

Tutto qui. Una sola parola per farci capire che era orgoglioso del sacrificio che aveva fatto per il suo Paese, ma non aveva alcun interesse a parlarne.

Un angolo della stanza era ingombro di scatole di plastica piene di vecchi telefoni, cavi e una cintura porta-attrezzi in pelle.

« Mi arrampicavo sui pali per una compagnia telefonica » spiegò LaFleur. « Prima alla New York Tel, poi alla Bell Atlantic che è diventata Verizon. Stessa roba, ma con un logo diverso cucito sul taschino della camicia. »

Frugai in uno dei contenitori di plastica e tirai fuori un telefono a disco Princess rosa. « Non se ne vedono più molti. »

« Quella è una prima versione del 701B, molto popolare tra le ragazze adolescenti. Era così leggero che scivolava quando si componeva il numero, così nella nuova versione abbiamo aggiunto un pezzo di piombo per appesantirlo. »

« Vale qualcosa? » chiesi.

« Solo per me. Non pensate che abbia rubato questa robaccia. Sono cianfrusaglie e basta, ma è così che funziona tra noi telefonisti. Traffichi su queste apparecchiature tutto il giorno e quando qualcosa viene eliminato, vuoi solo tenertene uno o due esemplari. Hattie diceva che tutti i telefonisti sono degli accumulatori seriali. Ma queste cose fanno parte della mia storia. Prima ne avevo di più, ho rinunciato a una parte quando ci siamo trasferiti in questa baracca. La odio, ma era l'unica sistemazione che potevamo permetterci, ed era a pochi passi da dove lavorava Hattie. »

Sulla scrivania, in una cornice, campeggiava una foto in bianco e nero di una coppia di sposi. Horton e Hattie, decenni prima della bombola di ossigeno e del brutale omicidio.

Kylie la prese in mano. «Era bellissima. Ci dispiace per la sua perdita.»

«Ma dubito che siate qui per questo» replicò LaFleur impassibile.

«Stiamo indagando sull'omicidio di Sebastian Catt.»

«Perché?»

«Siamo poliziotti della Omicidi, è il nostro mestiere.»

«So cosa fate, signorina, ma perché lo fate qui? Un giustiziere l'ha ammazzato e ha fatto un video per far sapere a tutto il mondo che Catt se lo meritava. Fine della storia.»

«Non per noi» ribatté Kylie. «Catt è stato visto l'ultima volta nel suo studio fotografico su 87th Street. L'assistente dice che è andato a casa verso le diciotto. La sua cassetta della posta era vuota, quindi siamo abbastanza sicuri che a casa ci sia tornato quella sera. Stando alle prove rinvenute nel suo appartamento, si è preparato la cena e poi è scomparso. Lei abita nella porta accanto. Abbiamo pensato potesse confermare di averlo visto o sentito rientrare, o forse di averlo sentito quando se n'è andato.»

LaFleur scosse la testa. «Non ho sentito niente.»

«È sicuro di non aver sentito *niente*?» incalzò Kylie.

«La mia risposta è sì, sono sicuro. E anche se l'avessi sentito, non ve lo direi. Quel bastardo pervertito ha ucciso mia moglie nove giorni prima del nostro cinquantesimo anniversario. Nove giorni. Le avevo detto di non accettare di testimoniare.»

Il suo respiro si fece affannoso, tanto che prese ad aspirare l'ossigeno con foga.

«Comprendiamo cosa prova per Catt» disse Kylie. «Ma nascondere le prove è un reato.»

Lui rise. «Non avete idea di come mi sento. E ci rido sulle vostre minacce. C'è il killer della tuta hazmat a piede libero e voi poliziotti dovreste trovarlo. Chissà che figurone farete, se l'unico che arresterete sarà un veterano del Vietnam con una moglie assassinata, costretto a trascinarsi dietro questo polmone d'acciaio anche al momento dell'arresto.» Tese le mani. «Avanti, *signorina*, mi ammanetti.»

Kylie si tirò indietro. «Horton» disse. «Posso chiamarti Horton?»

Lui la guardò con gli occhi accesi di rabbia. «No. Io e lei non ci diamo del tu.»

«Mi pare giusto» ribatté Kylie. «Signor LaFleur, non siamo qui per arrestarla, ma perché c'è un killer giustiziere là fuori e...»

«Quanti anni ha?» chiese l'anziano.

«Trentaquattro.»

«Non è abbastanza vecchia per ricordarsi di Bernie Goetz, vero? Erano gli anni Ottanta. Tre ragazzini punk lo picchiarono a sangue in una stazione della metropolitana. Un poliziotto fuori servizio intervenne e ne fermò uno, ma gli altri riuscirono a scappare. Il ragazzo arrestato passò alla stazione di polizia metà del tempo di Goetz. Metà del tempo e poi quel piccolo pezzo di merda fu accusato solo di danno criminale per aver ridotto a brandelli la giacca della vittima. Dopodiché Goetz fece domanda per il porto d'armi. Ha seguito l'iter legale e indovini che cosa è successo?»

«La sua richiesta è stata respinta» rispose Kylie.

«Esatto» continuò LaFleur. «Un paio di anni dopo, Goetz è su un'altra metropolitana e *quattro* giovani teppisti cercano di rapinarlo di nuovo. Solo che questa volta non si lascia cogliere impreparato. Fanculo al porto d'armi. Goetz si è procurato una calibro 38. Bang, bang, bang, bang. Spara a tutti e quattro.»

«È un caso famoso, signor LaFleur. Lo conosco bene» disse Kylie.

«Allora conosce anche il finale. Un ragazzo finisce su una sedia a rotelle. Gli altri tre si riprendono dalle ferite e tornano a una vita di crimini: rapine, stupri, eccetera. Ma Goetz... quel povero bastardo è stato condannato per possesso illegale di arma da fuoco ed è finito in prigione. Ora ditemi, detective, chi è il cattivo e chi è la vittima? »

Non gli demmo una risposta, perché LaFleur non ne stava cercando una.

« Bernie Goetz era soprannominato il Giustiziere della metropolitana e molti lo hanno denigrato. Non io. Pensavo fosse un eroe. Lo stesso vale per il tizio che ha ucciso Sebastian Catt. Credetemi, se avessi avuto vent'anni di meno e avessi potuto respirare senza questo dannato affare che mi trascino dietro, avrei ucciso quel bastardo con le mie stesse mani. »

Prese la foto del suo matrimonio e fissò la donna che era sua moglie da cinquant'anni meno nove giorni.

« È tutto quello che ho da dire » disse, alzando la testa e indicando la porta. « Potete andare. »

Per abitudine, lasciai cadere il mio biglietto da visita nel punto in cui si trovava la foto.

Probabilmente sarebbe finito nella spazzatura prima che io e Kylie arrivassimo alla macchina.

33

«Sa qualcosa» disse Kylie, non appena fummo fuori dalla sua portata d'orecchio.

«Di sicuro sa come metterti al tuo posto... *signorina*» replicai.

«Non ci sono andata pesante perché quel vecchio brontolone è un veterano e sua moglie è stata uccisa. Se avesse avuto quarant'anni di meno, non sarei stata così gentile.»

«Eppure, per quanto sia stata gentile, non ha voluto darti del tu.»

Kylie scrollò le spalle. «D'accordo, forse ho esagerato, ma devi ammettere che sa qualcosa.»

«Sa molto più di qualcosa. Hai visto tutta quell'attrezzatura? Scatole di telefoni, corde, fili, cavi, attrezzi da installatore. Forse è davvero un tipo sentimentale e ci tiene a tutta quella robaccia, ma nelle scatole c'era molto più della nostalgia di un telefonista.»

«Per esempio?»

«Per esempio, quando ho affondato la mano nella scatola e ho tirato fuori il telefono Princess, ho notato un apparecchio che non proveniva da Mamma Bell o da qualsiasi altra compagnia telefonica per cui LaFleur ha lavorato. Era prodotto dalla Shenzhen Adika, che non fa telefoni rosa per adolescenti. Si trova in Cina e produce sistemi di sorveglianza audio e video ad alta tecnologia che si possono acquistare in uno dei tanti spy shop online.»

«Figlio di puttana...» esclamò Kylie. «Ha messo cimici nell'appartamento di Catt?»

« Pensaci. È sicuro che Catt abbia ucciso Hattie. Quanto sarebbe stato difficile per uno che ha passato la vita a installare telefoni mettere sotto controllo l'appartamento del vicino, sperando di trovare qualcosa che potesse collegarlo all'omicidio della moglie? »

« Se hai ragione, dovremmo perquisire l'appartamento di Catt. Non avremmo nemmeno bisogno di un mandato. È ancora sigillato, fa parte delle indagini in corso. »

« Possiamo entrare senza problemi, ma non troveremo nulla. Qualunque cosa LaFleur abbia installato là dentro, l'ha smontata non appena Catt è scomparso. Non c'è più. E anche se trovassimo una cimice nell'appartamento, non possiamo provare che sia stato LaFleur a mettercela, e di certo non possiamo costringerlo a parlare. »

« Pensi che conosca l'uomo o gli uomini che hanno ucciso Catt? » domandò Kylie.

« No, ma probabilmente potrebbe aiutarci a scoprire chi è stato » risposi.

« Non lo farà. Per lui, il killer della tuta hazmat è un eroe tanto quanto Bernie Goetz. »

« E non è l'unico. Molte persone in questa città fanno il tifo per Tuta hazmat. Lui... loro... chissà quanti sono. La gente sa solo che uccide dei farabutti che l'hanno fatta franca. Diavolo... gli hanno persino creato una fan page su Facebook. Lo adorano. »

« E allora, senza dubbio, ci odieranno, perché saremo noi a stanarlo. »

Questo è il problema di Kylie. Niente fa vacillare la sua fiducia. Di sicuro, non un vecchio burbero come Horton LaFleur.

34

« Dove andiamo adesso? » chiesi, mettendomi al volante dell'Interceptor.

« Le scelte sono due e si trovano agli estremi opposti di Manhattan » rispose Kylie. « Chinatown per la vittima numero uno, Alex Kang. O Harlem per la numero tre, Antoine Tinsdale. A te l'onore. »

« Ovunque andremo a finire, ci avvicineremo all'ora di pranzo e, per quanto mi piaccia il red rooster di Marcus Samuelsson a Harlem, non mangio un buon dim sum dall'anno della scimmia. »

« Affare fatto » esclamò Kylie, con il pollice in su.

« Chi ha detto che il lavoro della polizia è difficile? » dissi, dirigendomi verso FDR Drive.

« A proposito di scimmie, Chinatown è il quartiere di Donovan e Boyle » osservò Kylie. « Lavorano al Quinto Distretto da anni. Si potrebbe pensare che, per quanto siano approssimativi i loro rapporti, il fascicolo su Kang dovrebbe essere l'unico azzeccato. Ma stando ai loro appunti, hanno parlato con un solo uomo. »

« Me ne sono accorto. Con ogni probabilità, hanno parlato anche con altri, ma nel rapporto ne hanno nominato solo uno. Quei due non sono granché con le scartoffie. »

« Questo significherebbe soltanto che sono pigri » ribatté Kylie. « Ma hai letto il nome della persona che hanno interrogato? »

Risi. « Certo che sì. »

« Non è divertente, Zach. È palese che non gliene fregava niente e che non immaginavano che qualcun altro potesse interessarsi al caso. »

« Guido fino all'uscita del ponte di Brooklyn. Dammi l'indirizzo esatto. »

« Posso darti quello che hanno scritto nel rapporto. Chissà se quegli idioti hanno capito bene. Hanno scritto soltanto 'Quartier generale della banda CP Emperors – 58 Mulberry'. »

« E ricordami di nuovo » dissi, petulante, « com'è che si chiama il tizio che hanno interrogato? »

Kylie aprì uno dei fascicoli e finse di sfogliarlo. « Vediamo... » mormorò, stando al gioco. « Oh, ecco qui. Secondo il loro impeccabile rapporto, i detective Donovan e Boyle hanno interrogato un membro della banda di nome John Doe. »

35

Il quartier generale dei CP Emperors si trovava al pianterreno di un tozzo edificio in mattoni rossi nel cuore di Chinatown. Sembrava relativamente anonimo, ma era una fortezza. Le finestre erano sbarrate, una saracinesca di sicurezza occupava la facciata e la porta d'ingresso era di acciaio massiccio. Mancava soltanto un fossato.

Kylie bussò. «NYPD» gridò. Poi si rivolse a me. «Credo che dovremmo identificarci, nel caso in cui non riescano a capire chi sia la coppia di bianchi che si avvicina al loro edificio con un'auto civetta.»

La porta si aprì e un gangster ci bloccò la strada. Era vestito di nero, che di solito sfina, ma in quel caso non nascondeva i suoi centotrenta chili. Riempiva l'ingresso.

«NYPD» ripetei. «Chi è il capo?»

«Avete un mandato?»

«Perché dovremmo averne bisogno? Siamo qui solo per parlare.»

«Non abbiamo niente di cui parlare. Ora levatevi dalle palle.»

E poi lo sentimmo provenire dall'altro lato della porta. Forte, chiaro e inconfondibile.

Clic clac.

Il suono inequivocabile di qualcuno che aziona il carrello di una pistola, probabilmente una semiautomatica.

Kylie non esitò. Si portò la mano dietro al fianco destro ed estrasse la Glock. «A terra!» gridò. Non aspettò una risposta.

Con il piede destro colpì il Ciccione tra le gambe, andando a segno. Quello si afferrò le palle, girò su se stesso e stramazzò a terra.

Non avevo idea di quanti CP Emperors ci fossero lì dentro e non mi interessava scoprirlo. Estrassi la pistola e da dietro la porta gridai: «NYPD. Armi a terra. Armi a terra, subito!»

Mi preparai a sparare il primo colpo e sperai che la porta fosse abbastanza spessa.

«Stronzate» disse una voce dall'altra parte. «Non avete alcun diritto di puntarci le armi addosso.»

«Non dirci cosa possiamo o non possiamo fare» gridò Kylie. «Da quando quell'idiota ha azionato il carrello della semiautomatica, non abbiamo più bisogno di un mandato. Circostanze eccezionali. Gettate via le armi. Subito!»

«Va bene, va bene.» Sentii la pistola scivolare sul pavimento. Poi un'altra. «Mi sto avvicinando alla porta. Muovi quel culone, Rupert.»

Con le mani sui genitali, l'omone si spostò e un ragazzo asiatico alto e con i capelli lunghi spalancò la porta. Aveva poco più di vent'anni, baffi sottili e un'espressione truce stampata in volto.

«Sei tu che comandi?» chiesi.

«Quasi sempre» rispose. «Solo che in questo momento sembra che sia tu a comandare.»

«Come ti chiami?»

«John Doe» rispose senza scomporsi.

«Abbiamo già un sacco di persone all'obitorio che si chiamano John Doe in attesa di essere identificate» replicai. «Che ne dici di darmi il tuo vero nome?»

«John Dho» ripeté. «D-h-o. Sei a Chinatown, amico.»

Così scoprimmo che Donovan e Boyle sapevano bene con chi avevano parlato. Solo che non avevano idea di come si scrivesse.

«Questa è una casa in lutto. Cosa volete?»

«Capiamo e ci dispiace per la vostra perdita, ma dobbiamo comunque parlare con te. Qui o al distretto?»

«Tu puoi entrare» disse Dho. «La stronza resta fuori.»

«La stronza o entra» ribatté Kylie, «o ti fa uscire dalla porta e ti fa sfilare per Mulberry Street insaccandoti di insulti finché non arriviamo alla nostra macchina, che abbiamo parcheggiato a due isolati da qui.»

«Cazzate. Avete parcheggiato dall'altra parte della strada.»

«Allora lo farò al ritorno. Non me ne frega un cazzo delle vostre regole 'non sono ammesse ragazze nella clubhouse'. Ho gridato NYPD e qualcuno qui dentro ha chiuso e caricato una semiautomatica, per cui sono sicura che hai il porto d'armi.»

Si fece da parte e ci lasciò entrare. «Cosa volete?»

«Cerchiamo la persona che ha ucciso Alex Kang» risposi.

Dho stava fumando una sigaretta rollata a mano che puzzava come l'interno di una stalla. Ci soffiò una boccata di fumo in faccia. «Anche noi, ma possiamo farlo senza il vostro aiuto.»

«Parliamone» dissi.

La stanza era poco illuminata e arredata con mobili di recupero: due divani malandati, alcuni tavoli in formica e una serie di sedie pieghevoli mal assortite. In un angolo in fondo c'era una cucina di fortuna.

«Bel posticino» esclamò Kylie. «Direi la sistemazione perfetta per un imperatore!»

«Raccontaci del giorno in cui Alex è scomparso» incalzai.

«Quella mattina è rimasto qui fino alle undici, poi è uscito per andare a trovare sua nonna, che era ricoverata al Beekman Downtown Hospital. Quando alle due non è tornato, abbiamo iniziato a chiamarlo. Non rispondeva. Sono andato in ospedale, dove ho trovato sua madre che ha detto di non averlo visto. Abbiamo controllato il suo appartamento, i soliti posti che frequentava: niente. Sei giorni dopo, si materializza con indosso una tuta anticontaminazione su una panchina alla stazione della metropolitana di Canal Street. Ho già raccontato tutto agli altri due piedipiatti.»

«Di chi stiamo parlando?» chiesi.

«Quei coglioni di Donovan e Boyle. Ci rompono le palle in continuazione. Anche quando siamo noi le vittime.»

«Quindi conoscevi Donovan e Boyle da prima che Alex fosse ucciso?»

«Sì, li conosciamo tutti. Lavorano in questa zona. Tengono d'occhio i giovani.»

«Ce l'avevano con Alex?» domandò Kylie.

Dho la guardò come se non avesse capito nulla. «Sono razzisti. Odiano tutti i CPE, solo che con Alex se la prendevano ancora di più, perché era lui a comandare. Pensi davvero che quei due poliziotti stiano cercando il suo assassino?»

«Non so loro, ma posso assicurarti che i due poliziotti che hai davanti lo stanno facendo. Quindi, visto che siamo tutti dalla stessa parte, come procede la vostra indagine?»

«Le altre bande non c'entrano» rispose Dho.

«Sei sicuro?» chiese Kylie, rivolgendogli la stessa domanda che aveva fatto imbestialire LaFleur.

Dho unì i palmi delle mani e chinò il capo. «Sicurissimo, onorevole detective. Nostra indagine molto approfondita» disse, omettendo di proposito il verbo: un'imitazione perfetta di Charlie Chan, il classico stereotipo asiatico sfornato dagli studios hollywoodiani negli anni Trenta e Quaranta.

Si raddrizzò e lasciò perdere la recita. «Voi poliziotti dite tutti stronzate» continuò, tornando alla consueta espressione truce. «Quando il killer della tuta hazmat, quello stronzo, ha ucciso Alex, avete mandato i detective Scemo e più Scemo. Ma ora che ha fatto fuori una ricca signora bianca, ci state addosso o, come dite voi occhi rotondi, con il fiato sul collo. Volete sapere chi ha ucciso il mio amico Alex Kang? C'è un tipo strano là fuori che pensa di essere una specie di giustiziere del cazzo e sta facendo la sua parte per rendere questa città un posto più sicuro in cui vivere. Ecco, potete leggere tutto sul giornale di oggi.»

C'era un quotidiano sul tavolo. Lo prese e lo spinse verso di me.

Era scritto in cinese. L'unica cosa che riuscivo a capire era la foto di Evelyn Parker-Steele in prima pagina.

36

«Avevo tutte le ragioni di estrarre la pistola» disse Kylie, quando tornammo fuori. «Ho sentito la semiautomatica...»

«Ehi, per me niente da eccepire» la tranquillizzai. «Ero proprio dietro di te. Non sono d'accordo con il modo in cui hai trattato Damon Parker stamattina, ma il calcio nelle palle al tirapiedi è stato perfetto. Bel lavoro, compagna di squadra.»

Sembrava sorpresa. «Grazie.»

«Sei davvero una stronza. E lo dico con il massimo della gentilezza.»

Restammo fuori dall'edificio, assorbendo le scene, gli odori e i rumori tipici di Chinatown, quella piccola enclave che per alcuni è casa, mentre per molti è una destinazione turistica.

«Non capisco» disse Kylie. «Alex Kang è uscito da qui alle undici. Come ha fatto a sparire nel nulla? È pressappoco la stessa ora e guardati intorno: c'è gente per strada, le macchine entrano ed escono dalla rimessa qui accanto, qualcuno deve per forza aver visto qualcosa.»

Si girò a destra e a sinistra, scrutando tutta Mulberry Street.

«Non dannarti a cercare di individuare le telecamere di sorveglianza. Questo è territorio di bande. Qualsiasi cosa ci fosse qui, è stata probabilmente vandalizzata molto tempo fa.»

«Allora forse dovremmo affidarci alla sorveglianza umana» replicò Kylie, indicando l'altro lato della strada.

Proprio di fronte al quartier generale della banda c'era Columbus Park. È l'unico parco di Chinatown, quindi è ovvio che la città lo abbia intitolato a un esploratore italiano. Tuttavia, è il CP dei CP Emperors.

«Il parco è strapieno» precisò Kylie. «Con ogni probabilità, ci sono persone che vengono qui tutti i giorni a leggere il giornale, portare a spasso il cane, pattinare. A rischio di ripetermi, qualcuno deve aver visto qualcosa.»

«Certo che sì. Il problema sarà fare in modo che parlino.»

Attraversammo la strada fino all'ingresso del parco, dove una dozzina di asiatici, tra i venti e gli ottant'anni, erano disposti in semicerchio, fumavano e osservavano due tizi chini su un tavolo improvvisato. Stavano giocando a Go, un gioco da tavolo vecchio di duemila anni.

Io me la cavo. Mio padre mi ha introdotto al backgammon quando avevo sei anni. Poi sono passato agli scacchi e, strada facendo, mi sono appassionato al Go. Le regole sono così semplici che chiunque può imparare a giocare in dieci minuti, ma le strategie sono talmente complesse che pochi riescono a padroneggiarle davvero. Ed è molto coinvolgente anche per chi si limita a osservare.

Studiai i due giocatori, uno era sulla sessantina, l'altro doveva essere più vecchio di una decina d'anni. Non erano uomini in grado di permettersi la tradizionale tavola in legno stagionato ricavata dall'albero di kaya. Stavano usando un pezzo di compensato grezzo con le caselle disegnate a mano. Al posto delle classiche pietre di ardesia giapponese lucidissime e dei gusci di conchiglia, le loro pedine bianche e nere erano di plastica da quattro soldi.

Ma la passione, la concentrazione e, naturalmente, lo spirito competitivo erano genuini e autentici. Uno degli aspetti che rende il Go un gioco così affascinante per gli spettatori è la scommessa, e sul tavolo c'erano due banconote da dieci dollari. Diedi un'occhiata alla tavola: era evidente che l'uomo più anziano era in vantaggio. Nel giro di cinque minuti vinse la partita e prese i soldi.

«Sei davvero bravo» dissi al vecchio.

Lui chinò la testa.

«Ma io lo sono di più.»

La folla, che fino a quel momento non aveva pronunciato una sola parola in inglese, doveva aver capito abbastanza da scoppiare a ridere.

«Hai dei soldi?» chiese il vecchio. «O parli e basta?»

Mise sul tavolo una banconota da dieci dollari.

Io aprii il portafoglio e ne tirai fuori una da cento. La folla emise un verso gutturale collettivo, l'equivalente cinese di un *ooooh*.

«Hai dei soldi?» dissi. «O parli e basta?»

Il vecchio rifletté per qualche secondo, poi frugò nella tasca dei pantaloni ed estrasse un mucchio di banconote da dieci, cinque e un dollaro. Non bastavano. Li rimise in tasca e aprì un portafoglio consunto con dentro una banconota da cento dollari, altrettanto malandata. La stirò e la appoggiò accanto alla mia.

Mi accomodai.

Avevo le pedine nere, quindi giocai per primo. C'è un antico proverbio del Go: *gioca veloce, perdi veloce*. E devo dargliene atto: il vecchio mi trattò con rispetto sin dall'inizio. Giocò con attenzione, non come se fossi uno sbruffone bianco pronto a perdere un centinaio di dollari, ma come un degno avversario. Dopo cinque minuti si rese conto che lo ero davvero.

La partita durò quasi un'ora. Nessuno dei due dominava il gioco e la folla, sostenitrice dell'anziano, si ammutolì quando ci avvicinammo alla fase finale.

A quel punto feci una mossa sbagliata. Anzi, più che sbagliata. Stupida. Stupidissima. Me ne accorsi io, se ne accorse il vecchio, che sapeva che io sapevo. Con i polpastrelli strinse alcuni radi peli grigi sul mento e mi fissò. Era perplesso, poi di colpo capì.

Stavo perdendo di proposito.

Fece schioccare una pietra bianca sulla tavola e la folla esplose in risate e applausi, orgogliosa del suo eroe locale.

Il vecchio aveva vinto.

Mi alzai e mi rivolsi alla schiera di fumatori che erano triplicati da quando avevo mosso la prima pedina.

« Sono bravo, ma lui di più. »

Mentre applaudivano e fischiavano, mi inchinai di fronte al vincitore. « La nostra partita mi ha fatto venire una fame da lupi. Dove potrei andare per trovare il miglior dim sum? »

Il vecchio sorrise. « Il miglior dim sum? A casa di mia madre, nella provincia di Guangdong. Ma mi sa che hai appena perso i soldi per il biglietto. »

La folla si fece l'ennesima risata a mie spese.

Il vecchio si compiacque. « Ma se ti accontenti di un dim sum passabile, vai al New Wonton Garden, dall'altra parte della strada. »

Mi inchinai di nuovo, feci un cenno a Kylie e ci avviammo insieme al ristorante.

Come ho detto, sono un giocatore; avevo appena investito cento dollari e un'ora del mio tempo e di quello di Kylie giocando a un gioco psicologico con un vecchio che non avevo mai visto prima.

Non restava che sedermi al New Wonton Garden, sorseggiando tè e mangiando dim sum passabili, in attesa di scoprire chi di noi due avesse davvero vinto la partita.

37

Teresa Salvi si tolse il vestito e si guardò nello specchio a figura intera. «Sessantatré anni e ancora una taglia 40» si disse. «Non male.»

Aveva due cabine armadio, grandi entrambe quanto una camera da letto matrimoniale. Quella in cui si trovava era per gli abiti da giorno. Passò in rassegna gli scaffali e scelse un Dolce & Gabbana grigio antracite. Aveva smesso di indossare il nero da anni, ma stava andando a trovare padre Spinelli e il grigio scuro avrebbe dato la giusta impressione: *Ancora in lutto, ma con una vita che va avanti.*

Le scarpe e la borsa erano di Prada. Quando finì di vestirsi, si guardò di nuovo allo specchio. Joe avrebbe approvato. Voleva che si vestisse con classe, non come quelle ricche casalinghe giulive dei reality show.

Si assicurò che il libretto degli assegni fosse nella borsa. Padre Spinelli le aveva chiesto di unirsi a lui per un tè nel suo studio, un invito che poteva significare soltanto una cosa: la chiesa aveva bisogno di soldi.

«Non più di diecimila» si raccomandò Joe mentre lei usciva di casa. «Siamo a ottobre e sai che a Natale si farà vivo di nuovo.»

Teresa aveva già in mente una cifra più alta, quindi si limitò a baciare il marito e a dire: «Non preoccuparti. Qualsiasi cifra gli darò, sarà per una buona causa».

Due buone cause, pensò guidando la sua Buick Regal beige per il chilometro e mezzo che la separava da St. Agnes. A volte, Joe dimenticava il fattore rispettabilità. I giornali dipingevano suo marito come una specie di mostro, ma ogni volta che faceva una donazione alla chiesa, padre Spinelli era pronto a elogiarli di fronte alla congregazione, puntualizzando quanto fosse generosa la famiglia Salvi. Questo li aiutava a bilanciare le cose.

Parcheggiò in uno dei grandi spazi riservati ai visitatori, spense il motore e prese il rosario nero dalla borsa.

Amava quella chiesa, ma a volte non riusciva a metterci piede. Lì era stato battezzato Enzo. E sempre in quel luogo, diciotto anni dopo, aveva visto per l'ultima volta il suo dolce viso prima di riconsegnarlo alla casa del Signore.

Pregò per l'anima del figlio, poi controllò il trucco e i capelli nello specchietto, chiuse la macchina e si diresse verso la canonica.

La segretaria la accompagnò nello studio di padre Spinelli, che si alzò non appena lei entrò nella stanza. Quando era arrivato in parrocchia all'età di ventotto anni, era un uomo straordinariamente bello, troppo bello per essere celibe, sostenevano alcune donne. Ma ormai, compiuti i cinquant'anni, era diventato il cuore e l'anima di St. Agnes. La gente si rivolgeva a lui, lo rispettava, lo amava; nessuno più di Teresa Salvi.

«Teresa!» esclamò padre Spinelli, dandole un caldo abbraccio da sacerdote. «Spero che lei e Joe stiate bene.»

La stanza era piccola e le pareti rivestite in legno di noce, i mobili pesanti e la luce fioca la facevano sembrare ancora più angusta, ma intima, per nulla soffocante. Teresa prese posto sulla sua solita sedia in pelle usurata dall'altra parte della scrivania.

«Io e Joe stiamo bene. E come vanno le cose qui, a St. Agnes?» Strinse la borsa, pronta a sfoderare il libretto degli assegni.

«Tutto sta procedendo bene» rispose il sacerdote, versandole una tazza di tè. «L'impianto idraulico, il riscaldamento, il quadro elettrico: tutto funziona, tutto a norma. Questo conferma la mia fede nei miracoli.»

Teresa posò la borsa a terra. «Allora come mai... mi ha chiesto di passare?»

«Le ho dato questa impressione? Che la inviti per un tè solo quando abbiamo bisogno di un benefattore? Mi perdoni.»

«Padre, non deve scusarsi per aver contattato la mia famiglia a nome della chiesa. Come possiamo aiutarla?»

Il prete si versò mezza tazza di tè. «Teresa, non l'ho invitata qui per chiedere il suo aiuto. Tocca a me aiutarla, questa volta.»

Lei sembrava confusa. «In che modo?»

«Ho qualcosa da darle. Qualcosa di prezioso e personale.» Fece una pausa e bevve un sorso di tè. «So che riaprirà vecchie ferite, ma lei è una donna forte, Teresa. Ho potuto constatarlo più e più volte e so che la sua fede la aiuterà a superare tutto.»

«Superare cosa?»

Il sacerdote aprì il cassetto della scrivania e tirò fuori una busta di carta marrone.

«Questo apparteneva al suo defunto figlio Enzo, che Dio l'abbia in gloria» disse, facendola scivolare sulla scrivania.

Mentre prendeva la busta con mano tremante, Teresa avvertì il cuore batterle forte.

«Avanti» la incoraggiò dolcemente padre Spinelli, «la apra.»

Lei strappò la parte superiore e tirò fuori il contenuto.

«È il diario di Enzo» esclamò con le lacrime agli occhi. Fece scorrere le dita sull'agenda in pelle marocchina rosso scuro con un bordo in filigrana oro. «Gliel'ho regalato quando aveva tredici anni. Lo portava sempre con sé. Dove l'ha trovato?»

«Me l'ha portato una nostra parrocchiana. Stava pulendo casa e l'ha trovato tra le cose di suo figlio. Sapevo che, per quanto potesse risultarle doloroso, è stata la volontà di Dio a riportarlo da lei. Spero che tragga un po' di conforto nel vedersi restituire questo pezzetto di suo figlio.»

Quale parrocchiana? Dove l'ha trovato?

Teresa aveva un milione di domande, ma conosceva bene le regole della famiglia e quindi sapeva che non doveva farne neanche una.

Corri a casa e parla con Joe. Lui saprà come gestire la situazione.

38

I dim sum del New Wonton Garden non erano forse i migliori che avessi mai mangiato, ma erano comunque molto più che passabili.

Naturalmente, non ero mai stato nella provincia del Guangdong; quindi, quando si parla di cucina cinese, io e il mio amico del Go abbiamo due standard del tutto diversi.

« Ne è rimasto uno » dissi a Kylie, che aveva trascorso la maggior parte del pranzo seduta di fronte a me a guardarmi mangiare.

« Finiscilo tu » rispose. « Sono piena. »

« Già. Tre ravioli alla piastra sono abbastanza per riempire una ragazza » commentai, addentando l'ultimo gyoza ai gamberetti.

« Non ho molta fame » replicò lei, passando il pollice sullo schermo dell'iPhone.

« Vuoi chiamarlo? »

« Chi? »

« Non voglio intromettermi nella tua vita, ma ieri Spence è finito al pronto soccorso perché si stava drogando con delle pillole, e stamattina sei uscita di casa prima di vederlo, quindi quando ti chiedo 'vuoi chiamarlo', parlo di tuo marito, per il quale sembri essere molto preoccupata. Ripeto, vuoi chiamarlo? »

« No. Sono concentrata su questo caso. »

Non era una conversazione che mi andava di approfondire.

Per fortuna, la porta d'ingresso del ristorante si aprì ed entrò il vecchio.

Kylie sorrise. «Avevi ragione. È qui.»

Si avvicinò al nostro tavolo e si sedette. «Razza di poliziotto del cavolo.»

«Come fai a sapere che sono un poliziotto?» domandai.

Il vecchio scoppiò a ridere. «Come fai a sapere che sono cinese? Mi guardi negli occhi. E io lo stesso: ti ho guardato negli occhi e ho capito che sei un poliziotto. Un poliziotto del cavolo. Hai barato e mi hai lasciato vincere.»

Detto ciò, mise la mia banconota da cento dollari sul tavolo, poi prese i suoi cento dollari e li appoggiò accanto ai miei.

«Sono felice di aver salvato la faccia. Ma non posso accettare soldi che non mi sono guadagnato.» Spinse le banconote verso di me.

Le guardai per qualche secondo, poi le feci scivolare di nuovo sul tavolo. «Allora forse puoi guadagnarli. Hai visto Alex Kang il giorno in cui è scomparso?»

Il vecchio non esitò nemmeno un istante. Aveva già fatto la sua scelta prima di varcare la porta del ristorante. Sapeva di cosa si trattava e si era presentato per finire la partita.

«Brutta storia quella di Kang. È uscito dalla clubhouse, due uomini in macchina lo aspettavano. Uno scende dall'auto e parla con lui. Kang sale. È l'ultima volta che qualcuno lo vede vivo a Chinatown.»

Un testimone. Abbiamo trovato un testimone. Lanciai un'occhiata a Kylie: era impietrita. Sapeva che non avrebbe dovuto dire una parola. Il vecchio non si sarebbe sentito a suo agio a parlare con una donna.

«Puoi descrivere gli uomini?» chiesi.

«Ne ho visto solo uno. Bianco... alto come te. Troppo lontano per vederlo in faccia.»

«E l'auto?»

« Era un'auto-camion. »

« Era un'auto o un camion? » dissi con calma.

« No » replicò il vecchio, che si alzò e mi fece cenno di seguirlo all'ingresso del ristorante. Kylie non si mosse.

« Era un'auto-camion come quella » spiegò, indicando fuori dalla finestra un SUV parcheggiato sulla strada. « Solo che questa è argento. Quella che è venuta per Kang era nera. »

Tornammo al tavolo. Io mi sedetti, mentre lui restò in piedi.

« Grazie. Te li sei guadagnati » dissi, indicando i duecento dollari.

Naturalmente, il vecchio era d'accordo. Prese il denaro e fece un rapido inchino a entrambi. « Sono felice che abbiate speso bene i vostri soldi. Grazie. Io vado. »

« Un'ultima cosa » dissi. « Il tuo aiuto è stato molto prezioso. Come ti chiami? »

Sorrise. « Questa è Chinatown. Voi siete l'NYPD. È meglio se mi chiami solo il Vecchio. »

39

« Devo mettere tutto per iscritto? » chiese Kylie. « Il nostro testimone si chiama il Vecchio e il membro della banda che abbiamo interrogato è John Dho. Siamo bravi quasi quanto Donovan e Boyle. »

Il cameriere sparecchiò, poi ci portò il conto insieme a del tè appena fatto e a una ciotola di biscotti della fortuna.

« Immagino che ogni amico del Vecchio abbia diritto a più di un biscotto della fortuna » disse Kylie. Ne prese uno dalla ciotola, lo aprì, lesse il bigliettino e annuì. « Mmm, davvero perspicace. »

« Cosa c'è scritto? »

« Il tuo compagno di squadra pensa di essere un poliziotto molto intelligente, ma tu sei un passo avanti. »

« Stai dicendo che non apprezzi il mio genio investigativo? »

« Tutt'altro, penso che tu sia brillante. Ma credo che il biscotto non voglia che ti monti la testa. »

Presi il conto. « Pago il pranzo. Ho mangiato quasi tutto io. »

Kylie me lo strappò di mano. « Hai già speso cento dollari per il Vecchio. Offro io. »

Uscimmo e ci fermammo davanti al ristorante. Nessuno dei due era pronto a salire in macchina.

« Non capisco » disse Kylie, fissando il parco dall'altra parte della strada. « Due vittime diversissime, Alex Kang ed Evelyn

Parker-Steele. In entrambi i casi due uomini si fermano con un SUV nero e uno di loro, un maschio bianco, dice qualcosa tipo 'Sali in macchina' e la vittima obbedisce. Non riusciamo a trovare un unico, comune denominatore tra la Parker-Steele e Kang, ma entrambi dovevano conoscere l'uomo che ha accostato, perché entrambi sono saliti in macchina senza discutere.»

E in quel preciso istante mi venne un'illuminazione.

«Cazzo!» esclamai. «Sono un idiota.»

«Due minuti fa hai detto di essere un genio dell'investigazione, ora sei un idiota. Quando potrò dire la mia?»

«Zitta e ascolta. Credo che stiamo cercando il comune denominatore sbagliato. Abbiamo quattro vittime: un membro di una banda, una consulente di spicco, uno spacciatore e un molestatore. Stiamo cercando di capire quale sia il collegamento: come fanno tutti quanti a conoscere i due uomini del SUV? E se invece il collegamento fosse che *nessuna* delle vittime li conosce?»

«Allora nessuna di loro sale in macchina.»

«Vedi quel tipo laggiù, quello con i jeans e la felpa grigia?» dissi, indicando dall'altra parte della strada un giovane cinese su una panchina nel parco, che stava digitando sul suo cellulare. «Tu non conosci lui e lui non conosce te. Ora, coma fai a convincerlo a salire sulla tua macchina senza che faccia domande?»

Kylie scrollò le spalle. «Sembrerebbe etero, quindi non so... mi tolgo la maglietta?»

«Fai finta che parli sul serio» replicai. «*Tu*. Come fai a far salire sulla tua macchina un perfetto sconosciuto?»

«Dai, Zach, sono un poliziotto. Mi basta mostrare...»

Ed ecco che l'illuminazione colpì anche Kylie.

«Oh mio Dio» esclamò, «si spacciano per poliziotti. Due tizi in SUV nero. L'unica cosa che devono fare è mostrare un documento e un pezzo di latta falsi: chi potrebbe mai contraddirli?»

«Pensi che abbia ragione?»

«Detective Jordan, non solo penso che lei abbia ragione» rispose Kylie, «ma torno subito in quel ristorante e trovo un altro biscotto della fortuna che dica: 'Il mio compagno di squadra è un fottuto genio'.»

SECONDA PARTE

LA PERA ORALE

40

«Chiudi la porta, cowgirl» disse Cates, lanciandoci un'occhiataccia dalla sua scrivania.

A quanto pareva, il nostro capo aveva saputo dello scontro di Kylie con Damon Parker.

Entrammo nell'ufficio e la mia compagna di squadra chiuse la porta.

«Detective MacDonald, hai forse l'impressione che non abbia già abbastanza problemi senza che tu me ne causi altri?»

«Mi dispiace, capitano» rispose Kylie. «È solo che Damon Parker è talmente stronzo che io...»

«Damon Parker è uno stronzo professionista» replicò Cates. «Tu ti sei comportata come una novellina. Lui è pagato per dare addosso alla gente, mentre tu sei pagata per non mettere in imbarazzo il dipartimento davanti alle telecamere.»

«Non succederà più» disse Kylie.

«Ne dubito» sbottò Cates. «Infrangere le regole è nel tuo DNA. Ma ti dico io cosa non accadrà più: non sistemerò più i tuoi casini e non te la farò passare liscia. Se non ci fosse un serial killer a piede libero, ti avrei già confinata alla scrivania per un mese.»

Si girò verso di me. «Aggiornami, Jordan. Comincia da Horton LaFleur. Ha sputato qualche rospo?»

«Quel povero diavolo ha un enfisema» risposi. «Dio solo sa quanti rospi ha sputato, ma nessuno interessante. Sembra che sia il presidente del fanclub di Bernie Goetz, quindi qualsiasi cosa sappia, non la userà contro un giustiziere.»

Poi le raccontai della nostra visita a Chinatown. Cates inarcò appena le sopracciglia quando le dissi che avevamo estratto le armi nella sede della banda.

Kylie si intromise. «Capitano, le hanno estratte prima loro. È stato un chiaro caso di...»

«Sono delinquenti» tagliò corto lei. «Fintantoché non hai puntato la pistola contro Parker, non me ne frega niente.»

Quello che le importava era la mia teoria sui due assassini che forse si fingevano poliziotti.

«Ho già visto una cosa simile. Mi occupavo di rapine al Trentaduesimo Distretto. Un tizio con la parlantina e un distintivo falso. Si è introdotto in sedici appartamenti prima che lo arrestassimo.»

«È solo un'ipotesi. Ma spiegherebbe come mai i rapitori siano riusciti a far salire in macchina sia Kang sia la Parker-Steele senza che le vittime opponessero resistenza.»

«Parlami della vittima numero tre e no, non ho ancora letto il suo fascicolo. Fammi un riassunto.»

«Antoine Tinsdale» dissi. «Afroamericano, trent'anni, detto l'Uomo di latta. Alcuni dicono sia una storpiatura del suo nome, ma la maggior parte della gente pensa sia riferito al *Mago di Oz*: al personaggio senza cuore. Tinsdale era uno spacciatore che amava vendere ai giovani. E il modo migliore per agganciare un ragazzino di dieci anni è usare corrieri di dieci anni.»

Cates non disse nulla, ma la rabbia nei suoi occhi di afroamericana cresciuta a Harlem era evidente.

«Aveva una rete di minorenni che lavoravano per lui. Gli spacciatori rivali li avevano avvertiti di farsi da parte, ma i ragazzi non erano abbastanza svegli da avere paura. I trafficanti di droga non sono noti per le loro capacità di negoziazione, così hanno fatto fuori quattro dei baby corrieri di Antoine.»

«Tanto c'è sempre un nuovo gruppo pronto a entrare in azione» concluse Cates.

«L'Uomo di latta si è tenuto a tale distanza da questi ragazzini che sarebbe stato impossibile ricondurre la loro morte a lui. Anche nella sua videoconfessione ha detto: 'Se quei ragazzi sono morti perché si sono messi a litigare per il territorio, non è colpa mia. Una vera giuria non mi condannerebbe mai'.»

«Ha ragione» ribatté Cates. «Per un bravo avvocato difensore sarebbe stato un gioco da ragazzi tirarlo fuori dai guai.»

«Probabilmente è quello che ha pensato l'assassino, ed è per questo che Tinsdale è finito con una tuta anticontaminazione addosso sotto una rampa di uscita sulla Harlem River Drive, a mezzo isolato da un parco giochi. Io e Kylie ci siamo andati oggi pomeriggio dopo la scuola.»

Cates si accigliò. «Lasciami indovinare. I bambini hanno detto ancora meno del vecchio con l'enfisema. Nessuno ha sentito niente. Nessuno ha visto niente. Nessuno sa niente. È il codice dello spacciatore nero adolescente. Crescendo, ho visto sociopatici come Tinsdale distruggere giovani vite. Sono entrata in polizia per togliere dalla strada i bastardi come lui. E ora un paio di giustizieri con una telecamera lo stanno facendo al posto mio. Sapete cosa fa davvero schifo? Il mio lavoro è rintracciare questi pazzi e impedir loro di uccidere altri stronzi. Ma i tizi della tuta hazmat hanno capito bene una cosa: non c'è giustizia.»

Bussarono alla porta.

«Avanti» gridò Cates.

Era Cheryl, splendida come quando mi ero reso abbastanza ridicolo alla tavola calda quella stessa mattina. «Se state facendo un *ménage à trois* su Tuta hazmat, posso partecipare?» chiese.

«Assolutamente» rispose Cates. «Jordan, esponi la teoria sui due uomini del SUV nero.»

Spiegai la mia idea dei due assassini che attiravano le vittime fingendosi poliziotti. «Cosa ne pensi?» chiesi.

Quando Cheryl mi sorrise, il mio cervello fece un balzo in avanti di qualche ora, a quando saremmo stati soli a cena, con il vino a riscaldarci. Poi il testosterone prese il sopravvento e la mia mente cominciò a vorticare ancora più veloce, immaginandoci nudi. Lei gemeva, pronunciava il mio nome e diceva...

«Cosa ne penso?»

Mi ridestai dalla mia fantasia.

«Esatto. È quello che ho chiesto. Potrebbero fingersi poliziotti?»

«Penso sia una teoria affascinante» replicò Cheryl, ancora sorridente. «Ma credo sia sbagliata.»

41

Era stato Gideon a scegliere Alex Kang come primo ospite.

Un anno prima, Kang aveva cercato di uccidere a colpi di pistola Giap Phung, il leader della banda vietnamita rivale NBK (Natural Born Killers). Lo aveva inseguito nella stazione della metropolitana di Canal Street e aveva scaricato la sua semiautomatica Springfield da nove millimetri sulla folla. Phung era riuscito a fuggire, ma Kang aveva colpito quattro passanti. Una di loro, Jenny Woo, giovane e bella studentessa dell'Hunter College, era rimasta aggrappata alla vita per dieci giorni prima di morire.

Tutti sapevano che era stato Kang a sparare. I genitori di Jenny avevano implorato perché qualcuno – chiunque – si facesse avanti e lo identificasse, ma puntare il dito contro il membro di una banda equivaleva a suicidarsi. E così Kang l'aveva fatta franca.

Gideon aveva convinto Dave che dovevano essere loro a vendicare la morte di Jenny Woo.

« Era una ragazza del college con tutta la vita davanti » gli aveva detto. « Proprio come tua sorella. »

« Pensavo che quello che abbiamo fatto fosse una cosa occasionale » aveva ribattuto Dave.

« Forse per te, ma io ci ho riflettuto. Avevamo sedici anni quando abbiamo tolto dalla circolazione Enzo. Non avevamo idea di quello che stavamo facendo, e siamo stati fortunati che quel bastardo non ci abbia sbudellati e dati in pasto al suo cane.»

Dave aveva annuito. Era colpa sua se Enzo gli aveva puntato un coltello. Se Gideon non lo avesse colpito in testa con quella bottiglia di vodka...

«Alex Kang è ancora più pericoloso di Enzo» aveva insistito Gideon. «È ciò che Enzo sarebbe diventato, se non lo avessimo fermato. Ma ora siamo molto più intelligenti e questa volta non commetteremo errori.»

«Ti ascolto.»

A quel punto, Gideon aveva illustrato il piano.

«Mi piace molto la parte della videoconfessione» aveva commentato Dave. «Vorrei che ci avessimo pensato anche per Enzo. Ma gli stronzi come Kang non confessano in cinque minuti. Ci serve un posto in cui nasconderlo. Mio cugino Todd ha una vecchia baita che usa soltanto d'estate. È negli Adirondack.»

Gideon aveva scosso la testa. «Quando si rapisce uno come Alex Kang, non si può lasciarlo cinque ore in macchina, mentre lo si porta su al nord. Ha troppo tempo per pensare a come tagliare la corda. Dobbiamo tenerlo il più possibile vicino a casa. Penso che potremmo trovare qualcosa a Long Island City.»

Avevano trascorso una settimana a perlustrare la zona, passando davanti a fabbriche, magazzini e depositi, alcuni occupati, altri no. Alla fine, lo avevano trovato: Crane Street 88, un garage coperto di graffiti in una strada chiusa che confinava con lo scalo ferroviario della Long Island Railroad.

Non era soltanto un pugno in un occhio, ma anche un tormento per le orecchie, con i motori diesel che giravano al minimo tutto il giorno, soffocando qualsiasi rumore potesse filtrare dalle pareti spesse.

«Di certo non dovremo preoccuparci di vicini o curiosi» aveva detto Dave.

Era un blocco di cemento di seicento metri quadrati, coperto di muffa ed escrementi di topo, con una porta del garage in lamiera ondulata e due vetrate rinforzate con filo metallico e coperte da decenni di sporcizia.

Il luogo perfetto per Kang e i tre ospiti che lo avevano seguito. In quel momento, stavano tornando a Crane Street per prepararlo ad accogliere il quinto.

«Ti rendi conto che stiamo iniziando a rivolgerci alle donne?» chiese Dave, mentre attraversavano Queensboro Bridge, di recente rinominato Ed Koch, fino al Queens. «Prima Evelyn. Ora Rachael O'Keefe. Sembra una nuova tendenza. Credo che dovremmo ingentilire l'ambiente.»

Gideon sorrise: per tenere a bada l'ansia, Dave aveva bisogno di sdrammatizzare, perciò si adeguò. «Per esempio?»

«Non saprei... Magari con delle tende di pizzo, o con una caramella sul cuscino ogni sera. Che ne dici di un bel secchio pulito in cui cagare? Le ragazze sono fissate con i dettagli.»

Dave riusciva sempre a strappargli una risata e quel giorno non fece eccezione. «Basta con la commedia» disse Gideon. «Passiamo alle cose serie. L'ufficio del procuratore distrettuale ha appena comunicato che rilasceranno O'Keefe domani a mezzogiorno.»

«Pensavo l'avrebbero liberata stasera...»

«Infatti è così. La storia che hanno diffuso è solo una stronzata per tenere lontana la stampa e i curiosi. Sua sorella Liz verrà a prenderla questa notte alle due.»

«Meredith...» Dave sapeva che Gideon l'aveva saputo da lei e non gli piaceva per niente che sua sorella fosse stata trascinata in quella storia, ma era il loro unico collegamento con O'Keefe. Il solo modo per affrontare la situazione era evitare di parlarne. «Sai dove sono dirette?»

«Nel New Jersey. Hanno una zia che passa sei mesi all'anno in Florida e usano la sua casa.»

«Quindi le seguiamo, ispezioniamo il quartiere e scopriamo quando...»

« No » ribatté Gideon. « Non c'è tempo. Cosa succede se, mentre ispezioniamo il quartiere, lei fa le valigie e si trasferisce in un luogo sconosciuto – e intendo proprio che nessuno sa dove si trova – che Meredith non può indicarci? L'unica cosa che sappiamo con certezza è dove andrà stasera, il che significa che dobbiamo agire stasera stessa. »

« Non avrà una scorta durante il viaggio verso il New Jersey? »

« Certo che no » rispose Gideon. « Secondo la mia fonte, ha una scorta fino alla porta d'ingresso e poi è sola. La città di New York non spenderà un altro centesimo per lei. Non sono guardie del corpo. Per loro è solo una stronza che ha ucciso la figlia e l'ha fatta franca. »

« Non per molto » commentò Dave, completamente votato alla loro missione. « Non per molto. »

42

« Volete sapere il mio punto di vista sul killer della tuta hazmat? » chiese Cheryl. « O, come ha precisato Zach, sui killer della tuta hazmat? »

« Cheryl » disse Cates, « sono felice che tu sia riuscita a farti un'idea. Spara. »

« Donald Li, il profiler che Donovan e Boyle hanno coinvolto, è un detective, non uno psicanalista. Partendo da ciò che sapeva, ha tracciato il profilo dell'assassino: maschio, bianco, rigida educazione famigliare e solidi valori religiosi. Il killer si aspetta che Dio punisca i malfattori e, quando il colpevole riesce a farla franca, lui si trasforma in giustiziere. Su questo non ho nulla da obiettare, ma è un profilo piuttosto elementare, che non ci porterà da nessuna parte.

« Ho il vantaggio di lavorare con due detective molto brillanti che hanno capito che queste vittime non sono il tipo di persone pronte a salire su una macchina con due sconosciuti, a meno che non abbiano altra scelta. Potrebbero farlo con due uomini che si fingono poliziotti. Però credo che questi uomini non abbiano soltanto finto. »

« Che significa? » domandò Cates.

« Significa che *pensano* come poliziotti. Sapevano esattamente come rintracciare e rapire le loro vittime. Hanno una conoscenza approfondita delle tecniche forensi e ne sanno abbastanza da non lasciare indizi utili. Potrebbero fingere di essere poliziotti, ma sono troppo bravi. Penso sia più probabile che siano poliziotti veri, o ex poliziotti.»

«Chiunque abbia guardato abbastanza episodi di *CSI* ha una conoscenza approfondita della scienza forense» ribatté Cates. «Per me non è una prova che siano coinvolti dei veri poliziotti.»

«Capitano, io non posso provare niente, questo spetta ai nostri detective. Il mio lavoro consiste nello studiare uno schema e tracciare un profilo. In base alla complessità dei crimini – rapimento, tortura, trasporto dei corpi delle vittime – sono d'accordo con Zach e Kylie che si tratta di un lavoro di squadra. Ma d'altra parte, anche i poliziotti lavorano in squadra.»

Cates annuì. «Continua.»

«Faccio molte sedute di terapia individuale con i poliziotti, soprattutto con i detective. Si fanno il culo per mesi, persino per anni, rintracciando e rinchiudendo criminali che sanno essere colpevoli, e poi per un motivo o per l'altro i cattivi sono liberi. Non c'è bisogno di spiegare quanto questo possa essere frustrante per chi ha effettuato l'arresto. Ho parlato con decine di vostri colleghi che si sono dimessi o sono andati in pensione anticipata perché stufi del sistema giudiziario. Non potete immaginare quante volte mi sono sentita dire: 'O lasciavo il lavoro, o finivo per piantare una pallottola nella nuca di uno di loro'.»

«La maggior parte dei poliziotti ha pensieri del genere» commentò Cates. «Ma non li mette in pratica. Se un cattivo riesce a scappare, si rassegnano, tornano là fuori e ne catturano un altro.»

«Questi assassini non la pensano allo stesso modo» replicò Cheryl. «Si sentono talmente sicuri da essere così sfacciati e lasciare il corpo in bella vista. È un rischio non da poco, ma vogliono che la gente sappia cosa stanno facendo. E poi, una volta ottenuta la nostra attenzione, rilasciano il video. Per me è questa la chiave per capire cosa passa nella loro testa. I video mi suggeriscono che l'omicidio non è il loro principale obiettivo.»

« E quale sarebbe? »

« Le confessioni. Ogni video comunica all'americano medio che, anche se la polizia è abbastanza in gamba da arrestare gli assassini, il sistema giudiziario lo deluderà e rimetterà i criminali in circolazione. »

Cheryl si fermò e fece un respiro profondo. Si era infervorata e aveva alzato la voce. « Capitano » disse, abbassando il tono e smorzando l'eccitazione, « spero per il bene del dipartimento che questi uomini siano solo un paio di impostori che esibiscono un distintivo falso, ma più ci penso, più credo che siano davvero degli agenti. Non stanno solo uccidendo delle persone, diffondono un messaggio preciso. 'Il sistema non funziona perché non sempre punisce i colpevoli. Noi, invece, sì.' »

43

Erano le otto e mezza quando io e Cheryl uscimmo dall'ufficio. Fermai un taxi e dissi all'autista di portarci tra 92nd Street e Madison Avenue.

«Dove andiamo a cena?» chiese Cheryl.

«Da Paola. Ottimo cibo italiano» risposi. *E spero di essere così impegnato a mangiare da non avere il tempo di parlare a vanvera, come ho fatto a colazione.*

Quando il tassista si fermò a un semaforo rosso su 72nd Street, Cheryl mi strinse e mi baciò con trasporto. «È tutto il giorno che aspetto di farlo.»

«È tutto il giorno che aspetto di fare questo e molto di più» risposi. «Da tutto il giorno e da tutto il fine settimana appena passato. Quindi, se vuoi rinunciare al ristorante...»

«Scusa, ma muoio di fame» disse lei, accoccolandosi contro di me. «E tu?»

«Io e Kylie abbiamo pranzato a Chinatown all'una, quindi ho fame dalle due. Tu dove hai pranzato?»

«La vera domanda è con chi ho pranzato?»

«Sono proprio così trasparente?»

«Zach, sono una strizzacervelli... Sei stato chiaro come un'insegna al neon.»

«Ti ho mai detto quanto è fastidioso uscire con una donna che per lavoro entra nella testa delle persone?»

«No. Ti ho mai detto quanto è fastidioso uscire con un uomo che per lavoro interroga le persone?»

Paola Bottero non è uno di quegli chef stellati che si vedono nei reality. È piuttosto una leggenda silenziosa che da tre decenni soddisfa i palati dei newyorkesi esigenti.

Suo figlio Stefano mi accolse all'ingresso. «Buonasera, signor Jordan.»

«Sei già stato qui?» chiese Cheryl, mentre lui ci accompagnava a un tavolo.

«È il mio posto preferito per la cena, quando faccio lo stronzo a colazione.»

«Ahhh... quindi ci sei stato spesso.»

La sala è grande, quadrata e vivace, un posto in cui, nonostante le luci soffuse, tutti vedono tutti. Diverse persone ci lanciarono occhiate, mentre passavamo, anche se dubitavo stessero guardando me.

Io e Cheryl facemmo un patto: avremmo mantenuto la conversazione su toni leggeri. Niente giochetti mentali fino al dessert.

Perciò io le raccontai la mia giornata e lei mi parlò dell'unica cosa di cui non potevamo parlare quando eravamo nell'ufficio di Cates: Cates.

«Sarebbe un bel modello di riferimento» disse Cheryl. «Una donna di colore, forte e determinata, che si è fatta strada in un dipartimento dominato da maschi bianchi. E per essere un poliziotto che odia la politica, ha capito come far funzionare il sistema. Sarebbe un sindaco migliore di quello che abbiamo ora, o della sua avversaria.»

Ordinai una bottiglia di Brunello di Montalcino e la bevvi quasi tutta prima di ordinarne un altro calice e un altro ancora a cena conclusa.

«Ti stai rilassando perché hai avuto una giornata pesante,

oppure ti stai preparando alla nostra chiacchierata?» domandò Cheryl.

Sorseggiai il vino, cercando di non tracannarlo in un unico sorso. «Non sono mai stato bravo nelle conversazioni sulla coppia.»

«Io me la cavo alla grande, a meno che la coppia di cui si parla non sia la mia. In tal caso, sono pessima come tutti gli altri. Quindi, se preferisci astenerti, nessun problema. Il rifiuto è il fondamento di molte relazioni.»

Appoggiò il mento su una mano e piantò i suoi occhi scuri nei miei, restando in attesa. Un po' strizzacervelli, un po' diavolo, in ogni caso ipnotica. *Dio, se è brava in queste cose! Prima me la lascia passare liscia e poi mi prende di nuovo all'amo.*

Abboccai.

«Be', non posso negare di essermi comportato da idiota a colazione. Mi dispiace.»

«Scuse accettate, ma se per farti perdonare mi porti a cena qui, sentiti libero di incontrarmi alla tavola calda e di fare il cretino quanto vuoi.»

«Grazie, dottoressa, ma non posso permettermi questo tipo di terapia.»

Quando afferrai di nuovo il bicchiere del vino, Cheryl si avvicinò e me lo tolse delicatamente di mano. «Di quanto coraggio liquido hai bisogno per dirmi cosa ti preoccupa?»

Di' qualcosa, idiota. Qualunque cosa. Se ti chiudi a riccio, la serata finisce prima di arrivare al bello. Non avevo idea di quale parte del corpo mi stesse dando ordini, ma ero abbastanza sicuro che non fosse il cervello.

«Quello che mi preoccupa» esordii con calma, «è che stai passando molto tempo con Matt Smith.»

«Hai mai pensato che potrebbe essere perché io e Matt lavoriamo insieme?»

«Sembra qualcosa di più.»

«È come per te e Kylie. Voi due lavorate gomito a gomito

quattordici ore al giorno. Siete ginocchio contro ginocchio in macchina, pranzate insieme e fate appostamenti notturni. Si chiama lavorare insieme.»

«Con Kylie è diverso. Lei è sposata, Matt è single.»

«E sei turbato perché ho regalato a un ragazzo single un libro e lui mi ha regalato dei biglietti per il teatro?»

«E un caffellatte di soia.»

«Che, a quanto pare, in alcune parti del mondo porta dritti dritti al matrimonio. Per concludere l'accordo devo solo chiedere a mio padre di dare a quello di Matt sei capre.»

«È questo il problema di voi strizzacervelli: non prendete mai sul serio noi pazzi.»

«Zach, ho divorziato da poco, quindi io e te ce la stiamo prendendo con calma. Ma pensi davvero che sia nel mio stile coinvolgere un altro uomo per metterlo in competizione con te?»

«No, ho capito che non hai invitato Matt alla festa. Si è imbucato. E, come hai detto tu, sei divorziata da poco, perciò oltre a essere bella sei anche vulnerabile e disponibile. Una combinazione che è una calamita per il testosterone.»

«Bella, vulnerabile e disponibile» ripeté Cheryl. «Stando a quanto mi hai detto sui problemi di droga di Spence, sembra che Kylie MacDonald sia sulla buona strada per rientrare nella categoria. Sono solo curiosa. Per caso, attira la *tua* calamita?»

«Sei ingiusta» ribattei, «sai che io e Kylie ci siamo lasciati dieci anni fa.»

«A voler essere precisi, è stata Kylie a mollare te. Ti ha scaricato e ha sposato Spence. Quanto sarebbe ironico se dieci anni dopo lo lasciasse per te?»

«Cheryl, so che sei una psicologa esperta, ma questo scenario è... è ridicolo, per non dire delirante.»

«Hai ragione, un po' come quello che hai profilato tu su di me e un tizio nell'ufficio accanto al mio che mi ha offerto una tazza di caffè.»

Aprii la bocca per rispondere, ma non riuscii a dire nulla.

Cheryl fece scivolare il bicchiere di vino dalla mia parte del tavolo. « A rischio di darti una dose eccessiva di medicinale, bevi questo. »

Mi scolai il resto del vino.

« Wow » esclamai. « Sei incredibile. »

« Mi sa che è il vino a parlare, ma grazie. Nemmeno tu sei poi così male. »

« E nonostante io mi sia comportato da imbecille sia a colazione che a cena, ti prego, dimmi che non ho mandato a monte tutto il nostro rapporto. »

« Zach, tu soffri di quella che noi professionisti chiamiamo 'la sindrome dello stupido'. Ma con quel tuo modo folle, stavi cercando di salvare la relazione e questo mi rende felice. »

« Non voglio sfidare la sorte, ma quanto felice? »

Cheryl si chinò sul tavolo e mi diede un dolce bacio. « Appassionatamente felice. »

« Allora andiamocene di corsa » replicai, « prima che arrivi un tizio con il caffellatte di soia e mandi tutto all'aria. »

44

Liz O'Keefe percorse in discesa la rampa del George Washington Bridge, abbassò il finestrino della sua Honda CR-V e inspirò a fondo.

«Senti questo odore, sorellina?» domandò.

Rachael, avvolta in una tuta grigia oversize, scivolò ancora di più sul sedile del passeggero. «È il Jersey. Chiudi il finestrino, so che odore ha.»

«Oggi no, tesoro. Stasera il Jersey ha l'odore della libertà.»

«Fantastico» replicò Rachael. «Chiama Springsteen. Forse ci scriverà una canzone.»

«Pensavo che dopo undici mesi di carcere saresti stata felice di essere di nuovo libera» disse Liz, prendendo l'uscita di Main Street verso Leonia.

«Per cosa dovrei essere felice? Perché Kimi è morta? Perché sono la madre più odiata d'America? O perché la giuria mi ha dichiarato non colpevole, ma, se provo ad andare in giro come una donna libera, qualcuno dell'NRA o della Coalizione cristiana o forse Rush Limbaugh in persona cercherà di uccidermi?»

«Vuoi tornare in prigione? Credi che lì sarai più al sicuro?»

Rachael sorrise. «Diavolo, Lizzie, almeno la metà di quelle donne voleva farmi fuori. Mi guardavano come a dire: 'Ehi, stronza, sarò anche una puttana drogata, ma almeno ero una madre migliore di te'.»

« Be', indovina un po'? » replicò la sorella. « Loro sono ancora in prigione e tu no. Altri quarantacinque giorni e il giudice si pronuncerà anche sul fatto che tu sia ancora un pericolo o meno, e hai sentito cosa ha detto Woloch: probabilmente sarà una pena già scontata. A quel punto, sarai libera di iniziare a vivere la tua vita. »

« Intendi la mia vita senza Kimi? O quella come bersaglio mobile ogni volta che cammino in una corsia del supermercato? »

La vettura percorse Fort Lee Road per meno di un minuto e svoltò a sinistra su Broad Avenue.

« Senti, il giudice ha stabilito le regole. Quindi, che ti piaccia o no, per il prossimo mese e mezzo te ne starai rinchiusa a casa di zia Pearl. Dopodiché, con ogni probabilità ti lascerà libera e potrai andare dove vuoi. Però, se fossi in te, me ne resterei qui fino ad aprile, quando Pearl tornerà dalla Florida. »

« Dici sul serio? Impazzirò a stare in una casa vuota senza fare niente per sei mesi! » disse Rachael.

Liz premette con forza i freni e la macchina inchiodò.

Si voltò sul sedile e afferrò la sorella per le spalle. « Non me ne frega un cazzo se diventi pazza. Ti stai nascondendo. Sei una maledetta celebrità, Rachael, e non in senso positivo come Lady Gaga. Quante minacce di morte hai ricevuto nelle ultime ventiquattr'ore? Hai paura di non sapere cosa fare? Sopravvivere è già un gran lavoro. Inoltre, il signor Woloch ha detto che stai ricevendo offerte per un libro di memorie. Avrai molto da fare quando ti siederai con uno scrittore ogni giorno e racconterai la tua storia. »

« Perché faticare tanto? Nessuno mi crederà. Tutti pensano che sia stata io a uccidere Kimi. »

Liz non rispose. Controllò lo specchietto retrovisore per la milionesima volta da quando era andata a prendere Rachael. Broad Avenue era deserta. Si era fermata proprio di fronte al BonChon Chicken. « Hai mai provato quel pollo coreano piccante? » domandò, indicando la vetrina scura.

«No.»

«Ne porterò un po' a casa per stasera. È da urlo!»

Rachael si infossò di nuovo nel sedile. «Non vedo l'ora.»

Liz ingranò la marcia, guidò per altri quattro isolati e svoltò a destra su Harold Avenue. Chiamare Harold Avenue un viale era troppo generoso. Era una strada alberata senza uscita con soltanto sedici case. Una tranquilla zona borghese della contea di Bergen, nel New Jersey, dove una dei più noti assassini di minori d'America poteva vivere nell'anonimato.

La casa di zia Pearl era l'ultima sulla sinistra. Liz posteggiò l'auto nel garage doppio sul lato più lontano dall'ingresso della casa, poi chiuse la porta con la chiave e insieme alla sorella attraversò il corridoio per entrare in cucina.

«Questo posto non è cambiato di una virgola da quando ero bambina» osservò Rachael.

«Piccola, questo posto non è cambiato di una virgola da quando zia Pearl era bambina. Fa tutto parte della gioia di vivere lontano dai riflettori» disse Liz, aprendo il frigorifero. «Ti ho comprato un dolce di benvenuto, una cheesecake e una bottiglia di Chardonnay.»

«Sembra che ti aspettassi una cosa alla *The Real Housewives of New Jersey*. Dammi una fettina di torta e un bicchierone di vino.»

Liz sorrise. *Un bicchierone di vino*. Quella era la sorella minore che conosceva e amava. Trovò il cavatappi, prese due piattini e due calici da un pensile.

«Fanculo!» esclamò Rachael.

«Fanculo a chi, tesoro?» chiese Liz, tagliando il sigillo intorno al bordo della bottiglia.

«Hai letto questo?» replicò Rachael, prendendo dal tavolo della cucina una copia del *New York Post* di quella mattina.

Il titolo di due parole riempiva tutta la prima pagina:

Rachael lo aprì e lesse ad alta voce. « 'In una scioccante svolta del processo per l'omicidio di Kimi O'Keefe, la giuria ha emesso un verdetto che nessuno si aspettava: ha dichiarato la madre, Rachael, non colpevole. Il giudice Steven Levine è sembrato poco entusiasta quando, con un tono che lasciava intendere tutt'altro, ha ringraziato i giurati per il loro servizio. È stato come se credesse, come del resto tutti gli abitanti di questa città, che la giuria si fosse sbagliata.' Che dire? Un bell'esempio di giornalismo imparziale ed equilibrato. »

« Tesoro, molti pensavano che tu fossi colpevole » disse Liz, girando il cavatappi. « Perché credi che ti abbiano fatto uscire nel cuore della notte? Qualunque sia il verdetto, c'è sempre qualcuno che sostiene che è sbagliato. Guarda O.J. »

« O.J. era colpevole » ribatté Rachael. « Io no. »

Liz sollevò il tappo.

« Hai sentito quello che ho detto? Non sono colpevole. »

« Certo » rispose la sorella. « Ero lì quando la giuria ha letto il verdetto. »

« Dannazione, Lizzie, non è quello che intendo. Ho detto che non sono colpevole e tu ti sei ammutolita. Dimmi la verità: ci credi che non sono colpevole? »

« Rachael, la verità è che sono felice che tu sia libera e non in prigione. »

Rachael scosse la testa, esasperata. « Non posso crederci... Mia sorella pensa che io sia colpevole dell'omicidio di Kimi, non è così? »

« È stata una lunga giornata. Un po' di vino ti aiuterà a rilassarti » concluse Liz, togliendo il turacciolo dal cavatappi e gettandolo nella spazzatura. Non aveva senso conservarlo. Le due sorelle non avevano mai richiuso una bottiglia in vita loro.

« Un po' di vino non riporterà indietro mia figlia » gridò Rachael, scagliando il giornale dall'altra parte della stanza. «Ti ho fatto una domanda. Voglio solo un sì o un no: *pensi che io sia colpevole?* »

La porta tra la cucina e il corridoio si aprì di schianto e due uomini mascherati fecero irruzione con le pistole in mano.

« Sì » disse uno di loro. « Ora a terra. Tutte e due. »

45

Liz aveva ancora il cavatappi in mano. Abbassò il braccio e lo lasciò scivolare lentamente dietro la schiena.

«Gettalo, stronza!» gridò uno dei due. «Ti sembriamo dei dilettanti del cazzo?»

Il cavatappi finì con un tonfo sulle piastrelle del pavimento.

«Allontanalo con un calcio.»

Liz studiò i due uomini. Erano vestiti di nero dalla testa ai piedi. Quello che dava ordini era alto circa un metro e novanta. La sua voce era attutita dalla maschera, ma pareva quella di un giovane bianco serissimo. Nulla nel suo atteggiamento faceva pensare a un dilettante.

Cedere, ma non arrendersi, pensò mentre con un calcio lanciava il cavatappi in un angolo lontano della cucina.

«Tutte e due. Faccia a terra. Mani dietro la schiena. Subito.»

Le donne obbedirono. L'uomo al comando mise la pistola nella fondina, si inginocchiò accanto a Rachael, le circondò i polsi con una fascetta e tirò con forza. Lei urlò dal dolore.

Il secondo era ancora in piedi, a cavalcioni su Liz. Anche lui ripose la pistola nella fondina e cercò in tasca una fascetta, ma con un movimento rapido e fluido lei rotolò sulla schiena e gli piantò una ginocchiata nelle palle.

L'uomo si piegò in due, mentre Liz si rialzava, lo buttava a terra e cominciava a cercare la pistola. Il suo compagno scattò in piedi e le tirò un calcio alla mano, mancando il bersaglio. Lei lo afferrò per la gamba, facendolo cadere.

Si inginocchiò e tempestò di pugni l'uomo a terra, cercando un punto debole, la tempia, la gola, qualsiasi cosa.

Ma uno stivale la colpì alla nuca, costringendola a chinarsi, e un paio di ginocchia le scavarono nella schiena. L'uomo sopra di lei la afferrò per i capelli e le tirò indietro la testa, mettendole un braccio sotto il mento.

«Non muoverti o ti spezzo il collo come un ramoscello!» gridò.

Liz lasciò che il suo copro si afflosciasse, ma quello continuò a fare pressione, soffocandola. Sapeva di tenerla sotto scacco in una stretta mortale.

«Basta!» urlò l'altro. «Non è lei che siamo venuti a cercare.»

Quando il suo compagno allentò la presa, Liz aspirò avide boccate d'aria.

Uno la afferrò per le braccia, l'altro per le caviglie e la portarono in bagno. Quello che l'aveva quasi soffocata le teneva la testa sopra la tazza del water.

«Se fai un'altra stronzata, ti affogo e il mio compagno ti piscerà addosso mentre muori.»

La fecero sdraiare a faccia in giù sul pavimento, le sigillarono la bocca con il nastro adesivo, le avvolsero le gambe intorno alla base del water e le legarono le caviglie con una fascetta. Poi le alzarono le braccia sopra la testa e le fissarono a un tubo sotto il lavandino.

Uno aprì il rubinetto e iniziò a riempire la vasca da bagno. Cinque minuti dopo, l'altro tornò con tutti i telefoni di casa, compreso il cellulare di Liz, e li lasciò cadere nell'acqua.

«Dovremmo ucciderti solo per aver dato asilo a un'assassina di bambini!»

Spensero le luci e si chiusero la porta del bagno alle spalle.

Liz rimase in ascolto, sdraiata sulle piastrelle fredde del pavimento, con le braccia e le gambe distese e doloranti e le fascette che le tagliavano la pelle.

Riusciva a sentire i due uomini che trascinavano Rachael fuori dalla porta sul retro.

Poi udì il rumore di una portiera aperta e chiusa, seguita da altre due.

Il motore si accese e la vettura si allontanò.

Alla fine, il silenzio. Liz non sentiva più nulla. Nulla, a parte i singhiozzi strazianti prodotti dal suo corpo martoriato.

46

Bridget Sweeney, la perpetua della chiesa di St. Agnes, era una donna imponente e robusta con un salace senso dell'umorismo e un accento irlandese marcato come il giorno in cui aveva iniziato a lavorare lì quarantadue anni prima.

Aveva tre responsabilità: cucinare per i religiosi, sorvegliare il personale addetto alla manutenzione e – questo era il compito di gran lunga più importante – essere gli occhi e le orecchie di padre Spinelli.

Stava spolverando le tende della canonica quando vide la Cadillac Escalade nera fermarsi davanti alla chiesa. Si affrettò a percorrere il corridoio fino allo studio del sacerdote ed entrò senza preoccuparsi di bussare.

«Padre...» disse trafelata per la breve corsa, «ci sono visite.»

Il parroco diede una rapida occhiata all'orologio. «Ho la messa del mattino tra dieci minuti. Chi è?»

«I reali italiani» rispose la donna. «Dia un'occhiata.»

Accompagnò il sacerdote a una finestra e insieme osservarono l'autista aprire la portiera posteriore.

Joe Salvi scese dall'auto. Indossava un doppiopetto grigio scuro confezionato su misura, una camicia bianca, una cravatta blu e un paio di eleganti scarpe nere.

«Ma guardi un po'» esclamò la signora Sweeney. «Tutto in tiro come John Gotti e gira su uno di quei grandi SUV neri alla

Tony Soprano. Forse crede che non sappiamo già che è un mafioso?»

Il sacerdote scosse la testa. «Signora Sweeney, 'Non andrai in giro a spargere calunnie fra il tuo popolo'» la rimproverò. «Levitico 19, versetto 16.»

La governante si mise le mani sulle guance in segno di finta penitenza. «Il boss mafioso Joe Salvi accusato di associazione a delinquere. *Daily News*, prima pagina.»

Il sacerdote ridacchiò. L'anziana era incorreggibile, ma lui si sarebbe sentito perso senza di lei.

«Non siamo né a Natale né a Pasqua» disse la signora Sweeney. «Quindi, in nome di Dio, cosa ci fa qui?»

«Non la riguarda. I Salvi sono i più grandi benefattori della nostra chiesa, per cui ora, di grazia, muova il suo vecchio culo irlandese verso la cucina e ci porti un bel caffè. Oh, e chieda a padre Daniel di celebrare la messa al posto mio.»

«D'accordo» rispose lei, dando un'ultima occhiata alla finestra. «Ma c'è da chiedersi cosa voglia a quest'ora del mattino.»

«Non ne ho idea» replicò lui.

«Sicuro come la morte, non è qui per confessarsi» concluse la signora Sweeney, mentre ridacchiando portava il suo vecchio culo irlandese fuori dalla porta.

Padre Spinelli soffocò una risata. *E per fortuna. Non avrei avuto il tempo di ascoltare tutto.*

Tre minuti più tardi, Salvi era davanti alla porta del sacerdote. «Buongiorno, padre. Speravo di incontrarla prima della messa.»

«Stamattina è padre Daniel a celebrarla, ma se lei partecipa vado a prendere i paramenti.»

«Sono lusingato, ma Teresa prega già per entrambi. Sono venuto qui soltanto per fare una donazione alla chiesa. Diecimila dollari.»

«Sia lodato il Signore» esclamò il sacerdote. «E se posso chiedere, qual è l'occasione di questa lieta novella?»

«Il diario di mio figlio. Significa molto per noi» rispose l'uomo senza la minima traccia di gioia nella voce. «Voglio ringraziarla per averlo ritrovato e aver riportato un pezzetto di Enzo nella nostra vita.»

«Joseph» disse il sacerdote, «saremmo più che grati di ricevere il suo dono, ma non posso accettarlo con l'inganno. Come ho detto a Teresa, il diario è stato ritrovato da una delle nostre parrocchiane. Me l'ha portato perché io lo consegnassi a voi.»

Salvi annuì come se sentisse quella storia per la prima volta. Sfilò un libretto degli assegni dal taschino. «In tal caso, faremo ventimila dollari, ma voglio che la donazione sia in suo onore. Per favore, mi dica chi è, così io e Teresa potremo inviarle un biglietto di ringraziamento.»

«Sono sicuro che le farebbe piacere» replicò il religioso. «Si chiama Emma Frye. Mi lasci dare un'occhiata nei miei archivi per recuperare l'indirizzo.»

La signora Sweeney entrò con un vassoio d'argento. «Buongiorno, signor Salvi. E come sta la sua bella signora, stamattina?»

L'uomo sfoggiò il suo sorriso smagliante da benefattore della comunità. «Benissimo. E lei?»

Porse al sacerdote un assegno e padre Spinelli gli consegnò un cartoncino tre per cinque, che Salvi piegò e infilò nella tasca della giacca.

«Sto bene. Grazie per l'interessamento» rispose la signora Sweeney. «Vi ho portato del caffè caldo e degli scones appena sfornati.»

«Vorrei avere più tempo» disse l'uomo, «ma devo scappare. La pace sia con voi, padre.»

«E con il suo spirito» rispose il sacerdote.

Salvi rivolse un cenno educato alla signora Sweeney, mentre le passava accanto e usciva dalla stanza.

Qualunque cosa volessi, immagino che tu l'abbia ottenuta, pensò la governante. *E di certo non si trattava di questi fottuti scones.*

47

La prima volta che incontrai Cheryl, pensai fosse fuori dalla mia portata. Lei aveva un dottorato alla Fordham University, io un distintivo di latta dell'Accademia di polizia. Lei era il guacamole, io la maionese. Inoltre era sposata con Fred Robinson e io avevo una politica ferrea che mi proibiva di provarci con le donne sposate.

Tuttavia, ciò non mi impediva di fantasticare. Poi il suo matrimonio andò in pezzi. Mi trattenni, ripetendomi che aveva bisogno di tempo per riprendersi, ma credo che tutto avesse a che fare con la mia prima impressione: Cheryl era fuori dalla mia portata.

A quanto pare, lei non era d'accordo e tre mesi dopo mi invitò ad andare all'opera. Fu una serata magica e, ancora prima che la signora grassa cominciasse a cantare, era chiaro che la porta per una relazione seria si era spalancata. Ma non ero pronto a impegnarmi. Quella stessa settimana, la mia ex ragazza si era unita alla Red come mia nuova compagna di squadra e, nonostante Kylie fosse felicemente sposata, ero ancora invaghito di lei.

Nei tre mesi successivi, Kylie, Cheryl e io vivemmo tutti insieme, condividendo alloggi angusti e poco sicuri all'interno del mio cervello contorto. Le desideravo entrambe, anche se ero sicuro che nessuna delle due mi volesse.

Se mi fossi comportato da uomo e avessi detto a Cheryl quello che stavo passando, mi avrebbe di certo diagnosticato una forma di pazzia, ma ero abituato a nascondere i miei sentimenti, un principio fondamentale della mia educazione di uomo bianco, anglosassone e protestante.

Ma quando mi svegliai la mattina dopo la cena da Paola, tutto era cambiato. Mi sentivo diverso. Un diverso bello e fantastico. Provavo qualcosa di più dell'euforia mattutina che ti riscalda, quando una notte che sembra destinata ad andare a rotoli si conclude con del sesso al cardiopalma.

Mi sentivo come non succedeva da mesi: centrato. Finalmente sapevo cosa desideravo: una donna brillante, divertente, sensuale e sessualmente disinibita che giaceva accanto a me nel letto con la sua folta chioma nera che le ricadeva sulle spalle lisce color bronzo.

Mi diressi verso la doccia. Due minuti dopo lei mi raggiunse sfoggiando solo un sorriso malizioso. Una cosa tirò l'altra e mi sorpresi di quanto fossi fortunato, una condizione che accettai e basta.

Due ore più tardi ero nell'ufficio di Matt Smith con Kylie.

« Ho compilato una lista di persone che la Parker-Steele chiamava al cellulare, al telefono fisso e a quello dell'ufficio » disse lui, « e ho fatto un controllo incrociato per vedere se qualcuno di loro possedeva un SUV nero. Molti dei suoi contatti vivono a Manhattan e non hanno nemmeno una macchina, e dei trentasette che ce l'hanno, uno guida una Jeep Patriot nera di dieci anni. È la sua dentista. »

« Come si chiama? » chiese Kylie.

« Jo Ann Kinane » rispose Matt. « Ma non stiamo cercando una donna e inoltre, a giudicare dal modo in cui i denti della vittima sono stati maciullati, pensi davvero che la sua dentista avrebbe... »

Cates aprì la porta.

« Capitano » cominciò lui. « Stavamo giusto... »

« Risparmia il fiato » replicò Cates. « Sapete tutti chi è Rachael O'Keefe? Quella accusata di aver ucciso sua figlia e assolta dalla giuria? »

Non aspettò la risposta. Mezzo mondo sapeva chi era Rachael O'Keefe.

« È stata rapita stanotte sotto la minaccia di una pistola. Era nel New Jersey con la sorella. Due uomini a volto coperto hanno fatto irruzione in casa intorno alle tre e l'hanno prelevata. Hanno legato la sorella e sono passate cinque ore prima che riuscisse a liberarsi. Ha avuto la presenza di spirito di allertare il procuratore distrettuale di Manhattan, anziché la polizia locale. Il procuratore ha chiamato il commissario, che ha chiamato il capo della polizia, che ha chiamato me. Potrebbe trattarsi del killer della tuta hazmat. Questo rapimento è diverso dai primi quattro: le altre vittime non sono state prese con la forza, ma se c'è qualcuno che sembra candidato a un paio di giorni di tortura e a una videoconfessione, quella è Rachael O'Keefe. Voglio che andiate nel New Jersey a parlare con sua sorella. »

« Non è la nostra giurisdizione » disse Kylie. « Non faremo arrabbiare la gente del posto o i federali? È un po' presto per rovinargli la festa. »

« Bene, bene, bene » replicò Cates, « guarda chi all'improvviso vuole giocare secondo le regole. Pensi che abbia il tempo di chiedere al capo della polizia di Leonia, nel New Jersey, se posso invadere il suo territorio? Il mio lavoro è preoccuparmi delle stronzate politiche. Il tuo è andare là fuori prima che la gente del posto o i federali mangino la foglia. Ho già una squadra della Scientifica in arrivo. Voglio che voi due troviate tutto quello che potete ricondurre al caso del killer della tuta hazmat e poi ve ne andiate più in fretta che potete. »

« Chi poteva sapere dove sarebbe andata Rachael, una volta rilasciata? » domandò Kylie.

« Solo una manciata di persone. Avrebbe dovuto essere un

segreto ben custodito, ma i segreti hanno la brutta abitudine di trapelare.»

«Forse la sorella l'ha detto a qualcuno.»

«Non credo sia stata così stupida, però, se lo ha fatto, scoprite con chi ha parlato e rintracciatelo.»

Io e Kylie ci dirigemmo verso la porta.

«E nel caso in cui evitare un altro omicidio non sia un incentivo sufficiente per voi due» aggiunse Cates, «permettetemi di ricordarvi che mancano solo sei giorni alle elezioni.»

48

«Dannazione» esclamò Kylie, mentre salivamo sulla Ford Interceptor. «Vorrei prendermi a calci.»

«Perché stavi cercando di leccare il culo al capo fingendo di preoccuparti delle regole e lei te lo ha fatto notare?»

«Non stavo facendo la lecchina, sa già che non sono esattamente una scout quando si tratta di rispettare le regole. Ho solo pensato di doverle far sapere che sono consapevole delle regole che sto per infrangere, vista la partaccia che mi ha fatto per colpa di Damon Parker. Sta mandando due poliziotti di New York a indagare su un rapimento di alto profilo avvenuto oltre il confine dello Stato. Stiamo per violare più giurisdizioni in una sola mattinata di quante ne violino la maggior parte dei poliziotti in tutta la loro carriera. Non stiamo fregando solo i locali. Tutti vorranno una parte nel caso: lo sceriffo della contea di Bergen, gli Stati Uniti e, naturalmente, i federali.»

«Sembra proprio il genere di divertimento che ti piace. Allora perché vorresti prenderti a calci?»

«Perché sapevo che sarebbe successo. Sapevo che Rachael O'Keefe sarebbe stata rapita.»

«E quando ci hai pensato?» chiesi, mentre imboccavo FDR Drive da 96th Street.

«Lunedì sera, quando è stato emesso il verdetto. Tutti sapevano che O'Keefe era colpevole e la prima cosa che ho pensato non appena la giuria l'ha lasciata andare con una semplice tirata d'orecchie è stata: *Scommetto che il killer della tuta hazmat ci andrebbe a nozze con lei.* »

« Avresti dovuto parlarne. »

« E con chi? E poi, anche se l'avessi fatto, a cosa sarebbe servito? »

« Esatto. Nessuno ti avrebbe ascoltata e, anche se fossero stati a sentirti, nessuno avrebbe fatto nulla. Quindi, smetti di prenderti a calci. »

Il cellulare di Kylie squillò. Guardò il nome e mormorò: « Oh, cazzo! »

Poi rispose: « Ciao, Shelley. Cosa c'è che non va? »

Per i successivi sessanta secondi rimase buona ad ascoltare. Non avevo idea di cosa stesse succedendo, ma sapevo chi era Shelley. Shelley Trager è nato a *Hell's Kitchen* ed è cresciuto fino a diventare uno dei più ricchi e benvoluti produttori televisivi e cinematografici del settore. Nel corso degli anni, la sua società, la Noo Yawk Films, ha dato lavoro a decine di migliaia di newyorkesi che altrimenti avrebbero fatto la fame o, peggio ancora, sarebbero stati costretti a trasferirsi a Los Angeles. Uno dei suoi protetti di maggior successo era Spence Harrington, il marito di Kylie.

« Quale ospedale? » chiese la mia compagna di squadra al telefono. « No, arriverò il prima possibile. Grazie per aver chiamato. »

Accostai in corrispondenza di una stretta striscia erbosa sulla sinistra e fermai l'auto.

« È successo qualcosa a Spence? » azzardai.

« Sì. È in ambulanza e sta andando all'Elmhurst Hospital. Era sul set, è inciampato su un supporto per le luci, ha battuto la testa sul pavimento e si è tagliato con i vetri rotti. Perché ci siamo fermati? »

« Siamo a un chilometro e poco più dal ponte George Washington. Non ho tempo di accompagnarti nel Queens, ma posso scendere sulla 179th e lasciarti al terminal degli autobus. Da lì puoi prendere un taxi per l'ospedale.»

«Non vado all'ospedale» ribatté lei.

«Sei sicura? Sembra che Spence si sia fatto molto male.»

«Guida» disse Kylie.

«Senti, posso sbrigarmela da solo con la sorella di O'Keefe. Tu va' a vedere come sta Spence, ci riaggiorniamo dopo che...»

«Zach, Spence non è solo caduto. Era talmente fatto di antidolorifici che non riusciva a vedere bene, e questa volta ha distrutto migliaia di dollari di attrezzatura, mettendo a rischio la sua vita e quella degli altri. Ha un problema e il fatto che io vada in ospedale a tenergli la mano non lo aiuterà. Te l'ho detto lunedì e te lo ripeto: questo è il miglior lavoro nella polizia di New York e non intendo rovinare tutto per colpa di un marito tossicodipendente. Ora mi fai un favore?»

«Qualsiasi cosa. Dimmi.»

«Sta' zitto e guida.»

Mi cucii la bocca, ripresi l'autostrada e imboccai la salita del ponte per il New Jersey.

49

Percorrendo Harold Avenue a Leonia, nel New Jersey, non si sarebbe mai avuto il sospetto che quell'anonimo fazzoletto di periferia fosse una polveriera che sarebbe esplosa al successivo notiziario.

Un furgone nero era parcheggiato nel vialetto dell'ultima casa sulla sinistra, accostato a un gruppo di alte siepi in modo che le lettere dorate con la scritta NYPD Crime Scene Unit sulla fiancata laterale non fossero visibili.

Quando udì la nostra auto avvicinarsi, il nostro vecchio amico Chuck Dryden alzò lo sguardo e, anziché rituffarsi nel lavoro, attraversò il vialetto per salutarci.

« Detective » esclamò con un sorriso insolito. « Ci incontriamo di nuovo. »

« Sono sorpresa di vederti » replicò Kylie. « Non ci sono corpi da affettare e tagliuzzare. »

« So che mi consideri una persona socievole, ma ho altri talenti di cui forse non sei ancora a conoscenza. »

Kylie rise come se la battuta fosse divertente, anziché inquietante.

« Mi è stato detto di controllare e cercare impronte per tutto l'appartamento e di ritirarmi in fretta » spiegò Dryden. « Avrò un rapporto preliminare per voi tra cinque minuti. La sorella è dentro. »

Elizabeth O'Keefe, un volto riconoscibile dall'arresto di Rachael e dal processo che ne era seguito, ci aspettava in cucina. Era seduta sull'unica sedia ancora in piedi, a destra.

« Non entrate. Volevo che deste una bella occhiata. »

Ci fermammo sulla porta e osservammo la confusione. La stanza puzzava di vino e il pavimento era bagnato, scivoloso e coperto da vetri rotti. Le ante degli armadietti su un lato della stanza erano scheggiate e la metà inferiore dello sportello del frigorifero in acciaio inossidabile sembrava essere stata tamponata da una Toyota.

« Laggiù c'è un po' di cheesecake » disse O'Keefe, indicando una chiazza gialla e cremosa sotto una delle sedie a terra. « Portatene una fetta al procuratore distrettuale e ditegli di ficcarsela su per il culo. »

« Signora O'Keefe » esordì Kylie, « siamo qui per aiutarla e per trovare sua sorella. »

« Mi dispiace » replicò lei. « Sono furiosa. Abbiamo chiesto al procuratore distrettuale la scorta per Rachael, ma una dozzina di minacce di morte e il verdetto di non colpevolezza della giuria non sono bastati a convincerlo. »

« Eppure, quando sua sorella è stata rapita, ha chiamato l'ufficio del procuratore, anziché il 911 » ribatté Kylie.

O'Keefe si alzò. Aveva i jeans e la maglietta bagnati e ricoperti della stessa melma che aveva insudiciato il pavimento, il lato sinistro del viso era livido, il collo, il mento e i polsi tempestati di tagli e le caviglie incrostate di sangue rappreso.

« Possiamo accompagnarla in ospedale » fece Kylie.

« Chiamatemi Lizzie. No, sto bene. Allontaniamoci da questo casino. »

Passò in punta di piedi attraverso i vetri rotti e noi la seguimmo in un piccolo soggiorno disordinato che sembrava essere stato chiuso in una capsula del tempo il giorno stesso in cui era stato arredato, nel 1960.

Io e Kylie prendemmo posto su un comodo divano, mentre Liz si sedette su una sedia di legno con lo schienale di canna.

«Non ho chiamato subito il procuratore» spiegò la donna. «Prima ho telefonato a Dennis Woloch, l'avvocato di Rachael. Da un punto di vista legale, non poteva dirmi di non contattare il 911, ma mi ha detto che chiamandolo avrei trovato la polizia locale, che sarebbe accorsa non appena avesse finito di rispondere a una denuncia per musica ad alto volume o per una coppia di adolescenti che fumava erba nel parco. So che è una stronzata, ma ha aggiunto che se la notizia fosse arrivata alla polizia locale, la stampa avrebbe trasformato l'intera faccenda in un altro circo mediatico.»

«E questa parte non è una stronzata» disse Kylie.

«Il signor Woloch ha detto che il procuratore ha rilasciato Rachael senza alcuna protezione e che sarebbe stato così in imbarazzo da chiamare quella squadra d'élite dell'NYPD, ma immagino che abbia mandato voi al posto loro.»

«Mi dispiace deluderla» replicò Kylie, «ma siamo noi quella squadra d'élite.»

«Oh... mi aspettavo qualcosa di più simile ai Navy SEAL.»

«Ci racconti cos'è accaduto» dissi.

«Un secondo prima io e Rachael eravamo in cucina a parlare e un secondo dopo due uomini a volto coperto e armati sono entrati dalla porta del corridoio.»

«Pensa che l'abbiano seguita da New York?» domandai.

«Credevo che qualcuno l'avrebbe fatto, così ho continuato a controllare lo specchietto retrovisore, ma non ho mai visto nessuno. Anche quando ho svoltato in questa strada cieca. Nessuno.»

«Cos'è successo una volta che sono entrati?»

«Ci hanno fatto sdraiare a terra. Uno ha legato Rachael, l'altro ha messo la pistola nella fondina per poter fare altrettanto con me, ma io gli ho dato una ginocchiata nelle palle. Conoscete il Krav Maga? È una tecnica di autodifesa israeliana.»

« La conosciamo bene » rispose Kylie.

« La studio da quando sono stata rapinata cinque anni fa. Se fosse stato un solo uomo, sarei riuscita a fermarlo, ma mi hanno aggredita in due. »

« E poi? »

« Mi hanno trascinata in bagno, mi hanno legata e hanno staccato tutti i telefoni. Pochi minuti dopo li ho sentiti portare fuori Rachael e andarsene. »

« Ma se la loro auto fosse stata parcheggiata nelle vicinanze, non avrebbe dovuto notarla quando è arrivata? »

« No, ero così preoccupata che qualcuno mi seguisse che non ho controllato le auto parcheggiate. »

« Può descrivere i due uomini? » chiesi.

« Erano vestiti di nero. Uno era alto più di un metro e ottanta. L'altro un po' più basso. Entrambi forti. Dalla voce sembravano due maschi bianchi, piuttosto giovani, sapevano quello che facevano come se fossero due soldati. »

« Chi sapeva che avrebbe portato Rachael a questo indirizzo? »

« Soltanto io e l'avvocato di mia sorella, il signor Woloch. »

« L'ha detto a qualcun altro? »

« No. Il signor Woloch ha dovuto comunicarlo al capo del dipartimento penitenziario. L'ha fatto perché il giudice Levine si dovrà pronunciare sul fatto che Rachael sia ancora pericolosa tra quarantacinque giorni, e loro devono sapere dove si trova. »

« Detective... » Era Dryden. « Posso parlarvi fuori, per favore? »

Lo seguimmo sul retro della casa, dove la porta era stata aperta con un martello. Il telaio di legno era incrinato e una piccola lastra di vetro era andata in frantumi sul pavimento del corridoio.

« Ci sono delle impronte? » domandai.

« Indossavano i guanti. Hanno lasciato delle impronte quando hanno rovistato nel disordine della cucina, e posso risalire alla marca e al numero di scarpe da ginnastica che indossavano, ma dubito possa esservi di aiuto. Vorrei poter fare di più, ma questi tizi sono professionisti e poi devo filare via da qui.»

Quando se ne andò, io e Kylie restammo davanti alla porta sul retro. Disarmati.

«Fammi un favore» disse lei. «Entra nel corridoio, vai in cucina e chiudi la porta.»

Obbedii. Cinque secondi dopo, udii il rumore di un vetro che andava in frantumi. Aprii la porta del corridoio.

Kylie aveva la pistola in mano. «Ho rotto un altro di questi pannelli della porta sul retro. L'hai sentito?»

«Certo che l'ho sentito.»

«Quindi, se Rachael e Liz fossero state in cucina quando questi tizi sono entrati, li avrebbero sentiti.»

«Ma non è andata così.»

«Perché i tizi hanno fatto irruzione prima che Rachael e Liz tornassero a casa.»

«Stando a Liz, nessuno sapeva dove Rachael si sarebbe nascosta.»

«E invece qualcuno lo sapeva» concluse Kylie. «Ed era già qui ad aspettarla.»

50

«Tale padre, tale figlio» osservò Jojo, sfogliando il registro delle riscossioni del fratello Enzo. «Era solo al liceo e aveva già un bel giro di affari, spennava gli altri ragazzi. Usava persino il codice numerico della famiglia.»

Joe Salvi sorrise e si appoggiò alla sedia da scrivania che era appartenuta a suo padre e ancora prima a suo nonno. Fece scorrere il pollice sulle borchie in ottone che tenevano la pelle verde ancorata ai braccioli in mogano decorato. «Gli ho insegnato quel sistema di codici quando aveva dodici anni.»

«Non te l'ha mai detto?» chiese Jojo.

«Che cosa?»

«Del sistema di codici. Tu l'hai insegnato a *me* quando avevo dodici anni, ma io avevo difficoltà a padroneggiarlo e non volevo dirtelo, così l'ho fatto vedere a Enzo. Lui l'ha capito in due minuti e poi me l'ha spiegato. Era un bambino, aveva solo nove anni, ma era furbo come una volpe.»

«Eccome se lo era...» replicò Joe, prendendo il diario dalle mani del figlio e accarezzando la morbida pelle rossa della copertina.

. Enzo, il più giovane, chiamato così in onore del suo benedetto padre, era quello a cui aveva sempre pensato di passare il testimone. Lui aveva il pallino per gli affari. Era una volpe. Suo fratello maggiore era un toro.

«Questa signora Frye che ha restituito il diario» chiese Jojo, «è bianca?»

«È di St. Agnes» rispose Salvi. «Che altro potrebbe essere?»

«È solo per parlare. Ho sempre pensato che fossero stati i neri di Ozone Park a uccidere Enzo. Ce l'avevano con lui da quando aveva picchiato a sangue uno dei loro gangster.»

Salvi scosse la testa. «Pensi che questa signora Frye abbia recuperato il diario di Enzo da qualche ragazzo nero di Ozone Park? No. L'ha trovato in casa sua e scommetto che suo figlio l'ha nascosto proprio la notte in cui Enzo è morto.»

«Quindi l'ha ucciso il figlio di questa Frye?»

«O lui o sa chi è stato.»

«Allora, permettimi di andare a farci una chiacchierata» disse Jojo.

«Per farlo, dovrei sapere chi è il figlio della signora Frye e dove trovarlo.»

«Non c'è problema. Perché io e Tommy Boy non andiamo a parlare con la signora?»

Salvi si strofinò il mento e fece un respiro profondo. «Jojo, pensi davvero che mandare due tirapiedi muscolosi a spaventare una rispettabile signora di mezza età sia la strada giusta da percorrere?»

«Non lo so, papà. Non ho *pensato* a tutta la faccenda. Stavo solo cercando di aiutare.»

«Tu e Tommy Boy avrete tutto il tempo per aiutare» replicò Salvi, dando una pacca sul ginocchio di Jojo come avrebbe fatto con un cane. «Ma per ora, non pensarci. So esattamente come gestire la situazione.»

51

«Guido io» disse Kylie, quando tornammo alla macchina.

«Se me lo chiedi così gentilmente, non posso rifiutare» ribattei, lanciandole le chiavi. «Cerca solo di ricordarti che è una Ford, non la Batmobile.»

«E questo cosa vorrebbe dire?»

«Vuol dire che non voglio finire in un'altra missione suicida come quella di lunedì a Park Avenue.»

«Guiderò come una vecchietta» mi rimbeccò lei, «proprio come fai tu.»

Fece inversione a U, arrivò in cima a Harold Avenue e svoltò a sinistra su Broad.

«Credo che tu abbia ragione. I due tizi che hanno preso Rachael la stavano aspettando a casa prima che lei tornasse. Questa è una cittadina tranquilla. Liz ha detto che ha continuato a controllare lo specchietto retrovisore e alle tre del mattino è impossibile che qualcuno possa averla seguita senza che lei se ne sia accorta.»

«Ma allora, come diavolo facevano a sapere dove era diretta Rachael?»

«Sarebbe facile se fossero poliziotti veri.»

«Io e te siamo veri poliziotti» fece notare lei, «ma non sapevamo niente.»

«Però avremmo potuto scoprirlo facilmente. Bastava chiamare un amico della Penitenziaria o all'ufficio del procuratore. Deve essere da lì che è arrivata la soffiata.»

«Quindi, considerando entrambi i dipartimenti, quante persone pensi che ne sapessero abbastanza da rivelare il nascondiglio di Rachael?»

«Molte più di quelle che avrei voglia di rintracciare, ma al momento è l'unica pista che abbiamo.»

Mi squillò il cellulare. «È Cates» dissi prima di prendere la chiamata.

«Dove siete?»

Risposi.

«Ho bisogno di voi due il prima possibile.»

«Possiamo tornare in ufficio tra...»

«Non sono in ufficio.»

Mi disse dove incontrarla.

«Che cosa sta succedendo lì?» chiesi.

«Raggiungetemi e basta» sibilò prima di riattaccare.

«Di cosa si trattava?» domandò Kylie. «Non l'hai nemmeno informata di quello che abbiamo appena scoperto.»

«Non me l'ha chiesto. Credo che abbia qualcosa di più importante di cui occuparsi.»

«Tipo?»

«Non mi ha detto niente. Vuole solo che ci incontriamo nel Queens.»

«E cosa c'è nel Queens?» chiese Kylie.

«I Silvercup Studios.»

«Stai scherzando, Zach? Perché se è così, non è...»

Scossi la testa. «Nient'affatto. È quello che ha detto. Incontriamoci ai Silvercup Studios.»

«È Spence? Sta bene?»

«Non ha detto niente di lui. Non ha detto proprio niente di niente.»

«Cazzo, cazzo, cazzo» esclamò Kylie, sbattendo il palmo della mano sul volante. «Certo che si tratta di Spence. Perché altrimenti ci avrebbe dato appuntamento lì?»

Accese i lampeggianti e schiacciò l'acceleratore per far correre la Batmobile.

Mi allacciai la cintura. La vecchietta al volante era stata appena sostituita da una squilibrata.

52

Sfrecciammo sul livello inferiore del George Washington Bridge verso Manhattan e scendemmo lungo Harlem River Drive.

«Cates è già incazzata con me per il mio battibecco con Damon Parker» disse Kylie, mentre si immetteva su FDR Drive e rallentava fino a raggiungere i settanta all'ora.

«Hai accusato senza mezzi termini il fratello della vittima di aver sfruttato la morte della sorella per il proprio tornaconto personale. Non sono sicuro che il dipartimento lo classificherebbe come un 'battibecco'.»

«Quindi, se Cates mi ha rimproverato per quello, cosa pensi che farà ora che mio marito ha un problema di droga ed è finito al pronto soccorso due volte negli ultimi tre giorni?»

«Che ne sai di cosa è al corrente Cates? Non ha detto una parola su Spence.»

«Non ce n'era bisogno. Ci ha detto di lasciar perdere quello che stavamo facendo e di incontrarla dove lavora lui.»

Kylie lasciò FDR Drive a 53rd Street, svoltò a destra su First Avenue e salì la rampa per il ponte in direzione del Queens. Ci fiondammo nel parcheggio dei Silvercup Studios quindici minuti dopo la chiamata di Cates.

Un golf cart ci aspettava all'ingresso. L'uomo al volante era Bob Reitzfeld, un ex tenente dell'NYPD che aveva lasciato il dipartimento dopo trent'anni di lavoro e poi aveva schivato quella che lui definiva la « morte da pensionamento », firmando un contratto come guardiano notturno a Silvercup. Due anni più tardi, dirigeva l'intera squadra di sicurezza.

« Come sta Spence? » chiese Kylie non appena salimmo sul sedile posteriore.

« A breve starà bene » rispose lui, percorrendo uno stretto corridoio tra gli studi. « Lo stanno ricucendo al pronto soccorso. Quanto al lungo periodo, tuo marito ha un problema e Shelley non può coprirlo ancora per molto. »

« Da quanto tempo Shelley sapeva che Spence si drogava? » incalzò Kylie.

« Almeno un mese. È la prima volta che me l'ha detto. Ma ormai lo sanno tutti i membri del cast e della troupe. Se non si disintossica al più presto, la sua carriera è finita. »

« La *sua* carriera? E la mia? In questo momento sono a capo di un'indagine di alto profilo. Domani mattina Cates potrebbe mandarmi ad arrestare ragazzini di prima media per aver scritto con la bomboletta spray i loro nomi sui muri del cortile della scuola. »

Reitzfeld fermò di colpo il golf cart e si voltò a guardarla. « Fammi capire: pensi che Cates sia qui perché Spence si è sballato e ha fatto cadere un paio di luci? »

« Ma allora perché sarebbe dovuta venire qui un'ora dopo che mio marito ha fatto una cazzata? »

« Kylie, so che non ne ho l'aria, ma anch'io sono stato capo del distretto per un paio di mandati e posso garantirti che il capitano Cates non è venuta qui per fartela pagare per i peccati di Spence. Perché, se fosse così, non avrebbe portato con sé il sindaco. »

La notizia ci colse entrambi di sorpresa.

« C'è il sindaco? » disse Kylie.

« Insieme a Irwin Diamond e Shelley. Aspettano tutti nello Studio 5 e non sono affari miei, ma l'ultima cosa di cui hanno bisogno è un poliziotto stressato; quindi, prima di entrare, ti consiglio di schiarirti le idee e di farti coraggio. »

Si girò di nuovo e restammo in silenzio per il resto del tragitto.

« Grazie, tenente » fece Kylie, mentre lui ci lasciava davanti allo studio. « Starò bene. »

« Non dirlo a me » replicò Reitzfeld, « ma al tizio con cui stai entrando nella stanza. »

Si allontanò e ci lasciò da soli.

« Forza » dissi, « guardami negli occhi e dimmi che stai bene. »

« Certo che non sto bene. Appena ho saputo che saremmo venuti qui per incontrare Cates, ho pensato solo che Spence stesse per distruggere la mia carriera. »

« In questo momento, c'è solo una persona che sta per rovinare la tua carriera, e non è Spence. Fammi sapere se c'è qualcosa che posso fare per evitare che tu ti autodistrugga. »

« Una cosa c'è » rispose lei. Si infilò la mano in tasca e mi passò le chiavi della macchina. « Per cominciare, non farmi guidare quando sono fuori di testa. »

« Ottima idea » replicai, prendendo il mazzo. « C'è altro? »

« Sì... so di non essere stata la miglior compagna di squadra in queste due settimane. Fammi un favore: riporta indietro le lancette dell'orologio e dammi un'altra possibilità di sistemare le cose tra di noi. »

« Te la concedo. »

Quello che non dissi fu che non ero sicuro se volevo riavvolgere il nastro di due settimane o di undici anni.

53

Lo Studio 5 è uno degli studi più piccoli tra quelli dei Silvercup, ma è lungo almeno quindici metri e largo dodici. Cates, il sindaco, il consigliere Irwin Diamond e il capo di Spence, Shelley Trager, ci aspettavano dentro. Erano in fondo alla stanza, nel salotto di un programma televisivo che non riconoscevo. Cates attraversò lo studio per venirci incontro.

« Il sindaco è una scheggia impazzita. »

« Non è lo slogan della campagna elettorale di Muriel Sykes? » replicai.

In momenti di grande tensione, l'umorismo inopportuno è sempre stato il collante tra poliziotti; perciò, nonostante la differenza di rango e la gravità della situazione, Cates scoppiò a ridere. Si coprì subito la bocca e trasformò la risata in un colpo di tosse.

« Che succede? » chiesi.

« Muriel Sykes sta per tenere una conferenza stampa » spiegò lei. « Irwin ha trascinato qui il sindaco per costringerlo a seguirla, registrare una specie di smentita e mandarla in onda prima che la sua campagna elettorale vada fuori controllo. »

« Questo spiega perché *loro* sono qui » ribattei. « Ma noi? »

« Perché siete i detective principali sul caso del serial killer che Sykes sta usando contro di lui e spera che gli suggeriate qualcosa da dire. »

«Vuole che gli suggeriamo qualcosa da dire? Potrebbe andare qualcosa tipo: 'Accetto i risultati delle elezioni e auguro a Muriel Sykes buona fortuna nel governare la città che io non sono riuscito a gestire'?»

Stavolta Cates non rise.

«Capitano, abbiamo sentito quello che ha detto Irwin lunedì. Il sindaco si è scavato la fossa da solo. L'NYPD voleva indagare Evelyn Parker-Steele per l'omicidio di Cynthia Pritchard, ma Leonard Parker ha fatto pressione sul comune. Il sindaco ha ceduto, Evelyn l'ha passata liscia e il serial killer giustiziere, ancora a piede libero per la città, ha mietuto la sua quarta vittima.»

«Detective!» Era Irwin Diamond. «Sono contento che siate qui. Il capitano Cates ci ha detto che eravate nel New Jersey a parlare con la sorella di Rachael O'Keefe.»

Il sindaco si intromise. «C'è un collegamento? Il suo rapimento è collegato al killer della tuta hazmat?»

«Signore, non abbiamo prove che il rapimento sia collegato agli altri casi» dissi, «ma tutto fa pensare che Rachael possa essere la vittima numero cinque.»

«Perché è la *nostra* vittima numero cinque e non la vittima numero uno del New Jersey?»

«È stata rapita nel New Jersey, ma le informazioni su dove si nascondeva potrebbero provenire da New York City.»

«E non solo dalla città» aggiunse Kylie, «ma forse da un funzionario legato al caso. Io e il detective Jordan stavamo andando a Manhattan per parlare con il capo del Dipartimento penitenziario e con l'ufficio del procuratore per ottenere una lista di tutti coloro che sapevano esattamente dove si trovava Rachael. Prima riusciamo ad avere quei nomi, meglio è.»

Sono sicuro che, agli occhi del sindaco, Kylie sembrava una poliziotta appassionata, il cui unico scopo era arrivare a Manhattan per rintracciare il malfattore. A me pareva piuttosto la signora Harrington, decisa ad andarsene dai Silvercup Studios il più in fretta possibile. Non importava. Aveva ragione su entrambi i fronti.

«Si è già diffusa la notizia che O'Keefe è stata rapita?» chiese Diamond.

Cates alzò la mano per farci capire che avrebbe risposto lei alla domanda. «Irwin, stiamo lavorando al di fuori della nostra giurisdizione. Stiamo superando i limiti perché questo rapimento sembra essere collegato al caso del killer della tuta hazmat. I nostri uomini sono entrati e usciti senza farsi notare, ma la polizia del New Jersey e i federali si occuperanno della cosa in men che non si dica. E se pensa che Rachael O'Keefe abbia monopolizzato i media durante il processo, aspetti solo di vedere cosa succederà quando si verrà a sapere del suo rapimento. Il prossimo giro di notizie, tra ventiquattr'ore, sarà su di lei.»

«Ricevuto» replicò Diamond. «Ma è ancora tutto segreto?»

«Per ora» disse Cates.

«Bene, perché Muriel Sykes terrà una conferenza stampa tra due minuti e almeno non avrà questa merda da sbattere in faccia ai suoi sostenitori.»

54

«Comincia» esclamò Shelley Trager. Si era allontanato dal gruppo e se ne stava in piedi davanti al grande schermo che era stato portato nello studio su un supporto metallico.

Lo raggiungemmo quando l'immagine di due conduttori del NY1 cedette il posto a Muriel Sykes su un palco. Dietro di lei, sullo sfondo, si intravedeva il logo della sua campagna elettorale, mentre due bandiere erano state strategicamente posizionate dietro la sua spalla sinistra: la prima a stelle e strisce e la seconda arancione, bianca e blu, quella della città di New York.

Era l'immagine della sicurezza: alta, ben vestita, in apparenza a proprio agio, nonostante la difficile strada da percorrere. *Pronto, ufficio casting? Mi mandi una donna forte che dia l'idea di poter diventare sindaco.*

Lanciai un'occhiata a Spellman. Aveva le spalle incurvate e sembrava esausto, il tipo che l'ufficio casting avrebbe scelto per interpretare un autista di autobus alla fine di una lunga giornata.

«Buon pomeriggio» esordì Sykes rivolgendosi direttamente alla telecamera. «Negli ultimi nove mesi mi avete visto impegnata in un'aggressiva campagna elettorale per la carica di sindaco. Ma questa conferenza stampa non intende parlare di politica, bensì di una triste perdita personale. Per questo motivo ho chiesto al mio caro amico Damon Parker di fare una dichiarazione di apertura. Non è qui in veste di giornalista stimato a livello internazionale, ma come fratello addolorato della responsabile della mia campagna elettorale, Evelyn Parker-Steele.»

«Che mucchio di stronzate!» commentò Diamond, mentre Muriel si spostava per consentire a Parker di salire sul palco. «Evelyn odiava quell'orribile pallone gonfiato.»

«L'omicidio di mia sorella Evelyn ha sconvolto la nostra famiglia» esordì Parker con voce cupa. Messe da parte la teatralità e le grida della *Gente vuole*, l'uomo sfoderò la miglior maschera da giornalista stimato a livello internazionale.

«Ma ancora più devastante della sua morte, è il video di una confessione palesemente estorta. Non è altro che un'atrocità inventata, creata per infangare il buon nome della nostra famiglia e per minare le riforme progressiste della campagna elettorale del procuratore Muriel Sykes. Questo è un attacco personale e politico che ferisce il mio cuore di fratello e affligge il mio spirito di cittadino della più grande città del mondo.»

«Sono contento che Muriel abbia chiarito che non si tratta di politica» osservò Irwin.

Parker continuò. «La tragica morte di Cynthia Pritchard ha pesato molto sul cuore di mia sorella ogni giorno della sua vita, e ora sapere che un sadico torturatore...» Fece una pausa, singhiozzando in modo convincente. «E sapere che un sadico torturatore l'ha costretta a dire bugie scritte come un copione è troppo da sopportare. La nostra famiglia ha ricevuto migliaia di e-mail, lettere e telefonate che denunciano questa confessione forzata, e non ci sono state parole più sentite e confortanti di quelle che sono arrivate dalla donna a cui mia sorella ha dedicato il suo impegno: Muriel Sykes.»

Si portò la mano al petto e si rivolse con riverenza a Sykes. I due si scambiarono un breve abbraccio prima che la donna tornasse sul palco.

«A proposito di bugie scritte come un copione» disse Irwin. «Che interpretazione!»

Sykes guardò la telecamera con gli occhi pieni di compassione. «Le mie più sentite condoglianze alle famiglie Parker e Steele. L'insensato omicidio di Evelyn Parker-Steele non sarebbe mai dovuto accadere. La quarta vittima di un serial killer che uccide a sangue freddo, di un assassino che avrebbe dovuto essere consegnato alla giustizia mesi fa. Come procuratore degli Stati Uniti, non posso tollerare questa orribile vendetta di strada, marchio di fabbrica di un individuo malato che continua a girare per la nostra città.»

Irwin aveva una penna e un blocco e stava prendendo appunti, scrivendo una smentita o un discorso di resa del sindaco.

«Non voglio politicizzare la morte di Evelyn» proseguì la candidata.

«Quasi quasi mi aveva convinto» esclamò Irwin, sempre impegnato a scribacchiare.

«Ma politicizzerò la necessità di una leadership coraggiosa che dia alla nostra polizia e a tutta la comunità di forze dell'ordine il sostegno e le risorse di cui hanno bisogno per proteggere New York e i suoi cittadini da chi cerca di fare del male» concluse. «Grazie. Ci sono domande?»

Non appena i giornalisti iniziarono a gridare, Irwin si avvicinò alla televisione e la spense.

«Non voglio vedere Muriel Sykes rispondere a un mucchio di domande del cazzo commissionate da Damon Parker. Quell'uomo è un pezzo da novanta. Ha appena confermato il suo sostegno al nostro avversario e la situazione non può che peggiorare. Ho un copione per uno spot che il sindaco può girare subito, ma è soltanto una pezza temporanea. Quando il pubblico scoprirà che Rachael O'Keefe è stata rapita, dimenticherà che è un'assassina di bambini perché Damon Parker la trasformerà in una martire. Una persona ingiustamente incriminata e dichiarata innocente, che ha implorato la protezione della polizia di New York e invece è stata gettata in pasto ai lupi da un sindaco insensibile e menefreghista. Niente di personale, Stan. Sto solo cercando di far notare come ti faranno a pezzi.»

«No, no, Irwin» ribatté Spellman. «Sono convinto. Voterò per Muriel.»

Diamond gli rivolse un mezzo sorriso. «Non siamo ancora morti.»

Il sindaco sembrava scettico. «Che cosa suggerisci?»

«Suggerisco di trovare Rachael O'Keefe finché è ancora viva e di portare qui il killer della tuta hazmat, o quanti ce ne sono in circolazione.»

Parlò in generale, ma nel dirlo fissò Kylie e me.

«Potete farlo, detective?» chiese Diamond con la stessa disinvoltura con cui un ragazzo chiede ai suoi amici se possono aiutarlo a ritinteggiare il garage. «Allora, potete?»

«Signore» dissi, «l'NYPD farà tutto il possibile per...»

«Non stiamo parlando in generale!» sbottò il sindaco. «Mi interessa che ci riusciate mentre sono ancora in carica. Devo essere presente al momento della danza della vittoria, e dovrebbe avvenire *prima* del giorno delle elezioni, perché se avviene *dopo* non me ne frega un cazzo!»

Uscì furioso dallo studio con Irwin Diamond alle calcagna.

Cates ci guardò e scrollò le spalle. «Come ho detto, è una scheggia impazzita. Tenetemi informata.» E così dicendo, li seguì fuori dalla porta.

Shelley Trager, che non ci aveva rivolto la parola da quando eravamo entrati, si avvicinò a Kylie e le mise una mano sulla spalla. «Torno nel mio ufficio» disse con dolcezza. «Vediamoci lì tra cinque minuti. Dobbiamo parlare.»

Anche lui se ne andò, lasciando me e Kylie nello studio.

«Ti aspetto in macchina» dissi. «Tu va' a parlare con Shelley.»

«No» rispose Kylie con un'espressione scioccata che non le avevo mai visto prima. «Vieni con me, per favore.»

55

«Almeno il pagliaio si sta rimpicciolendo» disse Kylie, mentre superavamo la falegnameria in direzione dell'ufficio di Shelley.

«Non sono ferrato sul tuo slang da poliziotto figo» ribattei. «Che cosa significa?»

«Be', finora abbiamo cercato un ago in un enorme pagliaio. Lunedì avevamo circa otto milioni di sospettati. Ma la nuova pista restringe il campo a una manciata di persone che potevano sapere dov'era diretta Rachael. Il pagliaio, adesso, è molto più piccolo.»

«E stiamo cercando due aghi» precisai.

Entrammo nello Studio 1 e prendemmo l'ascensore per gli uffici della produzione al quarto piano. Kylie mi fece strada lungo il corridoio fino alla stanza d'angolo di Shelley Trager. La porta era aperta. «Siamo qui» disse.

Shelley alzò lo sguardo dalla scrivania. «Chi c'è con...? Oh... Zach.»

«Ti dispiace?» chiese lei. «Qualsiasi cosa tu debba dirmi, può sentirla anche Zach. Lui sa tutto.»

«Niente affatto. Prego, entrate» rispose Shelley.

La stanza era grande e luminosa, con otto finestre panoramiche: cinque sul lato di 21st Street e tre sul lato di Queens Plaza. Fuori riuscivo a vedere l'acciaio e la pietra dell'Ed Koch Queensboro Bridge, che attraversava l'East River, costeggiava Roosevelt Island e infine scompariva nello skyline del centro di Manhattan.

« Volevo chiamarti per aggiornarti » esordì Shelley, « ma quando ho saputo che saresti venuta qui, ho deciso che sarebbe stato più facile parlare di persona. Accomodati. »

« Come sta Spence? » domandò Kylie, mentre prendevamo posto sulle due sedie di pelle nera di fronte alla scrivania del produttore.

« Spence sta bene, ma è in piena negazione » rispose lui. « Per quanto gli voglia bene, gestisco un'azienda e non posso riaverlo in studio finché non torna in carreggiata. È un grosso problema. E, sul piano personale, mi dispiace vederlo farsi del male, quindi sono più felice di non averlo sotto gli occhi. »

« Capisco » replicò Kylie. « Anch'io vorrei non dover assistere. »

« Non devi. Abbiamo un bell'appartamentino in East End Avenue. Puoi trasferirti lì per un po'. »

« *Un bell'appartamentino?* » ripeté Kylie, girandosi verso di me. « Zach, dovresti vederlo. Decimo piano, vista sul fiume e tre camere da letto. »

« Due camere da letto e una sala conferenze » precisò Shelley, come se chiamare una delle camere con un altro nome facesse sembrare la casa più piccola. « È un appartamento aziendale. Lo usiamo sempre quando le grandi star volano qui per girare. È più bello di un albergo. »

« Zach, ci sono stata » disse lei, « fidati, è più bello della maggior parte degli appartamenti di New York. »

Shelley alzò le spalle. « Bene, è bello e grande. Se avessi avuto una sistemazione più piccola e non altrettanto bella, te l'avrei offerta volentieri, ma questo è tutto quello che ho. »

Il produttore aveva il classico fascino dei newyorkesi vecchia scuola. Kylie sorrise. « Non lo so, Shelley. »

« Senti, al momento non abbiamo ospiti famosi, quindi è vuoto. Ci costa una fortuna, che venga usato oppure no, quindi se ti trasferissi per qualche settimana mi faresti un favore. Che ne dici? »

Kylie rimase in silenzio.

Shelley alzò le mani e si rivolse a me. «Zach, aiutami. Spiega a quella testona della tua compagna di squadra che lei e suo marito avrebbero bisogno di spazio per un po'. Su, coraggio, diglielo!»

Mi voltai e guardai quella testona della mia compagna di squadra. «Kylie, per favore, spiega al tuo generosissimo amico che sono qui solo come supporto morale e che apprezzerei molto se non mi trasformasse in un consulente matrimoniale.»

«Shelley, Zach ha ragione. È una decisione che devo prendere con Spence.»

«Tesoro, al momento Spence non è in grado di prendere decisioni su nulla» ribatté lui. «E se non ti concedi un paio di belle nottate di sonno, non ce la farai nemmeno tu. Sarà molto più facile per voi due risolvere le cose, se vi prendete un po' di tempo per decomprimere. Fammi un favore: almeno trasferisciti nell'appartamento per qualche giorno.»

Kylie mi guardò per avere una risposta. Scossi la testa. «Mi dispiace» dissi, «ma è una decisione che devi prendere da sola.»

Lei sospirò. «Va bene. Farò un tentativo. Una notte. Vedremo come andrà.»

Shelley aggirò la scrivania e la abbracciò. «Il portiere ha già il tuo nome e ti darà le chiavi. Gli dirò di rifornire anche il frigorifero.»

«Grazie» fece Kylie. «Non so come potrò ripagarti, ma ti devo un favore.»

«Vuoi ripagarmi? Va' là fuori e trova quel pazzo del killer della tuta hazmat. A quel punto, io e questo schifo di città saremo in debito con te.»

56

«Tieni i tuoi amici vicino, ma i tuoi nemici ancora più vicino» ricordò Joe alla moglie prima di spedirla a ringraziare Emma Frye per il suo gesto di gentilezza.

Tieni i tuoi amici vicino, ma i tuoi nemici ancora più vicino: questo Teresa poteva accettarlo. Ma ringraziare Emma Frye? Avrebbe tanto voluto stringerle la gola e gridare: *Come facevi ad avere il diario di mio figlio?*

Joe le spiegò come comportarsi. «Sii gentile con lei. Ricorda che con il miele si attirano più mosche.»

Amava suo marito, ma ogni volta che lui ritirava fuori la storia del miele, avrebbe voluto rispondere: *È così che conquisti le persone, Joe? Con il miele?*

Teresa non aveva chiamato per avvisare. Si presentò semplicemente a casa della signora Frye, che per poco non se la fece sotto quando aprì la porta.

«Signora Salvi» esclamò la Frye, anche se non si erano mai presentate.

Certo che mi conosce, pensò Teresa. *I Salvi sono la famiglia reale di Howard Beach.*

«Sono venuta per ringraziarla. Da madre a madre» disse Teresa con voce incrinata.

Naturalmente, Emma Frye la invitò a prendere un caffè e si scusò per il disordine in casa. A sua volta, Teresa chiese perdono per essersi presentata senza preavviso. Chiacchierarono come due sorelle che non si vedevano da tempo.

Dopo dieci minuti, Teresa arrivò al nocciolo della questione. «Allora, come ha fatto a trovare il diario del mio Enzo?» chiese con disinvoltura.

«Era nella stanza di mio figlio» rispose Emma. «Io e mio marito stiamo ristrutturando, stavo radunando tutte le vecchie cose di Gideon quando ho trovato il diario.»

«Gideon» ripeté Teresa. «Ricordo un ragazzo di nome Gideon, ma non Frye.»

«Oh, il mio primo marito, il padre di Gideon, è morto due anni fa. Eravamo i proprietari del negozio di fiori di Cross Bay Boulevard.»

«Il Cross Bay Flowers? Davvero? Ho ordinato da quel negozio mille volte.»

Emma sorrise. «Lo so. Sono stata io a prendere i suoi ordini al telefono.»

«Com'è piccolo il mondo!» esclamò Teresa. «Ho capito chi è suo figlio. Il cognome Frye mi aveva portata fuori strada.»

«Mi sono risposata.»

«È meraviglioso che abbia ritrovato la felicità così presto dopo la sua perdita. Non avevo idea che i nostri figli fossero amici ai tempi del liceo.»

«Nemmeno io. Sa come sono i ragazzi adolescenti: non dicono nulla alle loro madri!»

I ragazzi irlandesi, forse. Ma Enzo mi ha sempre detto tutto. I nostri figli non sono mai stati amici. Mai.

Teresa sorseggiò il caffè. «Questo spiega come mai il diario di Enzo sia finito nella stanza di Gideon. Probabilmente, uscivano insieme.»

Emma alzò le spalle. «Credo di sì.»

«E come sta Gideon di questi tempi?»

«Bene...» Emma esitò.

« Ha detto bene, ma sembra ci sia qualcosa che non va » ribatté Teresa.

« No, no. Stavo per dire che vorrei solo poterlo vedere di più, ma mi pareva una cosa insensibile da dire a una donna che non potrà più vedere suo figlio. Mi dispiace tanto, signora Salvi. »

« Non c'è bisogno di scusarsi e, per favore, chiamami Teresa e diamoci del tu, tra amici si fa così. Ma ora sono curiosa di sapere come mai non vedi Gideon tanto spesso. Si è trasferito? »

« Oh no, Gideon vive a Manhattan. Ma è così impegnato a salvare gli altri che a malapena ha il tempo di fare una telefonata a sua madre. »

« È un medico? » chiese Teresa.

« Se lo fosse, non mi preoccuperei tanto per lui » rispose Emma. « È un agente della polizia di New York. Un lavoro molto pericoloso, ma lo adora. »

Accorgendosi che le tremava la mano, Teresa posò la tazza di caffè prima di farla cadere e si sforzò di sorridere. « È sempre bello quando un ragazzo trova la sua strada e riesce a realizzarsi. Avrei tanto voluto vedere mio figlio fare lo stesso, ma la ringrazio per aver riportato un pezzetto di Enzo alla sua famiglia. È un grande conforto per tutti. »

Teresa si alzò con il sorriso ancora stampato in faccia. Ringraziò Emma un'ultima volta, poi se ne andò. Non vedeva l'ora di dire a Joe che quel bastardo irlandese che aveva tenuto il diario di Enzo per tutti quegli anni, e che probabilmente lo aveva ucciso, era un fottuto sbirro.

57

La mamma sta arrivando, Kimi. Mi dispiace per quello che è successo. La mamma sta arrivando e sistemerà le cose. La mamma ti vuole tanto bene.

Rachael O'Keefe sapeva che non ne sarebbe uscita viva. Lo aveva capito appena l'avevano spogliata per farle indossare una tuta hazmat bianca.

Poi l'avevano imbavagliata, incatenata a un tubo e lasciata senza cibo, acqua o speranza.

Parlare con Kimi rendeva tutto più facile. Quelle poche parole – *la mamma sta arrivando* – erano diventate un mantra. Si ripetevano in loop nel suo cervello e lei le cantava in silenzio, sperando che potessero cullarla e farla dormire. Ma la luce accecante, il freddo umido e la puzza di muffa le toglievano il sonno.

E la paura lo rendeva impossibile.

La mamma è in prigione, Kimi. Ma non piangere. Presto la mamma...

Le luci si spensero con un colpo sordo che fece vibrare la porta in lamiera ondulata.

Rachael inspirò di colpo. *Sono tornati? Le luci avevano un timer? E adesso?*

Un ronzio. Un motore. E poi la sentì. L'aria. Aria calda che soffiava su di lei dall'alto.

Grazie, Kimi, grazie, Kimi, cantava. Abbassò la testa e lasciò che il suo corpo sprofondasse in quel calore meraviglioso e nell'oscurità.

Stava giusto superando il confine del sonno quando cominciarono i latrati. Si svegliò di scatto. Un secondo cane si unì al primo con un ringhio basso e minaccioso. Rachael urlò di terrore, ma l'unico suono che riuscì a superare il bavaglio fu un mugolio soffocato.

I latrati si fecero sempre più forti e vicini. Rachael cercò di liberarsi, ma le catene ai polsi, alle caviglie e al collo le laceravano la carne, mentre la stanza esplodeva con il rumore di un branco di cani rabbiosi e ringhianti. Continuò a emettere urla silenziose, poi perse il controllo della vescica, proprio come quando, all'età di nove anni, era stata attaccata dal pitbull del vicino.

La mamma sta arrivando, Kimi. La mamma sta arrivando, Kimi. La mamma sta arrivando, Kimi. La mamma sta arrivando, Kimi.

Alla fine, una voce. «Sei pronta a dirci la verità?»

D'un tratto, le luci si accesero e i latrati cessarono di colpo. Rachael si guardò intorno. Nessun cane. Solo i due uomini in nero.

Il più alto, il capo, le tolse il nastro adesivo e il bavaglio dalla bocca.

«Sei pronta a dirci la verità?» chiese di nuovo.

I polsi e le caviglie le sanguinavano e aveva il collo arrossato dallo sfregamento delle catene. «Vi ho detto la verità» piagnucolò lei.

«Non è vero» ribatté lui, aprendo una bottiglia di acqua Poland Spring prima di portarsela alle labbra e tracannarne metà.

Rachael fissò l'acqua.

«Sembra che tu abbia sete» disse l'uomo. «Il resto è tuo. Dimmi solo chi ha ucciso Kimi.»

«Non sono stata io. Le volevo bene. Non avrei mai fatto del male alla mia unica figlia.»

«Oh, sì. Eri proprio la madre dell'anno. Ecco il primo premio.»

L'uomo sollevò la bottiglia e la rovesciò.

Rachael singhiozzò, mentre l'acqua schizzava sul pavimento di cemento. «La giuria ha creduto nella mia innocenza. Perché voi no?»

«I giurati sono stupidi. E hanno fretta di tornare a casa. Noi non siamo né stupidi né abbiamo fretta di tornare a casa.»

Il più basso, quello più gentile, indicò una videocamera su un treppiede di fronte a lei. «Parla alla telecamera. Raccontaci cosa è successo davvero e noi ti daremo un piatto caldo, molta acqua fresca, freschissima, e poi potrai anche dormire.»

«Vuoi dire che poi potrete uccidermi» ribatté Rachael.

«È vero» disse il capo. «La morte è inevitabile. Ma il dolore e la sofferenza no. Ecco, lascia che te lo dimostri.»

Teneva in mano una scatola di legno; ricordava a Rachael un carillon che sua madre aveva quando era bambina. Lui la aprì e lei quasi si aspettava che suonasse una ninnananna irlandese. Ma non uscì nessuna musica. All'interno c'era uno strano aggeggio metallico. Non aveva mai visto nulla di simile, ma sapeva che era orribile.

«È una pera orale» spiegò l'uomo. «Alcuni la chiamano pera d'angoscia. Questa risale al XVI secolo. L'ho comprata su eBay per milleduecento dollari.»

Rachael chiuse di scatto gli occhi.

«Aprili» disse lui piano. «O li aprirò io per te.»

Lei obbedì. La scatola era sul pavimento e l'uomo aveva in mano l'oggetto a forma di pera.

«Ora apri la bocca.»

Rachael scosse la testa.

Lui fece un cenno al suo compagno.

Quello gentile le tappò le narici, costringendola ad aprire la bocca, mentre l'altro le faceva scivolare la pera metallica all'interno.

« Ecco il bello di questa pera: il gambo è in realtà un cavatappi, quando giro l'asta a spirale al centro... »

Non appena ruotò due volte il cavatappi, Rachael fu colta da un conato di vomito e al tempo stesso emise un urlo.

« Rilassati » disse lui. « È solo una dimostrazione. Non farà male. Non questa volta. »

Ruotò il cavatappi nella direzione opposta e le sfilò la pera dalla bocca. Senza fiato, Rachael cercò aria.

L'uomo in nero sorrise. « Ho girato soltanto due volte. Così. »

Ripeté il gesto e Rachael osservò la pera aprirsi con quattro segmenti a forma di cucchiaio che cominciavano ad allargarsi.

« Ora guarda cosa succede quando la giro di nuovo. Ancora e ancora. »

I segmenti di ferro si allargarono ancora di più, non lasciando dubbi sui danni che il dispositivo poteva infliggere.

« Quanti giri ha fatto? » chiese l'uomo in nero. « Cinque? Dovresti vederlo a dieci. A quindici. È diabolico, ma sai com'erano quei folli inquisitori medievali... non vedevano l'ora di usarlo. »

« Non ho ucciso mia figlia » disse Rachael. « Lo giuro. »

L'uomo in nero le avvicinò la pera al volto. « Ma la bellezza di quest'affare è un'altra. È un dispositivo che va bene per più orifizi. Così, se eri un eretico blasfemo, te lo infilavano nella bocca bugiarda. Gli omosessuali maschi venivano puniti con la pera anale. E le donne che fornicavano con Satana... be', come ho detto, funziona in qualsiasi orifizio. »

Un cellulare squillò e l'uomo si tastò la tasca.

« Qualcosa su cui riflettere mentre rispondo alla chiamata. »

58

« Resta in attesa » disse Gideon al telefono, dirigendosi dietro il tramezzo che avevano costruito per nascondere l'attrezzatura audio.

Aveva fatto bene le sue ricerche. Sapeva che Rachael sarebbe rimasta pietrificata sentendo il latrato dei cani. E per portarla all'isteria era bastato un brano tratto da una raccolta di effetti sonori.

Uscì dalla porta sul retro e portò il telefono all'orecchio. « Mamma, che succede? Sono un po' occupato al momento. »

« Pensavo che avessi finito il turno. Per questo ho aspettato finora. »

« Il mio turno è finito, ma sono occupato con la vita. » Accarezzò la pera orale che teneva ancora nell'altra mano.

« Bene, sarò breve. Non crederai mai chi è venuto a casa oggi. »

« Mamma, non puoi aspettare? Ho molto da fare qui. »

« Teresa Salvi. »

« È fantastico, mamma. Devo... Cosa? Chi? »

« La signora Salvi. Mi ha detto di chiamarla Teresa. »

« Che cazzo ci faceva lì? »

« Modera il linguaggio! »

« Mamma, mamma, mi dispiace. Non ero concentrato. Ripetimi bene: Teresa Salvi è passata a casa? La moglie di Joe Salvi? »

« Finalmente ho la tua attenzione... Sì, mi ha fatto visita per ringraziarmi di averle restituito il diario di suo figlio. »

Dietro il garage c'era una cassa di plastica per il latte, su cui Gideon si sedette. « Quale diario? » chiese. Naturalmente, conosceva la risposta ancora prima di porre la domanda.

« Il diario di suo figlio Enzo. L'ho trovato incastrato dietro un cassetto della scrivania mentre pulivo la tua stanza. »

« È... è impossibile. »

« Cosa c'è che non va? Ho fatto qualcosa di sbagliato? »

Il suo cervello andava a mille. Sua madre non poteva avere il diario perché ce l'aveva lui. Ne era più che sicuro.

Quella notte di pioggia del 2001, aveva letto ogni pagina. Ricordava di aver pensato: *Se le persone che compaiono in questo registro sapessero che sono stato io a far fuori Enzo Salvi, mi organizzerebbero una bella festa.*

Ma non poteva dirlo a nessuno. E non poteva nemmeno bruciarlo. Aveva sedici anni e il diario di pelle con i fronzoli dorati di Enzo Salvi era un trofeo.

Nel corso degli anni aveva pensato di distruggerlo, ma non ci era riuscito. Era un simbolo di ciò che aveva realizzato quando era solo un ragazzino. Figuriamoci quanto potente sarebbe potuto diventare da grande.

Certo, era pericoloso conservarlo, ma Gideon non fuggiva davanti al pericolo. Non aveva mai detto a Dave di averlo ancora, perché il suo amico se la sarebbe fatta nei pantaloni. In ogni caso, non aveva rimpianti: era felice di possederlo ancora. Semmai avesse provato rimorso per aver ucciso Enzo, i dettagli di quel registro gli avrebbero ricordato l'elenco dei crimini di quel bastardo.

Qualche anno prima, quando aveva lasciato la casa di sua madre, aveva impacchettato tutto quello che voleva conservare. Era pronto a giurare di aver preso anche il diario. Quella sera aveva bevuto, ma era sicuro di averlo seppellito nel fondo di uno dei cartoni che teneva nell'armadio del suo nuovo appartamento. Doveva essere lì.

Doveva esserci per forza.

«Gideon, mi stai ascoltando? Ti ho fatto una domanda.»

«Cosa, mamma? Non ti ho sentito.»

«Ho detto che spero di non aver fatto qualcosa di sbagliato. Sul diario c'era il nome di Enzo, così l'ho dato a padre Spinelli, che lo ha consegnato alla signora Salvi. Il figlio di quella povera donna è stato ucciso a soli diciotto anni.»

«No, mamma, non devi preoccuparti. Non hai fatto niente di male.»

«So che quei Salvi sono coinvolti in ogni sorta di loschi affari. Ma non la madre. Lei va sempre a messa. Organizza grandi feste per il vicinato. Ho pensato che il minimo che potessi fare era consegnarle un piccolo ricordo del figlio. Dio solo sa come quel diario sia finito tra le tue cose.»

«Hai fatto bene, mamma» ribadì Gideon. «Grazie per avermelo detto. Adesso devo andare.»

«Lo so, lo so, sei impegnatissimo con la vita, ma forse una sera puoi infilare una cena con me e Sherman.»

«Te lo prometto» concluse lui. «Ti voglio bene.»

Chiuse la chiamata e seppellì il viso in una mano.

Non dovette controllare gli scatoloni nell'armadio. In qualche modo, aveva fatto un passo falso. Aveva lasciato il diario di Enzo a casa di sua madre, che lo aveva restituito ai Salvi.

Si alzò. *E ora i Salvi verranno a cercare me e Dave.*

La porta sul retro si aprì e Dave uscì.

«Ehi, che succede?»

«Niente. Solo la solita stupida telefonata di mia mamma. Sempre le stesse cose: 'Con chi esci? Non lavorare troppo'. Niente di importante.»

«Sei stato bravissimo con la pera orale. E i cani... È stata un'ottima trovata. Sta cedendo.»

«Penso che tu abbia ragione» replicò Gideon. «È al limite.»

«Lasciamola lì dentro altre ventiquattr'ore» disse Dave, «e

torniamo domani. A quel punto, quell'assassina dovrebbe essere pronta a vuotare il sacco.»

«Buona idea» esclamò lui.

Non ha senso dire a Dave dei Salvi questa sera. Darebbe di matto. Prima facciamo crollare Rachael, poi potrò occuparmi della mafia.

59

Nonostante avessimo a disposizione la più sofisticata tecnologia per la risoluzione dei crimini, io e Kylie passammo il resto della giornata a superare gli ostacoli burocratici creati dall'ufficio del procuratore distrettuale della contea e del Dipartimento penitenziario della città di New York.

Alle 17:00 riuscimmo a fare rapporto a Cates.

«Quattro persone del Dipartimento penitenziario sapevano dov'era diretta Rachael O'Keefe quando ha lasciato il carcere» spiegai. «E almeno otto dell'ufficio del procuratore.»

«*Almeno otto?*» ripeté Cates. «Non riuscite a ottenere un numero preciso?»

«Ci abbiamo provato» rispose Kylie, «ma abbiamo a che fare con il Dipartimento di prevenzione della giustizia.»

«Abbiamo interrogato e scagionato tutti quelli del Dipartimento penitenziario e siamo riusciti a rintracciare sei persone dell'ufficio del procuratore» aggiunsi.

«Allora ve ne restano due.»

«Non proprio. Quella sera gli assistenti dei procuratori sono usciti per una bevuta di gruppo e tre di loro hanno ammesso di aver detto qualcosa a qualcuno di cui sapevano di potersi fidare; quindi sono di nuovo cinque le persone che dobbiamo scagionare.»

«Quanto può essere difficile rintracciarli?» chiese Cates.

« Rintracciarli è facile. Abbiamo mandato e-mail, sms e lasciato messaggi in segreteria: sanno tutti cosa vogliamo. Il problema è riuscire a fermarli per un faccia a faccia. Sarebbero felici di parlare al telefono, ma questi ragazzi mentono per vivere. Abbiamo pensato che avremmo avuto maggiori possibilità di ottenere la verità se li avessimo affrontati di persona. »

« Due di loro verranno qui stasera. Un terzo ha appena subito un'appendicectomia d'urgenza e non potremo parlargli fino a domani. Gli ultimi due sulla lista sono Mick Wilson e uno dei suoi tirapiedi. E conosci Mick, ha la brutta abitudine di non rispondere ai messaggi e di fregarsene. »

« Fate in modo che questa volta cambi registro. O'Keefe è stata rapita quindici ore fa. Il killer della tuta hazmat non la terrà in vita a lungo. Chiamatemi quando... »

« Capitano. »

Era Katina Hronas, un'impiegata civile assegnata alla nostra unità. Si occupava ogni giorno di centinaia di telefonate, e-mail e fax per conto di Cates. Sapeva quali erano le priorità del capitano, sia personali sia professionali, e la interrompeva solo quando era urgente. Cates si preparò all'inevitabile.

« È appena arrivato questo dall'ufficio del capo dipartimento » disse Katina, porgendo al capitano un singolo foglio di carta.

« Accidenti » esclamò Cates, leggendo il breve testo in pochi secondi. « È uscita. »

Io e Kylie ci guardammo. Sapevamo benissimo di cosa stava parlando.

« Abbiamo mantenuto il riserbo per nove ore, ma il sito del *Times* ha appena diramato la notizia: 'Rachael O'Keefe rapita a poche ore dal rilascio dal carcere di New York'. »

« Il *Times* non pubblica pettegolezzi » commentò Kylie. « Chi ha dato conferma? »

« Il rapimento di O'Keefe è stato confermato dal suo avvocato difensore, Dennis Woloch » replicò Cates. « Naturalmente, non dicono chi ha fatto trapelare la notizia, ma io punterei sul killer della tuta hazmat. Ama l'inchiostro e i media gliene daranno in abbondanza.»

«Il che significa che il nostro numero verde sarà inondato da centinaia di segnalazioni e avvistamenti assurdi» concluse Kylie.

«Non è un problema vostro» ribatté il capitano. «Il commissario Harries mi darà tutto il personale necessario a gestire le telefonate. Dovete soltanto trovare Rachael O'Keefe, eliminare il killer della tuta hazmat e trasformare il sindaco Spellman in un eroe nazionale prima del giorno delle elezioni. Forza, al lavoro.»

«Il miglior discorso di incoraggiamento che abbia mai sentito da un allenatore in uno spogliatoio» commentò Kylie mentre lasciavamo l'ufficio di Cates. «Proprio quello che mi serviva per iniziare finalmente a prendere sul serio questo caso.»

Alle ventuno, due degli assistenti del procuratore distrettuale ancora dispersi si fecero vivi e giurarono di non aver mai parlato con nessuno del nascondiglio di Rachael nel New Jersey. Nessuno dei due tergiversò, esitò o si trattenne in qualche modo. Dicevano la verità.

«Ne mancano tre» disse Kylie. «Propongo di riaggiornarci per la serata. Tutti d'accordo...»

Stavo per votare sì quando l'ascensore si fermò al nostro piano. La Red ha un proprio spazio al terzo piano del Diciannovesimo Distretto e di solito non c'è molto traffico, soprattutto la sera.

Le porte si aprirono e comparvero le ultime due persone che mi sarei aspettato di vedere nel nostro ufficio. Quelli che John Dho aveva definito scemo e più scemo: Donovan e Boyle.

Si diressero verso le nostre scrivanie con un'espressione arcigna in faccia, il dente avvelenato e le scope sempre ben piantate su per il culo.

«Immaginavamo di trovarvi ancora qui» esordì Donovan.

«È questo il problema dei casi di serial killer» replicò Kylie. «Non puoi uscire prima. Che ci fate qui?»

«Secondo te? Siamo qui per aggiornamenti.»

«Su cosa?» domandò Kylie.

Lui rise. «Su cosa? Su questo cazzo di caso. Senti, potrai anche essere tu a condurre le danze, ma questo è stato il nostro caso fin dall'inizio e non ce ne andremo da...»

Boyle alzò la mano. «Calmati» disse, prima di rivolgersi a Kylie. «Immagino si possa dire che siamo ancora un po' in disaccordo, ma non è colpa tua. È solo politica, quindi ricominciamo da capo. Va bene?»

«Fa' pure, non potrebbe andare peggio di così» replicò la mia compagna di squadra.

«Senti» fece Boyle, «io e Donovan siamo stati colti alla sprovvista lunedì mattina. Il caso del killer della tuta hazmat era nostro. Abbiamo fatto del nostro meglio, ma ammettiamolo: le prime tre vittime erano dei criminali e nessuno si è lamentato che non avevamo preso l'assassino. Poi la Parker-Steele viene fatta fuori e il caso finisce in prima pagina. Ora Rachael O'Keefe viene rapita e l'intera faccenda assume rilevanza internazionale.»

«Non abbiamo alcuna prova che O'Keefe sia collegata al killer della tuta hazmat» precisò Kylie.

«Nemmeno il *Post* ha prove» ribatté Boyle, «ma ne parlano lo stesso, a partire dalla homepage della loro edizione online. Il punto è che Tuta hazmat è un caso ancora più grande di prima e noi non vogliamo passare come i due poliziotti idioti che non sono riusciti a risolverlo. Se siamo ancora coinvolti, aggiornateci.»

«Mi sembra giusto» convenne Kylie. «Abbiamo trovato un testimone che ha visto la Parker-Steele salire su un'auto.»

«Ha identificato l'auto e il conducente?» chiese Donovan.

«I sospettati sono due. La vittima è salita sul sedile posteriore con un uomo, ma il testimone non è riuscito a vedere chi guidava.»

«*Due* sospettati?» ripeté Boyle.

« Siete sicuri? » incalzò Donovan. « Noi ne stavamo cercando solo uno. »

« E abbiamo anche un altro testimone che ha visto Alex Kang salire su un'auto con due uomini » aggiunsi.

I detective sembravano entrambi sorpresi.

« Pezzi di merda » esclamò Donovan. « Siete stati fortunati. Non siamo riusciti a trovare uno straccio di testimone a Chinatown. Che tipo di macchina? »

« Un SUV nero. Nessuna marca, nessun modello » risposi.

« E i due uomini? Avete una descrizione? » chiese Donovan.

« Solo due maschi bianchi come me e te. »

« E O'Keefe? C'è qualcosa su di lei? »

« L'hanno presa in due, quindi il *Post* potrebbe avere ragione. È probabile che sia la squadra della tuta hazmat. »

« Gli state addosso? »

« Non proprio, ma quasi. Abbiamo appena acquisito nuove prove. »

« Quali nuove prove? » domandò Donovan.

« I due che hanno preso O'Keefe hanno lasciato una traccia. Ci stiamo lavorando, ma è tutto quello che possiamo dirvi al momento. »

Boyle annuì. « Ehi, so che non siamo partiti con il piede giusto, ma se vi state avvicinando a questi tizi, avrete bisogno di rinforzi, giusto? »

« Probabile » disse Kylie.

Boyle fece spallucce. Sapeva che quel « probabile » era la promessa più grande che sarebbe riuscito a ottenere.

« Ehi, ragazzi, avete i nostri cellulari. Chiamate quando volete. »

60

Donovan e Boyle ripresero l'ascensore e io e Kylie aspettammo in silenzio che arrivassero al piano terra.

«Non mi fidavo di quei due quando cercavano di metterci i bastoni tra le ruote» disse Kylie, mentre le porte dell'ascensore si aprivano con un forte rumore che rimbombò nel vano. «E mi fido ancora meno adesso che vogliono aiutarci.»

«Tecnicamente, credo che soltanto Boyle voglia darci una mano» replicai. «Donovan sarebbe forse più contento di trovarci infilati in un paio di tute hazmat. Non posso credere che abbiano recitato la parte del poliziotto buono e del poliziotto cattivo.»

«Sto ancora cercando di capire se siano due poliziotti intelligenti o stupidi» ribatté Kylie.

«Io voto stupidi.»

«Abbiamo trovato più indizi noi in tre giorni di quanti ne abbiano trovati quei cafoni in quattro mesi. Quindi, in apparenza, sono piuttosto stupidi.»

«E tu pensi che ci sia qualcosa sotto la superficie?»

«Diciamo solo che Cheryl ha ragione e stiamo cercando dei veri poliziotti» cominciò Kylie. «Se Donovan e Boyle sono i colpevoli, allora hanno giocato d'astuzia, facendo in modo di essere assegnati al caso e commettendo il primo omicidio nella loro giurisdizione. Non è solo intelligente, è geniale!»

«Come spieghi il fatto che si siano presentati stasera per

chiederci aggiornamenti? Non sanno che è il modo più veloce per arrivare in cima alla lista dei sospettati? Mi pare piuttosto stupido.»

«È stupido solo se sanno che stiamo cercando dei poliziotti corrotti. Al momento, solo quattro persone sanno che pensiamo che gli assassini siano dell'NYPD. Tu, io, Cheryl e Cates. Questi tizi potrebbero essere molto più brillanti di quanto non sembrino. Credo che si siano arrabbiati molto quando gli abbiamo soffiato il caso e hanno fatto di tutto per ostacolarci. Poi si sono resi conto che bloccando noi, si bloccavano anche loro. Così hanno pensato che offrirsi come spalla fosse il modo migliore per rimanere nel giro e tenere sotto controllo l'indagine.»

«Non mi interessa se sono stupidi o intelligenti. Se tengono d'occhio noi, forse dovremmo tenere d'occhio loro.»

Kylie si illuminò. «Zachary Jordan, stai suggerendo di pedinare quei tizi?»

«Proprio così.»

«Pensi che Capitan Agisci-secondo-le-regole approverebbe, se mettessimo una squadra alle loro calcagna?» chiese Kylie.

«Forse sì, forse no.»

«Probabilmente no.»

«Non importa, perché non glielo sto chiedendo. Ora come ora, non me ne frega niente di quello che dice.»

«Ma senti il poliziotto irreprensibile...» esclamò la mia compagna di squadra con un gran sorriso. «E io che pensavo di essere l'unica ad avere una concezione elastica dei regolamenti...»

Molto prima di arrivare alla Red, Kylie era nota per infrangere le regole ogni volta che le impedivano di agire. E sebbene i vertici non vedessero di buon occhio i poliziotti che uscivano dal seminato, lei portava sempre a termine il lavoro, quindi facevano finta di non vedere. Donovan e Boyle puzzavano di marcio e io ero pronto a inchiodarli, al diavolo la catena di comando!

«Hai sentito il sindaco oggi pomeriggio?» chiesi. «Qualsiasi cazzo di cosa dobbiamo fare, è meglio sia fatta prima del giorno delle elezioni. Pensi l'abbia detto tanto per dire? »

« Diavolo, no. Sembrava un ordine diretto dall'alto della catena alimentare. Mi piace il tuo modo di pensare. Bravo, compagno di squadra. »

Alzò la cornetta e compose il numero. « Pronto, sono Kylie. Oh cavolo, sono così contenta che tu sia ancora in ufficio. Posso passare? »

Qualunque fosse la risposta, la fece ridere. « Perfetto, faccio un salto tra un minuto. »

Si avviò verso la porta.

« Ti dispiace dirmi dove stai andando? » chiesi.

« Nell'ufficio di Matt Smith. Torno tra cinque minuti. »

Ciò detto, se ne andò.

Rimasi lì con i nervi a fior di pelle, come se la ragazza che avevo portato al ballo se ne fosse andata a casa con qualcun altro.

Matt Smith? Brava, compagna di squadra.

61

Joe Salvi guardò la pentola di sugo per gli spaghetti sul fornello. Sua madre l'avrebbe gettato nella spazzatura, mica l'avrebbe servito al marito. Poi spostò lo sguardo sulla donna che glielo aveva preparato.

Teresa era in piedi al bancone della cucina e stava aprendo un'altra bottiglia di vino. Si fermò per togliersi i tacchi da ottocento dollari. *Buona idea, Teresa. Una signora non vuole certo cadere, mentre si scola la sua seconda bottiglia di Barolo da duecento dollari.*

Quarantuno anni prima era la moglie perfetta, in grado di soddisfare le tre caratteristiche che sua madre gli aveva detto essere importanti: brava in cucina, bravissima tra le lenzuola, cattolica.

Ma ormai sua madre non c'era più. E anche Teresa se n'era andata. Condividevano ancora la camera da letto, ma il sesso non era più spettacolare. Era passabile, ma non era buono, proprio come la salsa di pomodoro.

Lei si era allontanata a poco a poco. Diceva che era perché lui era troppo preso dal suo lavoro.

Troppo preso dal suo lavoro? Come pensava pagasse per tutto quanto? La casa, le auto, i vestiti, i gioielli? La beneficenza? Lei dava i suoi soldi a chiunque allungasse la mano, e quelli la mettevano su un piedistallo. Benissimo, se era ciò di cui aveva bisogno. Ma da dove pensava venissero i soldi? Dal suo lavoro, naturalmente.

«Ti ho detto che si è risposata?» chiese Teresa.

Continuava a parlare in tono monocorde, ma lui tagliava corto. «Sì, me l'hai detto.» *Due volte.*

«È così felice. Ha sposato un insegnante della John Adams, e ora gestiscono il loro negozietto di fiori insieme» continuò Teresa. «Suo marito muore e due anni dopo un altro uomo dorme già nel suo letto. Che sgualdrina!»

Si riempì il bicchiere di vino e fissò Joe, mentre versava dalla nuova bottiglia, sfidandolo a dire qualcosa su quanto stesse bevendo.

«Ed è così orgogliosa del suo prezioso figlio poliziotto – un vero maiale – che salva il mondo» continuò Teresa. «Ne sono felice, perché significa che quando avrò finito con lui, farà ancora più male.»

Joe rise. «Quando avrai finito con lui? Chi è morto e ti ha lasciato il comando?»

«È morto Enzo. Ecco chi è morto. Sono dodici anni che aspetto la vendetta e ora la otterrò.»

«Hai intenzione di sfidare il Dipartimento di polizia? Andrai a far fuori un poliziotto?»

«Due poliziotti» precisò Teresa. «C'è anche l'altro menzionato nel registro delle riscossioni di Enzo. L'amico Dave. Hai sempre detto che ci sarebbe voluto più di un uomo per uccidere Enzo. Pensavi fossero stati i neri di Ozone Park, ma la colpa è di quei bastardi irlandesi.»

Bevve metà del vino che aveva nel bicchiere. «Erano i nostri vicini. Organizzavamo feste per loro. Gli abbiamo dato da mangiare. Ed è così che ci mostrano il loro rispetto? Li abbiamo accolti a braccia aperte e loro ci hanno voltato le spalle e ci hanno pugnalato al cuore. Giuda si è seduto alla nostra tavola. Giuda.»

Joe alzò una mano. Non vedeva la moglie in quello stato dal funerale di Enzo. «Va bene, Teresa, basta così. Ci penso io.»

«Quando?»

Lui si alzò in piedi. «Adesso. C'è un tenente che mi deve un favore. Scoprirà dove lavorano questi poliziotti.»

«E poi?»

«Prima fammeli trovare. Dammi un po' di tregua per pensare.»

«Non pensare. Agisci. Se non per me, fallo per tua madre. Ricorda cosa ha promesso a Enzo, quando si è gettata sulla sua bara. *La famiglia farà giustizia*. Occhio per occhio.»

Teresa oscillò verso il bancone, afferrò la bottiglia di vino e uscì barcollando dalla stanza.

Joe tirò fuori il cellulare e chiamò Bernice. «Sto arrivando.»

Non aveva altro da dire. Riattaccò e andò a prendere il cappotto dall'armadio.

Bernice lavorava per il suo commercialista. Aveva quarant'anni e non si era mai sposata. Non era bella, era una graziosa e tranquilla ragazza ebrea che si era rivelata una tigre a letto. Andavano avanti da sette anni e non aveva mai chiesto nulla. Lui le faceva dei regali e lei diceva: «Grazie Joe, non avresti dovuto». Nessuna richiesta.

Il sesso era incredibile. E per di più, era una cuoca dannatamente brava.

La mamma l'avrebbe odiata.

Non era cattolica.

62

Kylie ha sempre avuto la capacità di farmi infuriare. Quella sera non fece eccezione. Erano passati venti minuti da quando, scappando fuori dalla porta per parlare con Matt Smith, aveva gridato: «Torno tra cinque minuti!» Nessuna spiegazione. Nessun invito a seguirla. Solo il suo caratteristico atteggiamento da io-sono-al-comando-tu-aspetta-qui-ulteriori-istruzioni.

Stavo accumulando un malsano risentimento quando mi squillò il cellulare. Era Cheryl. Dopo che la mia lenta combustione si ridusse a un caldo bagliore, risposi.

«Ehi, non sei solo bella e intelligente, sei anche una chiaroveggente. Come facevi a sapere che avevo un disperato bisogno di uno strizzacervelli?»

«E tu come facevi a sapere che avevo un disperato bisogno di qualcuno che mi dicesse che sono bella e intelligente? Nella vita reale, sono spaparanzata sul divano in tuta, bevo vino, sgranocchio popcorn e sono in procinto di sottoporre il mio intelletto superiore a un film che ho già visto sette volte.»

«*Pretty Woman* con Richard Gere e Julia Roberts?»

«Mi conosci bene... Allora, perché hai bisogno di uno strizzacervelli?»

«Perché sono seduto qui a prendere polvere mentre Wonder Woman sgambetta via per risolvere da sola il caso più importante della mia carriera.»

«È un momento difficile per lei» disse Cheryl. «Da quello che mi hai raccontato, la sua vita privata è fuori controllo. Il lavoro, invece, è l'unica cosa che può controllare.»

«Okay, ma il suo lavoro è anche il mio lavoro. Sono il suo compagno di squadra.»

«Allora dalle un po' di tregua, compagno di squadra.»

«Si tratta della tua visione professionale? Vuoi che le dia un po' di tregua? Pensavo fossi dalla mia parte.»

«I professionisti non si schierano. Dai, Zach... anche tu hai avuto momenti difficili e Kylie c'è sempre stata per te. Non prenderla sul personale, non sta cercando di tagliarti fuori. Immergersi nel lavoro la aiuta a distrarsi dai problemi con Spence. Alla fine, si risolverà tutto e voi due ritroverete il vostro equilibrio.»

«Cosa dovrei fare fino a quel momento?»

«Per dirla con le parole del mio illustre collega: 'Fattene una ragione, amico!'.»

«E chi l'ha detto? Il dottor Freud?»

«Il dottor Phil.»

«D'accordo, hai ripristinato con successo la mia salute mentale. Goditi il tuo vino, i tuoi popcorn e il tuo film da ragazze. Sembra che tu abbia programmato una serata memorabile.»

«Manca soltanto una cosa» replicò Cheryl in tono seducente.

Ormai mi sentivo davvero risanato. «Io?»

«In realtà, pensavo a Richard Gere che mi porta a fare shopping su Rodeo Drive, ma certo... andresti benissimo anche tu. Sei disponibile?»

«Non subito, ma è difficile rifiutare vino e popcorn gratis. Tieni la luce accesa per quando torno. Sarò lì tra circa due ore.»

«Il film finirà tra due ore esatte.»

«Sei una professionista, sono sicuro che troverai un modo per aiutarmi ad affrontare la situazione.»

Kylie entrò dalla porta.

«Devo andare» dissi. «La detective MacDonald è tornata dalla sua missione.»

«Niente sarcasmo» si raccomandò Cheryl. «Sii gentile.»

«Okay, te lo prometto. Ci vediamo dopo. Ora riattacco.»

«Riattacco anch'io» rispose Cheryl, chiudendo la chiamata.

Non avevo ancora trovato un modo migliore per concludere le telefonate. Nessuno dei due era pronto per il «ti amo», ma dopo tre mesi chi volevamo prendere in giro?

Kylie sorrideva come un cercatore d'oro che ha appena trovato una bella pepita.

«Sei raggiante, cos'hai scoperto?

«Avevi ragione quando hai detto di pedinare Donovan e Boyle. Matt ha cercato nel database della motorizzazione per scoprire che tipo di auto guidano.»

«E non saresti così eccitata se uno di loro non avesse un SUV.»

«Detective David Donovan» disse. «Una Toyota Highlander del 2011, ed è nera come le colline del Sud Dakota.»

«È incoraggiante, ma di sicuro non è l'unico poliziotto con un'auto che corrisponde alla descrizione.»

«Lo so. Matt mi ha propinato la solita tiritera bla, bla, bla: non saltare alle conclusioni perché ci sono due milioni di veicoli registrati nei cinque distretti e 15.811 di questi sono SUV neri. Ma comunque, se vogliamo metterci in gioco, è utile sapere che Dave Donovan possiede un'auto che corrisponde a quella usata per i rapimenti.»

«E adesso?» domandai.

«Sono d'accordo con te che non possiamo chiedere a Cates il permesso di pedinare due detective sulla base di una suggestione. Anche se dicesse di sì, si creerebbe una traccia cartacea e, se ci sbagliassimo, farebbe la figura dell'idiota insieme a noi.»

«Quindi, li seguiamo senza dirglielo?»

«Non noi. Abbiamo già troppe cose in ballo. Dobbiamo reclutare qualcuno.»

« Hai già in mente un nome? »

« Ho un paio di idee, e tu? »

Avevo avuto venti minuti per pensarci prima che Cheryl mi chiamasse e avevo in mente due persone che ero sicuro potessero seguirli e tenere tutto nascosto. Glielo dissi.

« Scelta perfetta! » esclamò Kylie.

« Davvero? Nessuna controproposta? »

« So che hai problemi ad accettare un sì come risposta, ma sono davvero molto d'accordo con te. Chiamiamo il loro capo e vediamo se sono disponibili. »

« Non abbiamo chiamato il nostro, di capo. Sei sicura di voler chiamare il loro? Voglio dire, perché iniziare a giocare secondo le regole proprio adesso? Chiamiamoli direttamente. Più Red, meno burocrazia. »

« Un pedinamento non autorizzato » osservò Kylie. « Sono orgogliosa di te, cowboy. Finalmente stai imparando a infrangere una regola o due. »

« Già » replicai. « Questo perché lavorare con te è come seguire un corso di perfezionamento. »

63

Quando avevo quindici anni, mia madre fu assunta come truccatrice del cast di *Sentieri*. Ogni giorno passavo da lei dopo la scuola per rimpinzarmi all'infinito buffet di snack sempre a disposizione della troupe.

Non passò molto tempo prima che mi rendessi conto che correvo allo studio ogni pomeriggio perché ero più interessato alle vite contorte dei personaggi della serie che al cibo spazzatura sul tavolo del servizio ristorazione.

Ero appassionato di soap opera, una consapevolezza non facile da accettare per un adolescente: di sicuro avevo qualcosa che non andava.

La mamma mi assicurava che ero perfettamente normale. « A tutti piace essere coinvolti nei problemi degli altri. Fa parte della natura umana. »

Non posso parlare per il resto dell'umanità, ma sono certissimo che è nella mia natura. Per questa ragione, non appena Kylie mi diede la buonanotte e prese un taxi per raggiungere l'appartamento di Shelley, ne presi uno anch'io per andare a downtown, a casa sua.

Spence era stato dimesso dall'ospedale quella sera, così decisi che era il momento perfetto per parlare a cuore aperto con lui. Non dissi a Cheryl dove stavo andando, perché aveva già preso posizione sull'argomento la sera prima.

« Stanne fuori » aveva detto. « Quell'uomo è un tossicodipendente e, a meno che tu non sappia cosa stai facendo, non immischiarti. Sarebbe come mandare un vigile urbano a gestire una negoziazione di ostaggi. »

Se fossimo stati in ufficio quando l'aveva detto, le avrei dato ragione. Ma eravamo a letto e io ero ancora avvolto nel bagliore della beatitudine postcoitale. Non era il momento ideale per discutere con la mia fidanzata psicologa se fossi o meno qualificato per immischiarmi nei problemi coniugali della mia ex. O del perché volessi farlo, una domanda a cui non avevo ancora trovato una risposta da solo. Così, mi ero limitato a sussurrare: « Hai ragione ».

Dentro di me, però, sapevo che Cheryl si sbagliava. Non ero esattamente un vigile urbano.

Kylie e Spence vivevano a Lower Manhattan in una ex fabbrica di otto piani riconvertita in otto incredibili loft con una vista spettacolare sul fiume Hudson. Non c'era un portiere, solo un paio di spesse porte di vetro e un sistema di videosorveglianza a muro. Suonai.

« Zach? » strillò Spence al citofono. « Kylie non c'è. »

« Lo so. Volevo parlare con te. Ti dispiace se salgo? »

« È tardi, amico. Di cosa vuoi parlare? »

Dei pericoli della tossicodipendenza, ma speravo che potessimo bere una birra e fare due chiacchiere tra ragazzi prima di affrontare l'argomento.

Era chiaro che non voleva che salissi. Dovevo fare il mio discorso al citofono.

Feci un respiro profondo. « Senti, Spence. Kylie mi ha detto cosa sta succedendo. So che hai avuto qualche problema con gli antidolorifici... »

« Oh, Gesù » gemette lui. « Quindi mia moglie ti ha chiesto di prenderti una pausa dalla caccia ai serial killer e di iniziare a lavorare alla Narcotici? »

« Non sa nemmeno che sono qui. È una faccenda personale, solo tra me e te. »

« Personale? Tu sei amico di Kylie, non mio. »

« Hai ragione, non sono tuo amico, Spence. Sono solo un conoscente che ha rischiato la sua cazzo di vita per salvare la tua. »

Fissai la telecamera con aria di sfida. Ci vollero cinque secondi, ma alla fine il cicalino trillò. Mi affrettai a entrare per non dargli il tempo di cambiare idea.

Presi l'ascensore fino al settimo piano e Spence mi aprì la porta. Ero certo che avrebbe avuto un aspetto di merda e non mi deluse.

Prima dell'incontro con il Camaleonte, Spence Harrington si allenava nella palestra di casa due ore al giorno. Lo Spence che si trovava alla porta di ingresso aveva l'espressione assente e il viso gonfio. Conoscevo abbastanza la sua tossicodipendenza da sapere che la mancanza di esercizio fisico non era la causa.

« Bene, bene, bene » esclamò. « Non sei la signora del programma dei dodici passi. Se sei qui per farmi una di quelle lezioni alla Nancy Reagan, 'basta dire no', non sprecare il tuo tempo. La sento da quando fumavo erba al liceo. »

« Ehi, non sono qui per farti la predica. Solo per parlare. »

« Ho già detto tutto, quindi lascia che te lo ripeta in modo breve e conciso: gli antidolorifici che prendo non hanno nulla a che vedere con la mia dipendenza dalla coca. Non sono ricreativi. Sono prescritti da un medico. »

« Da quello che mi ha detto Kylie, stai prendendo molto più di quanto ti ha prescritto il medico. »

Non appena mi uscirono le parole di bocca, avrei voluto rimangiarmele. Spence mi aveva spinto proprio dove non volevo arrivare: sembravo l'agente antidroga di Kylie. I suoi occhi si accesero di disprezzo.

Abbassai lo sguardo sui suoi piedi nudi, che presentavano una decina di diverse tonalità di rosso e viola. « Ti devo delle scuse,

Spence» dissi, cercando di fare marcia indietro. «Se io e Kylie avessimo preso prima il bastardo che ti ha fatto questo...»

«Senti, Nancy, sono sicuro che hai buone intenzioni» ribatté lui, continuando a sbarrare la porta. «Ma tornatene a casa. Ho già un gruppo di sostegno. Ho un programma, uno sponsor, incontri e slogan che mi escono dal buco del culo. In questo momento, ciò di cui Kylie e io abbiamo bisogno è un po' di spazio finché non riesco a controllare il dolore.»

Fece per chiudere la porta, ma io mi ci appoggiai.

«Quale dolore, Spence? Al piede? Sappiamo entrambi che quello è passato da un pezzo. L'unico dolore che hai ora è sapere che sei un drogato, ma se prendi abbastanza pillole, puoi farlo sparire. E se non se ne va, andrai fino ad uptown alle tre del mattino a cercare uno spacciatore di coca.»

«Vaffanculo, Zach» disse, spingendo la porta con forza.

«Portati dietro un sacco di soldi, Spence» insistei, spingendo a mia volta, «perché avrai bisogno di un mucchio di coca, quando lei se ne andrà. E fidati, lo farà. Pensi che ti abbia fatto male l'ultima volta che ti ha scaricato? La prossima sarà peggio.»

Si avvicinò alla porta e infilò la faccia nell'apertura. «Peggio per chi, Zach? L'ultima volta mi sono disintossicato e io e Kylie ci siamo sposati. Se ricordo bene, sei tu quello che lei ha mollato.»

Il mio intervento a fin di bene era andato a vuoto. Quando spalancai la porta con violenza, i piedi malmessi non lo ressero. Spence cadde a terra e io torreggiai sopra di lui.

«Era una ragazzina di ventidue anni che voleva diventare un poliziotto» gridai, «e l'ultima cosa di cui aveva bisogno era un fidanzato che passava tutto il giorno a farsi le canne. Sì, ti ha ripreso, ma non contare sul fatto che lo faccia di nuovo. Il suo lavoro è ancora più importante per lei in questo momento e non lascerà che un marito cocainomane e impasticcato rovini tutto.»

Spence mi guardò stupefatto. Aprì la bocca per parlare, ma non uscì nemmeno un suono.

Continuai. «Non ho lezioni alla Nancy Reagan da darti. Pensa solo a questo: cosa ti fa sentire meglio, il Percocet o tua moglie? Perché non puoi avere entrambe le cose.»

Mi allontanai dalla porta, lui si mise in ginocchio e la sbatté.

Restai lì in piedi, covando una rabbia cocente verso di lui e verso me stesso per essere stato così stupido da pensare di poter fare miracoli, convincere Spence a ripulirsi e a ricucire il suo matrimonio in crisi.

Evidentemente, da bambino dovevo aver visto troppe soap opera, che mi avevano fritto il cervello.

64

Erano le 23:30 quando finalmente arrivai a casa di Cheryl. « Sembra che tu abbia bisogno di un drink e di un abbraccio » mi disse. « Non necessariamente in quest'ordine. » Mi strinse forte e avvicinò le sue labbra alle mie.

Quando ricambiai la stretta e la sollevai, il mio corpo andò subito in sovraccarico sensoriale. Tutti i cinque sensi si misero in funzione. Chiusi gli occhi, spensi l'udito e lasciai che il tatto, il gusto e l'olfatto si divertissero un mondo.

La bocca di Cheryl sapeva di vino, i suoi capelli profumavano di gelsomino e la sensazione del suo corpo contro il mio mi aiutò a tenere lontane le prime ventitré ore e mezza di una giornata straordinariamente estenuante.

Restammo così per almeno un minuto senza dire nulla. Alla fine, Cheryl mi sussurrò all'orecchio: « Ti sei perso un film fantastico ».

« L'ottava volta è stata bella come le prime sette? »

« All'esterno sarò anche una professionista adulta, ma dentro sono ancora una bambina che crede nelle favole. Questa volta è stato meraviglioso e lo sarà ogni volta che lo riguarderò. Tu sei un uomo, non puoi capire. »

Fece un passo indietro. Indossava pantaloni neri da yoga aderenti e una maglietta rosa acceso con uno scollo a V che le sottolineava le curve.

«Avevi detto che indossavi la tuta. Ricordo male?»

«No, ricordi bene. Ma vedere Julia Roberts trasformarsi da prostituta a signora mi ha ispirato.»

«Vi siete entrambe date una bella sistemata.»

Cheryl mi condusse sul divano e mi versò del vino.

«Allora, com'è andata la giornata?»

«Non è stata delle migliori. È iniziata con un brutale rapimento ed è finita con me che scaravento a terra il marito tossicodipendente della mia compagna di squadra. E la tua com'è andata?»

Rimase a bocca aperta, sorpresa, poi mi rivolse un sorriso perplesso. O forse un cipiglio di condanna. Qualunque cosa fosse, era uno sguardo che non avevo mai visto prima.

«Di nuovo la storia del marito drogato?»

Avevo deciso sin dall'inizio che in caso di vittoria, sconfitta o pareggio con Spence ne avrei parlato con Cheryl.

«Nonostante i preziosi consigli della mia dottoressa, sono andato a trovare Spence stasera. Credo che si possa definire una terapia d'urgenza.»

«No» replicò Cheryl, «sono più incline a chiamarla una cattiva decisione, dettata dalle ragioni sbagliate e dall'egoismo, ma mi riservo di esprimere il mio giudizio dopo aver ascoltato i dettagli.»

«Certo, dottoressa» risposi, trangugiando un sorso di vino. «Vuole che mi sdrai sul divano, mentre va a prendere un blocco e una penna?»

La battuta non sortì l'effetto sperato. Quella volta, riconobbi un cipiglio di condanna. «Per favore, spiegami com'è andata e basta» disse lei.

Obbedii, iniziando con le mie buone intenzioni, proseguendo con il modo in cui avevo superato le iniziali resistenze di Spence e spiegando nel dettaglio la fermezza con cui lui aveva negato il proprio problema. Cheryl rimase in silenzio finché non arrivai al mio drammatico ultimatum: *il Percocet o tua moglie?*

A quel punto, scoppiò a ridere. «Tecnica brillante, dottor Jordan. Dove ha preso la laurea, alla Scuola di cura delle dipendenze dell'ispettore Callaghan?»

«Vuole sentire il resto della storia o preferisce starsene lì seduta a criticare la mia metodologia?»

«Spence ti ha appena sbattuto la porta in faccia. Pensavo avessi finito. C'è dell'altro?»

«Sì, sono rimasto lì impalato a sentirmi uno schifo. Mi sono reso conto che avrei dovuto ascoltarti, ma non l'ho fatto. Caso chiuso. Sono tornato all'ascensore, ma prima che potessi premere il pulsante di chiamata, lui ha aperto la porta e mi ha detto di entrare. Così, sono tornato indietro.»

L'espressione di Cheryl si addolcì. «E poi cos'è successo?»

«Niente. Si è messo a fissarmi. Non sapevo se volesse prendermi a pugni o chiamare Kylie per dirle che ero uno stronzo. Poi si è voltato e si è diretto nella sua camera da letto. A metà strada si è fermato e con un cenno mi ha invitato a seguirlo. Così ho fatto.»

«In camera da letto?»

«Ha attraversato la stanza ed è entrato nel bagno. Ha aperto l'armadietto dei medicinali, ha tirato fuori un flacone di pillole, l'ha stappato e se ne è fatta scivolare una nel palmo. Poi un'altra. E un'altra ancora. Mentre le fissava, ho pensato che se le sarebbe messe tutte in bocca. Invece no. Si è limitato a tenere la mano sopra il water e a farle cadere dentro. Lentamente. Una alla volta. Poi ha capovolto il flacone e le ha gettate tutte nell'acqua.»

«Oh, Zach» esclamò Cheryl, passandosi una mano sul mento. «È fantastico! E poi?»

«Siamo rimasti entrambi lì. Nessuno dei due ha detto una parola. Non so quanto tempo sia passato, di sicuro un po'. Non volevo fissarlo, così ho continuato a concentrarmi su tutte quelle pillole che galleggiavano nell'acqua. Alla fine, ho alzato lo sguardo e gli ho chiesto: 'Hai intenzione di tirare lo sciacquone?'

Lui mi ha guardato con quei grandi occhi scuri, colmi di tristezza, e mi ha risposto: 'Dammi un dannato minuto, ti dispiace? Non è così facile come sembra'. Poi mi ha abbracciato e, quando abbiamo sciolto la stretta, lui è arrossito ed è andato in camera a chiamare il centro di riabilitazione. La mia prima terapia d'urgenza e ho ottenuto un risultato strabiliante! Sto pensando che, dopo quest'ultimo incarico da poliziotto, forse potrei appendere il distintivo al chiodo e aprire uno studio.»

«Quale sarà la targa: 'Il peggior psicoterapeuta del mondo'?»

«Mi critichi pure quanto vuole, dottoressa Robinson, ma non può negare che i risultati ci sono stati.»

«Ha ragione. Forse la targa dovrebbe recitare solo: 'Lo psicoterapeuta più fortunato del mondo'.»

«Non avrò una formazione classica, ma deve ammettere che ho delle qualità indiscutibili.»

«Ricordo vagamente che le ha, in effetti» replicò Cheryl, prendendomi per mano e facendomi alzare dal divano. «Ma le toccherà rinfrescarmi la memoria.»

«Sa, penso che lei abbia ragione» dissi, lasciandomi condurre in camera da letto. «Stasera sono decisamente lo psicoterapeuta più fortunato del mondo.»

65

Alle sette ero in ufficio. Kylie entrò dieci minuti dopo con l'aria di uno zombie sotto Ambien.

« Sembra che tu abbia passato la notte in un rifugio per senzatetto. »

« Magari. Invece sono stata in un appartamento da ottomila dollari al mese a rigirarmi nel letto. Ero molto preoccupata per Spence. »

Avrei voluto dire che anch'io ero molto preoccupato per lui, ma non è mai una buona idea informare una maniaca del controllo che hai cercato di controllare la sua vita.

« Alla fine, mi sono addormentata alle due, ma mi sono svegliata alle quattro e non sono più riuscita a prendere sonno, pensando a quanto mi sarebbe piaciuto essere là fuori a pedinare Donovan e Boyle. »

« Non è una grande idea, nelle tue condizioni. Ieri ci hai quasi ammazzato guidando la Batmobile nel Queens, e questo dopo una bella dormita. »

Dovevamo interrogare ancora tre persone al corrente del nascondiglio di Rachael nel New Jersey. Quella che si stava riprendendo da un'appendicectomia d'urgenza era a pochi isolati di distanza, al Lenox Hill Hospital. Ci volle meno di mezz'ora per raggiungerla e scagionarla.

Ne mancavano due: Mick Wilson, l'anziano viceprocuratore

distrettuale testardo come un mulo, e la giovane legale che lavorava con lui. Secondo l'ufficio di Wilson, entrambi stavano andando alla Great Meadow Correctional Facility di Comstock per interrogare un informatore della prigione. Si trova nella contea di Washington, a quattro ore di macchina dalla città.

Conoscevo bene Mick. Era una rockstar nell'ufficio del procuratore, il favorito per sostituire l'attuale procuratore una volta che fosse andato in pensione.

Non rispose ai messaggi che gli avevo lasciato in segreteria, così gli mandai un sms, spiegandogli quanto fosse importante parlare con lui e con la sua giovane assistente.

Mi rispose subito: *Davvero non potevo dire a nessuno dove si nascondeva O'Keefe? Accidenti, ad averlo saputo non lo avrei postato su Facebook. Non sono reperibile e non tornerò prima di stasera. A quel punto, potrai arrestarmi.*

«Simpatico!» esclamò Kylie.

«È il suo modo per dirmi che sono uno stronzo anche solo per avergli fatto delle domande» risposi.

«E la legale con cui sta? È l'ultima della nostra lista.»

«Spererei che Mick la controlli per nostro conto, ma sono sicuro pensi che chiunque abbia scelto per lavorare con lui sia al di sopra di ogni sospetto. Possiamo provare a contattarla questa sera, ma credo che non caveremo un ragno dal buco.»

«Allora Matt aveva ragione» ribatté Kylie. «Ieri sera mi ha detto che chi ha rapito Rachael potrebbe non essere collegato all'ufficio del procuratore. Ha detto che sarebbe stato abbastanza facile per un professionista entrare nel computer del Dipartimento penitenziario.»

«Come mai non me l'hai detto ieri sera?»

«Non lo so. Eri così arrabbiato con Matt che ho deciso di non...»

«Jordan! MacDonald!» Era Cates, che usava il suo metodo preferito per comunicare con gli altri uffici: urlare in corridoio.

Quando entrammo nel suo ufficio, con un cenno ci invitò a chiudere la porta e a sederci.

«Potremmo avere una pista» esordì il capitano, «ma è una situazione delicata. Ho un'amica, Alma Hooks. La conosco da quando ero bambina. È rimasta incinta a quindici anni, ha partorito e ha lavorato sodo per mantenersi in carreggiata. Ha conseguito un master in biblioteconomia alla Pratt e ora è assistente bibliotecaria presso la filiale della New York Public Library su 125th Street. Alma ha ventinove anni ed è una mamma single. Suo figlio Shawn ha tredici anni e lei mi ha appena chiamato per informarmi che il ragazzo ha assistito al rapimento di Tinsdale.»

«È successo più di un mese fa» feci notare. «Come mai solo adesso è disposto a parlare con noi?»

«È fortunato a poter parlare con qualcuno. Si è preso tre pallottole l'altro ieri sera. Questa è la parte più delicata» spiegò Cates. «Alma lo ha convinto a dirci quello che sa sul rapimento, ma niente di più. Non possiamo chiedere della sparatoria e di quali legami il giovane Shawn possa o meno avere con Tinsdale.»

«L'Uomo di latta era famoso per assumere baby corrieri» disse Kylie. «Crede che Shawn lavorasse per lui?»

Cates si passò due dita sulle labbra, cucendosele. «Niente domande, niente risposte. Ho promesso ad Alma che l'unica cosa che ci interessa è scoprire cosa è successo a Tinsdale. Queste sono le regole di base. Tutto chiaro?»

«Certo che sì» rispose Kylie.

«Bene» concluse Cates. «Le condizioni di Shawn sono appena passate da critiche a stabili. È all'ospedale di Harlem. Andateci prima che cambi idea.»

66

Seduto al tavolo della cucina, Joe Salvi leggeva il *Daily News* e sorseggiava la sua seconda tazza di caffè. Davanti a lui c'erano tre telefoni cellulari.

«Perché ridi?» chiese Teresa dall'altra parte della stanza.

Joe non si era accorto di sorridere, ma era così ogni volta che passava del tempo con la sua amante. Bernice lo rendeva sempre felice e l'ultima volta non aveva fatto eccezione. La mamma aveva ragione: i frutti proibiti sono sempre i più dolci.

La sera prima, dopo aver fatto l'amore, Bernice si era accoccolata contro di lui e gli aveva sussurrato all'orecchio: «Joe... il sesso...»

Poi aveva lasciato la frase in sospeso. Lui aveva aspettato, ma non l'aveva conclusa.

Era una provocazione. E Joe aveva abboccato. «E allora?»

Lei gli aveva mordicchiato l'orecchio. «È stato fantastico, considerata la tua età.»

Lui era scoppiato a ridere così forte che gli si erano riempiti gli occhi di lacrime. Bernice era l'unica che poteva venirsene fuori con una cosa del genere e pure dirla. Stava rivivendo quel momento quando Teresa lo aveva sorpreso a sorridere.

Uno dei cellulari vibrò, cancellando la curiosità della signora Salvi. «Rispondi» lo incoraggiò; sembrava quasi che lui non l'avrebbe fatto, se la moglie non fosse stata lì a dargli ordini.

Joe rispose. « Buongiorno. »

La voce all'altro capo del ricevitore disse qualcosa. Un numero.

Salvi lo ripeté. « Sei sicuro » scandì forte e chiaro.

L'interlocutore sapeva che si trattava di una domanda. Una breve pausa e poi Salvi disse: « Grazie. Ciao ».

Lanciò il telefono al figlio, che era in piedi davanti al lavandino. Jojo immerse il cellulare in acqua fredda e poi lo lasciò cadere nel tritarifiuti sotto il bancone.

« L'hai trovato? » chiese Teresa.

« Li ho trovati entrambi » rispose Salvi. « Lavorano insieme. Stesso distretto. »

« Quindi vuoi che io e Tommy Boy ce ne occupiamo? » domandò Jojo.

Sentendo il proprio nome, Tommy Boy raddrizzò le spalle e si aggiustò le maniche della giacca di pelle Forzieri. Il suo nome di battesimo era Tommaso Benito Montanari, lo stesso di suo padre; perciò, lo chiamavano Tommy Boy dalla nascita, anche se adesso aveva ventisei anni, era alto più di due metri e pesava centoventi chili. Fissò lo sguardo su papà Joe in cerca di una risposta alla domanda di Jojo.

« No » disse Salvi. « Non siamo pronti a *occuparci* di niente. Per ora seguiteli e fatemi sapere cosa fanno e dove vanno. »

« E se si dividono? » chiese Jojo. « Dovremmo prendere due macchine, per sicurezza. »

« *Due* macchine? » esclamò Joe. « Buona idea. E già che ci siete, prendete anche dei cavalli, una banda di ottoni e qualche mongolfiera del cazzo. Ma che ti salta in mente? Ho detto di pedinarli, non di organizzare una parata. Se si dividono, restate con quel Gideon. Controllatelo e fate rapporto. Ma non prendete l'iniziativa. »

« E se si presentasse l'occasione? Potrei... »

« Ho parlato di occasioni? No. Ho detto di non fare nulla. Niente di niente. È chiaro? »

Jojo guardò Teresa e alzò le spalle.

Salvi colse lo scambio. «Non me ne frega un cazzo di quello che ti ha chiesto tua madre. La sua testa su un piatto d'argento e le sue palle in un barattolo di vetro... non mi interessano. Voglio sia lui sia il suo amico e poi deciderò come muovermi. Avete capito?»

«Sì, papà, abbiamo capito.»

Joe si rivolse a Tommy Boy. «Questi due che state seguendo sono poliziotti. Hanno occhi pure dietro la testa. Quindi, guida con prudenza.»

«Forse dovrei prendere la macchina della signora Salvi» suggerì Tommy Boy. «La Buick. È beige. Non darà nell'occhio come l'Escalade.»

Joe si picchiettò due dita sulla tempia. «Ora sì che fai funzionare il cervello. Muovetevi.»

I due si diressero in garage e Tommy Boy spostò indietro il sedile del conducente della Buick per potersi infilare al posto di guida.

Jojo salì dal lato del passeggero. «'Forse dovrei prendere l'auto della signora Salvi'» mimò, facendo del suo meglio per imitare l'espressione impassibile del compagno.

«Ho fatto qualcosa di sbagliato?» chiese Tommy Boy.

«Mio padre contraddice tutto quello che dico, e ora ti ci metti anche tu a comportarti come una specie di consigliere? Sei un soldato, Tommy Boy. Niente di più.»

«Andiamo, amico» ribatté l'altro, svoltando a sinistra su Cross Bay Boulevard. «Ho quasi trent'anni. Sono di famiglia. Sono troppo intelligente per fare il soldato tutta la vita.»

Jojo si girò sul sedile. «Ascoltami bene, stronzo. Hai ventisei anni, che non contano come quasi trenta. Sei sposato con la figlia del cugino di mia madre; quindi non sei un parente di sangue. E anche se fossi così intelligente come credi di essere, non dovresti azzardarti a mettermi in imbarazzo di fronte al mio vecchio.»

Tommy Boy rise.

« Che c'è da ridere? »

« È sempre la stessa storia con te, Jojo. Il tuo vecchio ti tratta di merda e tu te la prendi con me. Si chiama transfert. »

« E invece sai come si chiama questo? » replicò Jojo, alzando il dito medio. « Si chiama stai zitto e vai alla dannata stazione di polizia. »

« Certo, Jojo. Magari quando arriviamo, posso entrare a chiedere un permesso per la parata. »

67

Se hai intenzione di farti sparare a New York, l'Harlem Hospital è uno dei posti migliori in cui puoi finire. È un centro traumatologico di primo livello situato a soli sei isolati dal luogo in cui Shawn Hooks si era beccato tre pallottole.

È anche uno degli edifici architettonicamente più sorprendenti della città.

Un'intera facciata in vetro alta sei piani e lunga un isolato, ricoperta da riproduzioni di coloratissimi murales commissionati in origine dalla WPA durante la Depressione e realizzati da artisti afroamericani. All'esterno è un simbolo dell'orgoglio comunitario, ma sapevo che all'interno ci aspettava la dura realtà della strada.

Alma Hooks era minuta, non più alta di un metro e mezzo. Era in forma, ma a giudicare dal viso tirato, dagli occhi rossi e dalle mani conserte, era emotivamente a pezzi.

Si alzò non appena entrammo nella stanza. « Grazie per essere venuti. Delia vi ha già spiegato? »

« Sì, ci ha detto tutto. E grazie per averci chiamato » risposi. « Come sta suo figlio? »

« Soffre ancora, ma l'infermiera gli ha fatto un'altra iniezione di Toradol un'ora fa. È un ragazzo forte. I medici dicono che ci vorrà tempo, ma si riprenderà. »

« E lei come sta? » domandò Kylie.

«Io? Sono provata. Non chiudo occhio da quando mi hanno chiamato martedì sera. Ma devo ritenermi fortunata.»

«E ci ha contattato perché pensa che Shawn possa essere stato testimone di un crimine?» chiesi.

«L'Uomo di latta» disse lei. «Antoine Tinsdale. Era uno spacciatore. Ha corrotto i ragazzi del quartiere in maniera orribile. Li cresci con saldi principi, gli insegni a fare la cosa giusta, poi arriva lui vestito come una rockstar, alla guida di una Mercedes, promette la luna e loro ci cascano. Sono soltanto dei bambini.»

Non disse se Shawn fosse o meno uno dei ragazzi corrotti da Tinsdale. Stava semplicemente sottolineando quello che già sapevamo: i giovani corrieri della droga erano più vittime che criminali. Ero contento che Cates avesse fatto un accordo con lei. Non avrei voluto fare la parte del poliziotto che scavava nel passato di suo figlio e forse ne rovinava il futuro.

«Non dico che mi dispiaccia vedere Tinsdale lontano dalla strada per sempre» continuò Alma, guardando Shawn anziché noi, «ma rapirlo e ucciderlo non è giustizia. Non è il tipo di messaggio che vuoi comunicare alle nuove generazioni.»

«Possiamo fare qualche domanda a suo figlio?» chiesi.

Shawn, che si trovava sotto le coperte, sembrava essere alto più di un metro e ottanta e pesare quasi centotrenta chili, ma con tutta evidenza era la donna minuta al suo fianco a comandare.

«Prego» rispose, guardando sempre il ragazzo. «Ha accettato di aiutarvi nelle indagini.»

«Shawn, sono il detective Jordan e lei è la mia compagna di squadra, la detective MacDonald. Qualsiasi cosa dirai, resterà tra noi. Cercheremo di fare in fretta. Quando hai visto Antoine Tinsdale per l'ultima volta?»

Shawn si irrigidì. Confessare a tua madre è culturalmente accettabile, parlare con la polizia no.

Alma si sedette sul letto e gli accarezzò la fronte. «Forza, tesoro. Sono a posto. Sono amici della signorina Delia. Di' loro quando hai visto Antoine Tinsdale per l'ultima volta.»

«La notte in cui l'hanno preso.»

«Grazie» disse Alma, e mi passò di nuovo il testimone con un semplice cenno della testa.

«Chi l'ha preso?»

«Due poliziotti. Tra 136th Street e Amsterdam.»

«E come fai a sapere che erano poliziotti?»

«L'hanno ammanettato. All'inizio, dall'auto è sceso soltanto un tizio e gli ha parlato, ma l'Uomo di latta ha cominciato a dire 'Aspetta un attimo...', come se non volesse seguirlo. Poi il conducente si è avvicinato, lo ha ammanettato e i due lo hanno spinto sui sedili posteriori dell'auto.»

«Un'auto della polizia?»

«Un SUV nero senza contrassegno.»

«Marca e modello?»

«Non lo so. Era buio. Ho capito che era un SUV dalla forma, ma niente di più.»

«Hai visto che aspetto avevano quei due?»

«Maschi bianchi.»

«Potresti descriverceli?»

«Normali uomini bianchi in divisa. Erano alti, ma nella norma, non come i giocatori dell'NBA. È tutto quello che sono riuscito a vedere. Non ero abbastanza vicino per notare altro.»

«Pensi che, se ti portassimo delle foto segnaletiche, riusciresti a ricordare?»

«Non c'è niente che devo ricordare» ribatté Shawn. «Ve l'ho detto. Non ho visto le facce.»

«C'era qualcun altro con te che potrebbe aver visto di più?» chiese Kylie.

Il ragazzo aveva finito. Guardò sua madre. Anche lei sembrava al capolinea della propria responsabilità civica.

«Detective» disse Alma, «mio figlio è stato molto sincero con voi. Sostiene che, la notte in cui il signor Tinsdale è scomparso, ha visto due poliziotti prenderlo in custodia. A Shawn non è parso un crimine, quindi non l'ha denunciato. È tutto ciò che sa. Se qualcun altro ha visto qualcosa, può farsi avanti come ha fatto lui. Avete altre domande?»

«No, signora Hooks» risposi. «Siete stati entrambi di grande aiuto. Se le viene in mente qualcos'altro, mi chiami pure.»

Frugai nella tasca della giacca per prendere uno dei miei biglietti da visita e sfiorai una busta. Poco prima di lasciare l'ufficio, avevo deciso di portare con me alcune foto segnaletiche.

Quattro appartenevano a criminali bianchi di mezz'età che avevo tirato fuori a caso dai miei archivi. Le altre due erano quelle che speravo tanto il giovane Shawn mi indicasse. Presi il biglietto da visita e lo porsi alla signora Hooks.

«Non è necessario» disse lei, restituendomelo. «Se mi viene in mente qualcos'altro, chiamo il suo capo.»

Il mio capo? Alma Hooks era una tipa tosta. Era incredibilmente protettiva nei confronti del figlio e, dopo che il giovane ci aveva dato tutto quello che aveva intenzione di darci, ci stava congedando ricordandoci che io e Kylie rispondevamo alla sua amica, la signorina Delia.

Rimisi a posto il biglietto, accanto alle foto dei miei principali sospettati: Donovan e Boyle.

68

«Dove diavolo parcheggia la gente a Manhattan?» fece Jojo, mentre Tommy Boy passava per la terza volta davanti al Distretto di polizia. «Non ci sono mai posti in questa stramaledetta strada.»

«Il trucco consiste nel fare prima il giro a piedi» spiegò Tommy Boy. «Poi, appena trovi un posto, ci fai stendere qualcuno, e corri a comprarti una macchina.»

Jojo non rise alla battuta. «Pensi davvero che questo lavoro sia divertente, TB?»

«Non penso niente, Jojo. Non so nemmeno cosa sia questo lavoro, a parte il fatto che stiamo pedinando due sbirri. Vuoi ragguagliarmi? Sono corrotti?»

«Sporchi come non mai. Hanno ucciso mio fratello.»

«Figli di puttana. Sono stati i poliziotti a uccidere Enzo?»

«All'epoca erano ancora studenti del liceo.»

«Quindi, li troviamo, li pediniamo e poi cosa facciamo?»

«Niente. Hai sentito mio padre. Noi facciamo la ricognizione e poi sarà lui a decidere.»

«Cosa diavolo pensi che deciderà? Li ammazzerà. L'unica domanda è chi se ne occuperà.»

«Ti offri volontario?»

«Forse» rispose Tommy Boy, accostando in uno spazio di fronte a un idrante. «Quando Al Pacino fa fuori Sollozzo e quel poliziotto corrotto al ristorante, se ne va in Sicilia un paio d'anni. Non mi dispiacerebbe offrirmi volontario, se la ricompensa è questa.»

«Continua a sognare, Al Pacino» replicò Jojo, tirando fuori il suo iPhone e infilandosi gli auricolari nelle orecchie. «Ora tieni gli occhi aperti e la bocca chiusa. Ho bisogno di un po' di Springsteen.»

Dopo aver ascoltato tre canzoni, si tolse gli auricolari. «Quello davanti è Gideon» disse, indicando due uomini che uscivano dal distretto e si dirigevano verso un gruppo di auto della polizia. Salirono su un SUV nero e si allontanarono.

«Non stargli troppo attaccato» ordinò Jojo. «I poliziotti sanno riconoscere un pedinamento. Lascia un po' di spazio tra noi e loro.»

Tommy Boy portò la Buick dietro due auto. «Okay, speriamo solo che questi tizi non accendano lampeggianti e sirene, o siamo fottuti.»

Non ci furono né lampeggianti, né sirene, né drammi.

Il SUV imboccò Ed Koch Bridge, attraversò l'East River, svoltò a destra su Vernon Boulevard e si fermò davanti a San Remo, una minuscola pizzeria all'angolo con 49th Street. Gideon entrò.

Pochi minuti dopo, tornò in macchina con un cartone della pizza.

«Conosci questo posto?» chiese Tommy Boy. «Deve essere spettacolare se sono venuti fin qui per prendere una pizza alle nove del mattino.»

Seguì il SUV su Jackson Avenue. Dopo quattrocento metri, svoltò a destra su Crane. Era una strada senza uscita.

Tommy Boy attese che i due poliziotti arrivassero alla fine dell'isolato, entrassero in un garage coperto di graffiti e chiudessero la porta in lamiera ondulata. Poi parcheggiò dietro un furgone malconcio a una trentina di metri di distanza.

Quaranta minuti più tardi, la porta del garage si aprì e ne uscì il SUV.

«Che cosa stai aspettando?» chiese Jojo mentre i poliziotti si allontanavano.

«Sto aspettando che se ne vadano» rispose Tommy Boy. «Così possiamo entrare e scoprire cosa stanno combinando lì dentro.»

Il SUV svoltò su Jackson Avenue. «Li perderai» urlò Jojo.

«Non li perderemo per sempre. Sappiamo dove lavorano.»

«Seguili.»

«Jojo, non hanno guidato fino a una discarica come questa solo per smezzarsi una pizza. Tuo padre vorrà sapere cosa diavolo sta succedendo lì dentro.»

«Mio padre ci ha detto di seguirli. L'hai sentito anche tu. Nient'altro. Ora, o ti muovi o scendi e guido io.»

Tommy Boy mise in moto l'auto e si diresse verso la strada stretta. «D'accordo, ma credo che tu stia commettendo un grosso errore.»

«Be', indovina un po', stronzo?» ribatté Jojo. «Sei pagato per guidare, non per pensare.»

Reclinò il sedile e si infilò gli auricolari. Stava ascoltando Bruno Mars, quando il suo cellulare cominciò a vibrare.

«Mamma?» disse, avvicinando il telefono al viso. «Sono occupato.»

«Li hai trovati?» domandò Teresa.

«Sì, sono stati a Long Island City, in una discarica.»

«Che tipo di discarica?»

«Non lo so. Un vecchio garage. Un edificio fatiscente fatto di blocchi di cemento in una strada senza uscita vicino allo scalo ferroviario.»

«Perché ci sono andati? Cosa c'è lì dentro?»

«Come faccio a saperlo?»

«E te lo devo pure dire? Appena se ne vanno, entra e scopri che stanno combinando.»

« Se ne sono già andati. Io e TB li stiamo seguendo. »

« Sei impazzito? » sbraitò Teresa. « Non seguirli. »

« *Non seguirli?* Perché? Papà mi ha detto di non fare niente, a parte pedinarli. Studiarli da lontano e riferirgli. »

« Mannaggia! Trovi il posto in cui questi due gestiscono i loro affari sporchi e decidi di non controllarlo? Cosa credi che significa 'studiarli da lontano'? »

Jojo batté i pugni sul cruscotto. « Mamma, non posso controllare il posto e anche seguirli. »

Appena lo sentì, Tommy Boy sollevò il piede dall'acceleratore.

« Allora seguili domani. Oggi hai la possibilità di scoprire cosa nascondono in quell'edificio. Forse sono armi. Forse è la droga dall'armadietto delle prove. Qualunque cosa sia, sappiamo che torneranno indietro e sarà allora che regoleremo i conti per Enzo. O pensavi di irrompere in una stazione di polizia e far fuori due sbirri? »

Jojo si strofinò gli occhi e fece un respiro profondo. « Passami papà. »

« No. Smetti di correre da tuo padre e inizia a usare il cervello. Pensaci: quell'edificio è una manna dal cielo. »

« Mamma, è un buco di merda. »

« Hanno abbandonato mio figlio a faccia in giù nel fango. Un cesso è meglio di quanto si meritino. Ora controlla prima che tornino. A tuo padre ci penso io. »

E poi interruzione delle trasmissioni.

Jojo non riusciva a crederci: sua madre aveva riattaccato.

« Fai inversione a U. Torniamo indietro. »

Tommy Boy cercò di non sorridere, mentre guidava la Buick in un'agevole inversione a U su 42nd Street. « Come vuoi, Jojo. Sei tu il capo. »

69

Quando Tommy Boy aveva dodici anni, i suoi genitori lo fecero sedere e gli rivelarono qualcosa che avevano tenuto nascosto per due anni: aveva un quoziente intellettivo di 147.

«E allora?» disse lui.

«Questo significa che sei come Einstein» rispose Tommaso Montanari senior. «Molto intelligente. Più intelligente di tutti gli altri.»

«E allora?» ripeté Tommy.

«Allora è meraviglioso» replicò sua madre a mezza voce.

«Ma sarà un problema» aggiunse suo padre, «e tu hai già abbastanza problemi da gestire. Quanto sei alto adesso? Un metro e ottanta?»

«Un metro e novanta.»

«E hai solo dodici anni. Quindi ti distinguerai. I bambini ti prenderanno in giro come se fossi una specie di mostro.»

Tommy Boy sentì le lacrime pizzicargli gli occhi. «Vuoi dire che mi scambieranno per Bibo dei Muppet?»

«Che stronzi» esclamò Montanari. «Alti un metro e una banana, e trentacinque chili da bagnati... È soltanto invidia. Vogliono che tu ti senta una merda perché sei già un uomo e loro no. Sai perché io e tua madre non ti abbiamo detto subito questa cosa del quoziente intellettivo?»

Tommy Boy scosse la testa.

«Perché volevamo che ti sentissi normale. È già abbastanza dura che tu sia più grande di tutti gli altri. Figurati se scoprono che sei più intelligente. Le persone ti odiano a morte quando pensano che sei migliore di loro.»

Le lacrime sgorgarono e presero a rigare le guance del ragazzo. «Allora cosa devo fare?»

Montanari guardò sua moglie. Sapeva che quella domanda sarebbe arrivata e la sua risposta sarebbe stata semplice: *Prendi a calci quei piccoli bastardi e vedrai che inizieranno a mostrarti più rispetto.*

Ma Angela non era d'accordo. Così, usando tutte le capacità genitoriali di cui disponevano, trovarono un'altra soluzione.

«Senti, ragazzo» disse Montanari, poggiando una mano sulla spalla del figlio, «non puoi fingere di essere basso, ma puoi fingere di essere stupido.»

«Non *stupido*» lo corresse la madre. «Solo non così intelligente. Ti integrerai meglio.»

Non si rivelò un cattivo consiglio, soprattutto quando iniziò a lavorare per Jojo. Quell'uomo era sprovveduto, ma finché Tommy Boy recitava la parte del buffone allegro e spensierato, lui si sentiva superiore.

Solo una persona aveva capito quanto fosse intelligente. Papà Joe, a cui non sfuggiva niente.

«Sei stupido quanto una volpe» aveva detto una sera, mentre Tommy Boy lo stava accompagnando a casa di Bernice.

Tommy si era bloccato al volante.

«Non preoccuparti» lo aveva rassicurato. «In questo momento mi servono solo i tuoi muscoli. Ma mi fa piacere sapere che hai la testa sulle spalle per quando verrà il momento.»

Quando verrà il momento. Tommy Boy aveva aspettato, ma ormai era arrivato il momento giusto. Eliminando i due bastardi che avevano ucciso Enzo, sarebbe entrato nelle grazie di Joe Salvi per sempre. E il risarcimento non sarebbe stato una vacanza di due anni in Sicilia, come aveva detto a Jojo. Sarebbe stato un posto nell'organizzazione. Un posto vero. Finalmente, avrebbe potuto smettere di recitare.

«Hai già un piano?» chiese Tommy Boy a Jojo, mentre tornavano su Crane Street.

«Rompiamo la serratura, entriamo, diamo un'occhiata in giro, scattiamo foto con il cellulare se vediamo qualcosa, poi torniamo a Howard Beach.»

«Buona idea» esclamò Tommy Boy, «ma forse potrei forzare la serratura anziché romperla, così non sapranno che siamo stati qui.»

«Certo che la forziamo» ribatté Jojo. «È quello che intendevo. Solo che non pensavo di dovertelo precisare.»

Parcheggiarono l'auto e si diressero sul retro dell'edificio. La serratura si rivelò un gioco da ragazzi e Tommy la aprì in pochi secondi. La stanza era lunga e stretta, profonda non più di un metro e mezzo.

C'erano due sedie spaiate e un tavolino pieghevole con sopra una pila di apparecchiature audio. Niente che valesse la pena rubare. Poi Tommy Boy notò gli spioncini.

«Quaggiù» sussurrò, indicando il muro di fronte a loro. «Qualunque cosa accada lì dentro, loro guardano da qui dietro.»

C'erano due strette aperture ritagliate nel cartongesso all'altezza degli occhi. Tommy Boy dovette accovacciarsi per sbirciare attraverso una delle due.

Jojo non si prese nemmeno la briga di guardare. Aspettò che Tommy Boy gli dicesse se ne valeva la pena, ma l'omone non disse una parola. Si limitò a fissare la donna con la tuta hazmat incatenata a un tubo. Il cartone della pizza del ristorante San Remo giaceva sul pavimento con il cibo ancora intatto e davanti alla donna c'era una videocamera. Mise insieme gli elementi in un attimo e, quando realizzò dove si trovava, si sentì come se fosse appena entrato nella tomba di Tutankhamon.

« Cosa diavolo c'è di così interessante? » chiese Jojo, premendo la fronte contro il secondo spioncino. « Porca puttana. Ma che... »

« Shhh. Non farti sentire. »

« Questi tizi sono poliziotti? Stanno combinando un bel pasticcio » disse Jojo con un sussurro roco. « Cosa pensi che dovremmo fare? »

Tommy Boy tirò fuori il telefono dalla tasca.

« Chi stai chiamando? »

« Nessuno. Sto solo facendo delle foto. »

Appoggiò il cellulare a uno degli spioncini e cominciò a scattare. Dopo aver raccolto una dozzina di foto, rimise il telefono in tasca. « Filiamocela da questo posto. »

« Sei impazzito? » chiese Jojo. « Stai guardando quello che sto guardando io? C'è una donna incatenata a un palo. Dovremmo entrare e farla fuori? Non dovremmo almeno scoprire chi è? »

Tommy Boy si allontanò dal muro. « Dannazione, so chi è e credimi, questa è una cosa molto più grande di me e di te. Dobbiamo parlare con tuo padre. »

Jojo prese il cellulare.

« Non ora » esclamò Tommy Boy. « E di certo non da qui. Mi hai chiesto cosa fare. Ti ho risposto. Usciamo, cazzo. E pure in fretta. »

« Come diavolo fai a conoscerla? Chi è? » insisté Jojo.

« Te lo dico in macchina. Fidati di me. Adesso vai. » Tommy Boy estrasse un fazzoletto e cominciò a uscire dalla stanza, pulendo tutto ciò che avevano toccato.

Stavano per aprire la porta quando lo vide con la coda dell'occhio. Si era quasi perso nell'accozzaglia di apparecchiature audio sul tavolo. « Aspetta. »

« E adesso che c'è? » domandò Jojo.

« Non sono sicuro. Dammi un secondo. » Sul tavolo c'era una piccola scatola di legno.

La prese e la aprì.

«Che cavolo è?» disse Jojo, guardando da sopra la spalla di Tommy Boy.

«Non lo so, ma lo scoprirò» rispose l'altro. Tirò fuori dalla scatola la pera orale con il fazzoletto, la posò sul tavolo e fece altri scatti prima di rimetterla a posto. «Ora andiamo.»

Tommy richiuse la porta, poi pulì la serratura, il pomello e lo stipite. Pochi minuti dopo, lui e Jojo erano sulla Long Island Expressway diretti a Howard Beach.

«Ho capito tutto» disse Jojo. «Le tute bianche. Uno di quegli sbirri è il tipo della tuta hazmat.»

«Entrambi lo sono.»

«È quello che sto dicendo. Ma chi è la ragazza?»

Tommy Boy glielo disse.

«Sei sicuro che sia lei?»

«La sua faccia era in tv ogni sera.»

«Non sul canale di sport.»

«Era su *Daily News*. Non l'hai vista sui giornali?»

«Probabilmente sì. Non ricordo mica tutto quello che leggo. Si diceva niente di quello strano cavatappi nella scatola?»

«No.»

Jojo tirò fuori il cellulare. «Telefono a papà.»

«Assicurati di chiamare uno dei suoi telefoni usa e getta. I federali controllano tutto il resto» precisò Tommy Boy.

Jojo smise di comporre il numero, come se si fosse appena ricordato che suo padre era un boss mafioso e che l'FBI lo sorvegliava da anni.

«Giusto. Non vogliamo che i federali ci scoprano» disse. «Sai, grosso bue, a volte non sei così stupido come sembri.»

«Grazie, capo. Non sono un genio, ma ho le mie intuizioni.»

70

Di tutte le unità d'élite del dipartimento, la Red è la più difficile in cui inserirsi. Siamo solo settantacinque agenti sparsi per la città e almeno un altro migliaio spera di entrare. Ma non ho mai incontrato due poliziotti più desiderosi – o più qualificati – di farne parte di Casey e Bell, i due detective dell'Anticrimine che mi avevano salvato il culo alla giostra lunedì mattina.

Sono abili sotto copertura, rapidi negli spostamenti e, come sottolineato da Kylie, disposti a rompere qualche uovo per fare una frittata.

Quando chiedemmo loro di pedinare Donovan e Boyle, risposero subito di sì. Nel momento in cui spiegammo il motivo della nostra richiesta, Bell fece una sola domanda: «Gli Affari interni sanno che reclutate poliziotti per tenere d'occhio altri poliziotti?»

«No» risposi. «E se gli Affari interni lo scoprono, terranno d'occhio tutti noi.»

«Non vi preoccupate. Non lo scopriranno.»

Bell mi chiamò alle diciotto e mi disse che lui e il collega non vedevano l'ora di dirci cosa avevano scoperto il primo giorno. Suggerii un appuntamento in territorio neutro da Uskudar, un buco di ristorante turco su Second Avenue. Dal punto di vista logistico e strategico, era la scelta perfetta. Si trovava a pochi passi dal nostro ufficio, ma nessuna nostra conoscenza sarebbe passata di lì. Il fatto che mi piacesse molto la loro mussaka poteva aver influenzato la mia decisione.

Ci aspettavano a un tavolo sul retro e dai sorrisi sui loro volti non riuscivo a capire chi fosse più esaltato: loro o noi.

Ordinammo da bere e un po' di stuzzichini e ci mettemmo al lavoro.

«Allora, se vi aiutiamo a risolvere questo caso» esordì Bell, andando dritto al sodo, «abbiamo buone possibilità di lavorare per la Red?»

«Non prometto nulla» risposi, «ma posso dirvi questo: se non risolviamo il caso, *noi* due abbiamo buone possibilità di *non* lavorare più per la Red.»

«Quindi, per favore, diteci che avete delle foto di Donovan e Boyle che fanno acquisti in un negozio di tute hazmat» disse Kylie.

Casey rise. «Niente di così eccitante. Abbiamo notizie cattive, buone e ottime.»

«Comincia dalle cattive» dissi io, infilandomi in bocca una fetta di pita calda e innaffiandola con una birra fresca.

«Stamattina alle otto e mezza» rispose Casey, posando il suo iPhone sul tavolo e aprendo una foto di Donovan che usciva da uno Starbucks con due tazze, «abbiamo unito le nostre acute menti da detective e abbiamo concluso che si trattava di una pausa caffè.»

«Due minuti dopo abbiamo avuto un intoppo» intervenne Bell. «Il nostro sergente ci ha chiamati. Un balordo aveva sottratto una borsa a una donna nel parco. Avrebbero dovuto occuparsene un paio di agenti, ma la vittima era una tata inglese che lavora per la figlia di un diplomatico, quindi c'era bisogno di tutte le forze in campo e siamo stati incaricati di perlustrare la zona. Siamo rimasti impegnati per ben quattro ore, riuscendo a tornare da Donovan e Boyle soltanto all'una.»

«Stavano pranzando al Big Wong King in Mott Street» proseguì Casey. « Poi hanno risposto a una chiamata per rapina in un negozio di ottica su Franklin e in seguito si sono recati al tempio buddista Pu Chao su Eldridge. »

« Dalla radio non abbiamo capito per quale ragione siano stati chiamati, ma sono rimasti sul posto solo venti minuti, quindi abbiamo dedotto che non si trattasse di un crimine grosso » disse Bell. « Forse era qualcuno che interferiva con l'illuminazione religiosa. »

Io e Kylie scoppiammo a ridere. Quei tizi erano di gran lunga più spassosi di Donovan e Boyle.

Casey sfogliò in fretta le foto del ristorante, del negozio di ottica e del tempio buddista.

« Tutti questi posti sono nel Quinto Distretto » osservò Kylie. « Quindi, di base, sono rimasti entro la loro giurisdizione. »

« Fino alle quindici circa » replicò Casey, « quando hanno guidato verso uptown fino a un edificio su East 55th Street. »

Passò allo scatto successivo.

« Porca puttana » esclamò Kylie. « È il quartier generale della campagna di Muriel Sykes! »

« Sapete se la candidata sindaco era lì nello stesso momento? » domandai.

Casey ci mostrò un'altra foto, in cui comparivano i tre – Donovan, Boyle e Sykes – che uscivano dall'ufficio della campagna.

« Non abbiamo idea di cosa si siano detti, perché non siamo riusciti ad avvicinarci abbastanza per sentire, ma qualunque cosa fosse, sono rimasti dentro con lei per più di un'ora. »

« Se questa è la buona notizia » dissi, « sono curioso di sentire quella ottima. »

Casey sorrise e sfogliò un altro scatto sul suo iPhone. Era una bella donna giovane con i capelli rossi e ricci. « È la tata a cui hanno rubato la borsa. Mi ha dato il numero di telefono e mi ha detto di chiamarla nel suo giorno libero. »

Gli strappai il cellulare di mano e tornai alla foto di Donovan,

Boyle e Sykes. « Per quanto Kylie e io siamo impressionati dalla tua abilità di fare colpo sulle vittime di crimini, siamo ancora più felici di questo scatto. »

« È di grande aiuto » aggiunse Kylie.

« Speravamo che lo diceste » disse Bell, « ma non sappiamo ancora abbastanza del caso per capirne il motivo. »

« Perché i due poliziotti che potrebbero essere i killer della tuta hazmat sono in combutta con il politico che beneficerà di più dalla risoluzione degli omicidi. »

« E scommetto che il motivo per cui Donovan e Boyle sono venuti a farci qualche domanda l'altra sera è per riferire tutto quello che sappiamo a Sykes » concluse Kylie.

« Quindi fanno il doppio gioco » disse Bell.

« È generoso » replicò la mia compagna di squadra. « Sono più che altro poliziotti corrotti. Zach ha ragione. Avete fatto un ottimo lavoro e in tempi stretti. Grazie. »

« Non c'è di che » rispose Casey, « vale per entrambi. Abbiamo apprezzato la possibilità di lavorare con la Red, quindi grazie, detective Jordan. E grazie a lei, detective MacDonald. »

« Ehi, stiamo bevendo birra e spezzando il pane, qui » disse lei. « Non c'è bisogno di essere così formali. Chiamatemi Kylie. E lui è Zach. »

« E Kylie e Zach sia » esclamò Casey. « Io sono Dave. »

Bell alzò la sua birra e brindò. « E io sono Gideon. »

TERZA PARTE

LA FAMIGLIA FARÀ GIUSTIZIA

71

La giornata di venerdì iniziò troppo presto. Il mio cellulare squillò alle 3:02. Cercai di prenderlo e mi concentrai sul nome del chiamante, che brillava nel buio.

Delia Cates.

Avvolto nel torpore, mi venne in mente un solo motivo per cui il mio capo avrebbe potuto chiamarmi nel cuore della notte: aveva scoperto che io e Kylie ce ne stavamo infischiando della catena di comando e non vedeva l'ora che arrivasse il mattino per assegnarmi al nuovo incarico, ossia fare multe ai venditori ambulanti senza licenza di Jackson Heights.

Premetti il tasto verde del telefono e borbottai qualcosa di simile a: « Parla Jordan ».

« Il caso di Rachael O'Keefe è appena esploso » disse Cates. « Ho bisogno di te e di MacDonald a Gracie Mansion tra venti minuti. »

Mi svegliai di colpo. « Cosa sta succedendo a O'Keefe? » domandai.

« Te lo dirò quando sarai qui. Chiama la tua compagna di squadra. Ripeto: Gracie Mansion tra venti minuti. Hai capito? »

« Sì, ho... »

Cates riattaccò.

Quando accesi la luce da lettura sulla testata del letto, Cheryl si girò sulla schiena con la cascata di capelli neri che accarezzava la federa azzurra e la pelle color caramello che brillava al bagliore della lampada.

Posai i piedi sul pavimento e mi sedetti sul lato del letto.

« Mmm, non andare » disse lei con voce dolce, mettendosi seduta e lasciando che le lenzuola le scivolassero sul seno.

Non riuscivo a credere di vivere in un universo in cui una donna bella e desiderabile come Cheryl se ne stava completamente nuda accanto a me e io saltavo giù dal letto per mettermi i pantaloni. Eppure, feci proprio così.

« Devo » risposi.

« Chi ha chiamato? »

« Il commissario di polizia. Ha saputo che andiamo a letto insieme. »

Mi rivolse un sorriso assonnato. « E sta per licenziarti? »

« Diavolo, no. Sta per darmi una medaglia. Torna a dormire. »

Mi chinai e la baciai. Lei mi avvolse le braccia intorno al collo, mi baciò con la lingua e fece scorrere lentamente una mano lungo la mia schiena, sotto la cintura, fino ad afferrarmi il gluteo.

Accostò le sue calde e morbide labbra al mio orecchio: « Resta altri dieci minuti » disse. « Ti prometto che saranno i dieci minuti migliori della tua giornata. »

« Così mi uccidi » replicai, cercando di allontanarmi.

« Lo so » sussurrò lei con fare suadente. « Ma almeno morirai felice. »

La sua mano trovò un nuovo punto d'appoggio e io mi lasciai andare, smettendo di allontanarmi.

« Ho un problema, dottoressa » bisbigliai al suo orecchio, « è appena successo qualcosa di grosso sul rapimento di O'Keefe e Cates mi vuole a casa del sindaco tra venti minuti. Ma poi è saltato fuori qualcosa di grosso anche nella mia vita privata e ora non so cosa fare. »

Cheryl ritrasse la mano e si mise a sedere. « Sei serio? Perché non hai detto nulla? Vai. »

«Grazie per la comprensione.» Le diedi un altro bacio sulle labbra. «Di sicuro, tornerò per riprendere da dove abbiamo lasciato.»

Presentarsi al lavoro con i vestiti del giorno prima è un segnale di allarme per chi è a caccia di pettegolezzi, quindi avevo un cassetto a casa di Cheryl proprio per evenienze come quelle. Presi una camicia pulita e chiamai Kylie.

Le dissi cosa fare, quando e dove presentarsi. Stavo per riattaccare quando udii una voce maschile in sottofondo.

«Chi è? Cosa succede?»

Era Spence.

«Torna a dormire» sentii dire a Kylie appena prima di riattaccare.

Mi venne da ridere. Ero sicuro che anche lei, come me, non aveva voglia di alzarsi dal letto.

Almeno l'universo non faceva favoritismi. Si stava prendendo gioco di entrambi.

72

Arrivai a Gracie Mansion alle 3:26, tre minuti dopo l'orario previsto. Kylie mi stava già aspettando fuori dalla guardiola.

«Come diavolo hai fatto ad arrivare qui così in fretta?» chiesi.

«Sono molto orgogliosa della mia puntualità. È il segno distintivo di un ottimo servizio di polizia.»

«Me lo sono meritato» replicai, mentre salivamo i gradini della villa fino all'ampio portico d'ingresso.

«E poi ti sei dimenticato che sto nell'appartamento di Shelley? È a soli cinque isolati da qui. Ho fatto una passeggiata.»

Non l'avevo dimenticato, ma quando avevo sentito la voce di suo marito, ero saltato alla conclusione che avesse passato la notte a downtown, nel suo letto. Invece Spence doveva essere andato in città.

O forse non era la sua voce.

O forse non erano affari miei.

Stan Spellman, Irwin Diamond, il capitano Cates e il commissario Richard Harries erano nell'ufficio del sindaco. Quando io e Kylie ci sedemmo, il capo della polizia iniziò a parlare.

«Ieri sera, una coppia che vive su East 71st Street, Larry e Claire Bertoli, ha lasciato il proprio appartamento alle 19:50 per andare a teatro. La signora Bertoli si è sentita male durante il primo atto, così sono usciti, sono tornati a casa e hanno assistito a un furto in corso. Conoscevano il colpevole. Era il loro portiere. Non ha cercato di scappare, si è solo seduto sul divano e ha iniziato a piangere. La signora Bertoli ha chiamato il 911. Gli agenti l'hanno preso, l'hanno portato al Diciannovesimo Distretto e l'hanno consegnato ai detective perché lo interrogassero.»

Sapevo che non ci aveva fatto alzare a quell'ora per parlare di un furto qualsiasi. Cates mi aveva già detto che il caso di Rachael O'Keefe era esploso e io aspettavo solo la notizia bomba. Ma conosco Richard Harries ed è scrupolosamente metodico. Ha bisogno di tempo per far atterrare l'aereo.

«L'investigatore capo è il detective Sal Catapano. Ha ventun anni e, appena entrato nella stanza degli interrogatori, ha capito di avere per le mani un caso da prima pagina. Il portiere si chiama Vidmar, Calvin Vidmar.»

La notizia bomba.

Guardai Kylie. Anche lei la pensava come me.

«Riconoscete il nome...» constatò Harries, non appena colse la nostra reazione.

«Sì, signore» rispose Kylie. «Vidmar era il portiere di turno la notte in cui Kimi è stata uccisa. Ha testimoniato contro Rachael O'Keefe in tribunale.»

Lui annuì. «Sembra che non sia il cittadino modello che l'accusa ha fatto credere. È un ladro. Tutti gli inquilini lasciano le chiavi al custode in caso di emergenza. Vidmar ne prendeva una dalla cassetta, entrava in un appartamento e rubacchiava qualcosa: uno o due gioielli, un po' di contante. Insomma, qualcosa di valore o piccole somme che non davano nell'occhio. Di conseguenza, le vittime non denunciavano il furto: di solito pensavano che i soldi fossero andati perduti, in un solo caso un'inquilina ha licenziato la donna delle pulizie, pensando si trattasse di un furto.»

«Ci sono prove che fosse nell'appartamento di O'Keefe la notte in cui Kimi è stata uccisa?» chiesi.

«Catapano ha ottenuto un mandato di perquisizione per

l'appartamento di Vidmar nel Bronx e ha trovato diversi gioielli di cui non era riuscito a sbarazzarsi in tempo. E questa.»

Mise sul tavolo una foto otto per dieci. Era Mookie, la scimmia rosa di peluche identica a quella scomparsa dalla camera da letto di Kimi O'Keefe.

«Tra quanto potremo ottenere il DNA per vedere se è della bambina?» domandò Kylie.

«Non dobbiamo aspettare. Catapano ha detto a Vidmar che gli conveniva confessare subito, piuttosto che farsi inchiodare dalle prove. Ha ricominciato a piangere e poi ha vuotato il sacco. Si è trattato di una rapina finita male. La bambina si è svegliata e ha iniziato a urlare. Lui si è fatto prendere dal panico, le ha premuto un cuscino sul viso e sapete il resto: non voleva ucciderla, è successo e basta. Ha messo il corpo in un sacco della spazzatura, l'ha depositato fuori per il ritiro mattutino e ha lasciato che la madre si prendesse la colpa.»

Mi sentivo come se fossi stato appena colpito dalla bomba di Hiroshima. *La giuria aveva ragione. Rachael aveva detto la verità.*

«Così forse ora non dovrò prendermi la colpa per aver lasciato a piede libero un'assassina di bambini» disse il sindaco.

«Signor sindaco, se comunichiamo la notizia della sua innocenza, O'Keefe è una donna morta» replicò il commissario. «Gli uomini che l'hanno rapita hanno intenzione di torturarla per estorcerle una confessione, ma appena scopriranno che è stato Vidmar, la uccideranno seduta stante.»

«E se pensi che la gente ti abbia odiato quando O'Keefe ha evitato la condanna» aggiunse Irwin, «ti odierà ancora di più quando scoprirà che è innocente, che non ha ottenuto dalla polizia la protezione che aveva chiesto e che è stata uccisa sotto il tuo mandato.»

«Allora a che punto siamo con il fottuto caso della tuta hazmat?» chiese il sindaco, guardandomi dritto negli occhi.

Non potevo far sapere a Cates che l'avevamo scavalcata e

avevamo fatto pedinare due poliziotti senza autorizzazione. E di certo non potevo dire al sindaco che Muriel Sykes aveva passato un'ora a colloquio privato con i nostri due principali sospettati. Stavo ancora cercando una risposta quando Diamond mi interruppe.

«L'ultima volta che abbiamo parlato, lei stava ricevendo una lista di coloro che sapevano dove sarebbe andata O'Keefe, dopo che l'avessero rilasciata. Li ha interrogati tutti?»

«Tutti, tranne due dell'ufficio del procuratore distrettuale» risposi. «Pensiamo di contattarli domattina.»

«Le maledette elezioni sono tra quattro giorni» disse Spellman in un sibilo. «Non avete tempo di contattarli domattina. Parlate con loro *adesso*. Scoprite dove vivono e buttateli giù dal letto.» Si rivolse al commissario. «Richard, non possiamo più perdere un minuto. Trovatela.»

Il commissario di polizia è nominato dal sindaco: se Spellman avesse perso, Harries sarebbe stato spazzato via insieme a lui.

Harries si girò verso di me e Kylie. «Con chi dell'ufficio del procuratore non avete ancora parlato?»

«Con il viceprocuratore distrettuale Wilson e una dei suoi assistenti» risposi.

«Accidenti!» esclamò lui. «Mick Wilson è un rompipalle ed è l'ultima persona che vorrei svegliare nel cuore della notte.»

«E allora non lo svegliamo?» chiesi.

«No, diamine. Assicuratevi che sia l'ultimo. Svegliate prima l'assistente.»

73

Nella mia carriera mi era capitato di ricevere qualche colpo a tradimento, ma quello appena incassato mi faceva più male degli altri. Non l'avevo visto arrivare. Come il resto del mondo, consideravo Rachael O'Keefe la peggior madre d'America, e mi chiedevo se il mio pregiudizio avesse in qualche modo influenzato la dedizione che avevo impiegato per rintracciarla.

East End Avenue era buia, deserta e stranamente calma. Io e Kylie guidammo senza dire una parola, cercando entrambi di elaborare la notizia a modo nostro.

Alla fine, Kylie ruppe il silenzio. «Poveretta... Sua figlia è stata uccisa. Doveva sentirsi schiacciata dal senso di colpa e poi, quando l'hanno accusata, nessuno le ha creduto. Nessuno. Compresa me.»

Si voltò sul sedile e mi appoggiò una mano sul ginocchio. Aveva la mia completa attenzione. «Zach...» disse. Era tutto. Solo il mio nome. Una singola sillaba che lasciò sospesa nell'aria, avvolta da un groviglio di emozioni: compassione, rabbia e soprattutto quella grinta che è la cifra distintiva di Kylie MacDonald e fa di lei una donna che si desidera al proprio fianco e una compagna di squadra che si vuole alle proprie spalle.

Rallentai, mi fermai al semaforo rosso e mi girai verso di lei, che tolse la mano dal mio ginocchio. Non potevo esserne certo nel buio, ma ebbi l'impressione che la mia compagna di squadra dura come la pietra e senza scrupoli avesse gli occhi lucidi.

«So cosa stai per dire, Kylie, e sono d'accordo. Priorità numero uno: dobbiamo trovarla. Viva.»

«A qualsiasi costo» ribatté lei. «Non importa quante stupide regole dovremo infrangere.»

Questo lo sapevo già.

L'assistente di Mick Wilson viveva tra 47th Street e Ninth Avenue. C'era uno Starbucks proprio di fronte, ma alle quattro e un quarto del mattino era buio come il resto della città. Forse, se avessi bevuto una tazza di caffè o avessi dormito qualche ora in più, mi sarebbe venuto in mente che la giovane legale con cui stavamo per parlare aveva un cognome familiare. Ma è un cognome abbastanza comune, soprattutto al Dipartimento di polizia e ai vigili del fuoco di New York.

Dopo esserci identificati al citofono, prendemmo le scale per il terzo piano e bussammo alla porta. La donna non aprì.

«Mi dispiace, ma non faccio entrare estranei. Se siete veri poliziotti, capirete. Mi serve un documento d'identità. Mettetelo davanti allo spioncino.»

Kylie andò per prima, poi toccò a me mostrare il distintivo e la carta di identità, ma non fu sufficiente.

«Sembrano veri» disse la donna dall'altra parte della porta, «ma ditemi perché siete qui.»

Riconobbi la sindrome: in passato doveva essere stata vittima di un crimine e non aveva mai superato il trauma. Muovendo solo le labbra, dissi a Kylie tre parole. *È stata rapinata.*

O peggio, rispose la mia compagna di squadra con il labiale. Mi fece cenno di allontanarmi dalla porta e si posizionò davanti allo spioncino. «Meredith, ci dispiace piombare qui nel cuore della notte, ma non possiamo aspettare fino al mattino. Lei faceva parte della squadra dell'accusa nel caso di Rachael O'Keefe. Rachael è stata rapita e abbiamo bisogno del suo aiuto.»

Si sentì lo scatto di una serratura, poi di un'altra, infine la porta si aprì.

« Entrate » disse. « Scusate se vi sono sembrata paranoica. Mick mi ha spiegato che cosa volevate sapere. Gli ho detto di dirvi che quando Rachael è stata rilasciata, sapevo dove sarebbe andata, ma non l'avrei mai detto a nessuno. »

« Mick non si è ricordato di riferirci il messaggio » replicai. « Quindi, visto che siamo qui, vorremmo sentirlo direttamente da lei. »

« Certo » rispose, sfoderando un sorriso che non servì a nascondere il nervosismo.

Anch'io ero agitato, ma sapevo di non potermi presentare come un soldato d'assalto. « Meredith » esordii con tutta la calma possibile, « ha appena detto che sapeva dove era diretta Rachael e che non l'avrebbe mai riferito a nessuno. Conosciamo la sua reputazione e siamo certi che non lo farebbe mai. »

« Sono un avvocato. »

« E, visto che lavora con Mick Wilson, sono sicuro che sia anche in gamba. Il viceprocuratore è un tipo esigente. »

Meredith rise. « È un modo molto gentile per definire un supervisore implacabile e perfezionista, ma sono felice di avere l'opportunità di lavorare con qualcuno del calibro di Mick. »

« Torniamo a quella sera. Cosa ha fatto dopo il verdetto? »

« Lei cosa pensa? » rispose, formando con la mano destra la lettera C e inclinandola verso la bocca tre volte.

Nonostante l'ora e lo stato d'animo, aveva un aspetto magnifico anche senza trucco e con i folti capelli rossi tutti scarmigliati. C'era da scommettere che una donna così bella non avesse bevuto da sola.

« È quello che farei anch'io. Trovare un bar e affogare i dispiaceri nell'alcol. Con chi è uscita? »

« Solo con addetti ai lavori. Colleghi. Alcuni sapevano dove si sarebbe nascosta Rachael, altri no. Sulla carta era un caso impossibile da perdere, quindi sì, ci siamo ubriacati tutti, ma non abbiamo parlato di dove stesse andando Rachael. Per lo più, ci siamo lamentati dello Stregone.»

«Di chi?»

«Dello Stregone, Dennis Woloch, l'avvocato difensore. Ha fatto il suo rituale voodoo legale sui giurati e li ha convinti che c'era un ragionevole dubbio. Tutto pro bono. Rachael è stata fortunata ad averlo.»

Davvero fortunata. Se avesse avuto un altro avvocato, sarebbe stata condannata, sarebbe rimasta di sicuro in carcere e non l'avrebbero rapita due giorni prima della confessione del vero assassino. Tanto di cappello al signor Woloch.

«Mi scusi» intervenne Kylie che, mentre io tenevo occupata Meredith, curiosava nel piccolo soggiorno. «Lui chi è?»

Prese una foto incorniciata in bianco e nero da un tavolo e me la portò, così che potessi vederla. Era un poliziotto in uniforme. NYPD.

«Mio padre» rispose Meredith. «È stato ucciso in servizio.»

«Mi dispiace» disse Kylie. «Che cosa è successo?»

«Stava lavorando sotto copertura per cercare di sgominare una banda di trafficanti d'armi russi. In qualche modo, la copertura è saltata e l'hanno ucciso.» La giovane fece una pausa. «Ma non prima che ne facesse fuori due. Gli hanno dato la medaglia al valore.»

Presi la foto da Kylie. Era un bell'uomo sui trent'anni, identico al poliziotto con cui avevo bevuto ieri sera. Non avevo più bisogno di caffè, la mia adrenalina era fuori controllo.

«Come si chiamava suo padre?» domandai.

«David. David Casey.»

Mi presi mentalmente a calci. «Conosco un detective Dave Casey. Lavora all'Anticrimine.»

Meredith sorrise orgogliosa. «È mio fratello. Come fa a conoscerlo?»

«Ci ha aiutato, è un bravo ragazzo. Pensa di avergli parlato di Rachael?»

«No. Quella sera non ho quasi parlato con lui. Sono andata a casa del mio fidanzato.»

«Gli ha detto qualcosa?» chiese Kylie. Cercò di sembrare disinvolta, ma Meredith tornò subito sulla difensiva.

«No» rispose brusca. «Voglio dire, non lo so. Ero depressa e ho finito per bere fino a perdere i sensi.»

Kylie era all'attacco. «Quindi potrebbe aver detto qualcosa, ma non se lo ricorda?»

«Sembra più un avvocato che un poliziotto. Potrei aver detto qualcosa... ma è altamente improbabile.»

«Ma è *possibile* che, sotto l'effetto dell'alcol, qualcosa *possa* esserle sfuggito.» Kylie sorrise. «Sa, *non intenzionalmente.*»

Meredith si aggrappò a quell'unica ancora di salvezza: *non intenzionalmente.*

«Chi lo sa? Certo, è possibile che gli abbia detto qualcosa senza volerlo. Ma in fondo, anche lui è un poliziotto. Lo conosco da quando eravamo bambini. È il collega di mio fratello. Se conoscete Dave, probabilmente conoscete anche lui, il detective Bell. Gideon Bell.»

74

Il secondo colpo in meno di un'ora, solo che quella volta era una questione personale.

Appena salimmo in macchina, esplosi.

«Sono un'idiota» esclamai.

«Non prenderti tutto il merito» ribatté Kylie. «Anch'io mi sono bevuta le loro stronzate. Siamo entrambi degli idioti.»

«Abbiamo dato la caccia ai poliziotti sbagliati.»

«Zach, lo so. Ho capito.»

«Sto ripensando alla giostra. Mi hanno detto di aver passato tutta la notte a lavorare sotto copertura nel parco e il mio primo pensiero è stato: *Che culo, la mia compagna di squadra non è ancora arrivata, così gli dei della Omicidi hanno mandato due brillanti poliziotti a tirarmi fuori dai guai.*»

«*Sono* brillanti» replicò Kylie. «Pensi che Meredith sia coinvolta?»

«Ne dubito. Ci ha svelato troppe cose. Se avesse avuto anche solo la minima idea di quello che stava succedendo, si sarebbe chiusa a riccio. Credo che i nostri nuovi migliori amici l'abbiano ingannata come hanno fatto con noi. Ha detto a Gideon come trovare Rachael O'Keefe, ma era troppo ubriaca per ricordarsi di averlo fatto.»

Non avevo ancora acceso la macchina. Sbattei il pugno sul cruscotto. «Maledetto Starbucks» gridai alle finestre buie dall'altra parte della strada. «Non sanno che la gente ha bisogno di un caffè alle quattro e mezza del mattino?»

«Datti una calmata» disse Kylie. «C'è un 7-Eleven su 42nd Street, di fronte all'ufficio postale. Un respiro profondo e pensa a guidare.»

«Sai cos'è che mi fa incazzare?» replicai, mentre percorrevo Ninth Avenue, ignorando con disinvoltura un semaforo rosso dopo l'altro.

«Sì, che sei stato fregato. Neanch'io ne sono felice, ma gli uomini crollano quando un altro uomo ha la meglio su di loro.»

«Non sto crollando. Mi sento solo un fottuto idiota che li ha invitati nella sua cerchia ristretta e ha chiesto loro di aiutarci a pedinare Donovan e Boyle. È come invitare una volpe a tenere d'occhio un pollaio.»

«Guarda il lato positivo» suggerì Kylie.

«Illuminami, per favore.»

«Cerchiamo il killer della tuta hazmat e credo che ormai abbiamo capito chi è.»

Ignorando il cartello di divieto di sosta, accostai davanti al 7-Eleven. «Come facciamo a provarlo, prima che scoprano che Rachael O'Keefe è sacrificabile e la uccidano? Non possiamo arrestarli. Con quali accuse? Che avrebbero potuto sapere dove si nascondeva Rachael?»

«E se chiedessimo a Matt Smith di tracciare il GPS dei loro cellulari? Questo potrebbe dirci se erano nei pressi della casa di Rachael, quando è stata rapita.»

«Quei tizi sono troppo intelligenti per lasciare tracce digitali. E, anche se così fosse, il fatto che si trovassero in New Jersey quella notte non basterebbe a inchiodarli.»

«Forse potremmo convincere Alma Hooks a lasciarci mostrare a Shawn qualche foto segnaletica.»

«Un corriere tredicenne nero che riconosce due poliziotti bianchi. Dovrebbe reggere in tribunale.»

«Ho un'idea che non puoi rifiutare» disse Kylie. «Vado prima a prenderti un caffè.»

«Molto bene. Il primo di tanti.»

Lei scese dall'auto e io cercai di concentrarmi.

A differenza di molte macchine della polizia, la Ford Interceptor ha il sedile di guida regolabile. Così, lo inclinai all'indietro e chiusi gli occhi. Fino a quel momento mi ero immaginato Donovan e Boyle che convincevano Alex Kang, Antoine Tinsdale ed Evelyn Parker-Steele a salire sulla loro auto. Ma dovevo riavvolgere la pellicola e mettere Casey e Bell al loro posto.

Probabilmente, Casey aveva guidato lungo Second Avenue, mentre Bell, il più avvenente dei due, aveva adescato Evelyn dal sedile posteriore. Lei era salita in macchina e tutti insieme si erano spostati nel Queens e poi... poi l'immagine si oscurava.

Primo colpo.

Provai lo stesso scenario con Kang e Tinsdale. L'approccio di Bell doveva essere stato diverso con loro due, probabilmente non aveva fatto altro che giocare la carta dell'NYPD per convincere gli uomini a salire.

Ma non importava. Riprodurre nella mia mente la scena con Casey e Bell al posto di Donovan e Boyle non aiutava. Secondo colpo. Terzo colpo.

E poi capii. *Manca il quarto colpo. Mi ero dimenticato di Sebastian Catt.*

Quando la portiera dell'auto si aprì, mi misi a sedere.

«Dormi sul lavoro?» chiese Kylie, salendo sul sedile anteriore e porgendomi una tazza di cartone.

«Rimuginavo sul lavoro.» Aprii il coperchio e lasciai che l'odore del caffè fresco raggiungesse il mio cervello.

«Hai rimuginato su qualcosa che vale la pena ripetere?»

«Sì, credo di avere trovato qualcosa.» Bevvi il primo sorso. «Anzi no, *so* di avere qualcosa.»

Rimisi il coperchio sulla tazza e accesi la macchina.

« Parli sul serio? Hai prove concrete per collegare Casey e Bell a questi crimini? »

« Io no, ma qualcuno sì. »

« Davvero? »

« Proprio così, *signorina* » risposi, facendo un'inversione a U sulla 42nd Street e dirigendomi con sicurezza verso est. « E io e te lo conosciamo. »

75

Alle cinque del mattino attraversammo la città e in dieci minuti arrivammo a casa di Horton LaFleur su East 84th Street. Suonai il campanello dell'appartamento 1A e feci un passo indietro.

«Un trillo non basterà con il vecchio bastardo» disse Kylie. «Tieni premuto finché non risponde.»

Obbedii, ma LaFleur non rispose.

Non appena qualcuno ci fece entrare, Kylie si precipitò nel corridoio fino all'appartamento 1A e batté sulla porta.

«Polizia di New York» gridò.

«Avete un mandato?» replicò lui dall'interno.

«Non mi serve un mandato. Ho un piede. E se non apre questa porta, lo farò io con un calcio.»

Non è il modo in cui l'avrei gestita io, ma funzionò.

LaFleur aprì la porta e la bloccò con il suo corpo ossuto e con la bombola d'ossigeno portatile.

«Che cazzo volete adesso?» urlò con la mascella serrata e i muscoli del collo tesi. «State cercando un assassino? L'avete trovato, signorina. Eccomi qui. Sono stato io. Li ho uccisi tutti. Avanti, arrestatemi. Forza, o mi arrestate o sparite dalla mia vista.»

Alcuni poliziotti si sarebbero tirati indietro. Non Kylie. E soprattutto non in quel momento.

«Non andiamo da nessuna parte» replicò. «Abbiamo delle

domande, può rispondere qui, oppure trascineremo il suo culo in centrale.»

«Vi ho già detto che non ho altro da dichiarare. Ha mai sentito parlare del diritto di rimanere in silenzio? È una delle libertà per cui mi sono preso una pallottola, quindi andatevene da qui.»

«Ammanettalo, Zach. Lo portiamo dentro.»

«Va bene, va bene...» disse LaFleur, borbottando sottovoce una bestemmia incomprensibile. «Cosa volete?»

«Vogliamo sentire la registrazione.»

Da fuori, LaFleur aveva l'aspetto di quei vecchi che si vedono barcollare nei corridoi di una casa di riposo, ma di cervello era veloce, agile e pronto per il faccia a faccia con Kylie.

«Di quale registrazione parla?» chiese con fare innocente. «Quella di Sebastian Catt che ammette di aver ucciso mia moglie? Non ne ho una copia. Perché non la cercate su YouTube?»

«Sto parlando della registrazione che ha fatto quando ha messo le cimici nell'appartamento di Catt.»

LaFleur sgranò gli occhi. «Io? Mettere delle cimici?» Sembrò sorpreso, quasi inorridito dall'accusa. «Ci deve essere un errore. Non ho mai registrato nulla, quindi se non avete altre domande, torno a letto. Buona vita.»

«Senta» disse Kylie, «capiamo perché non vuole aiutarci a prendere l'uomo che ha ucciso Catt.»

«Capite?» abbaiò l'anziano. «E allora perché diavolo siete tornati?»

Kylie si piantò di fronte a LaFleur. «Perché l'uomo – anzi, i due uomini – che hanno ucciso Sebastian Catt stanno per uccidere una donna innocente. Una donna innocente come sua moglie. Hattie è morta facendo la cosa giusta. E se sapesse che lei sta ostacolando la cattura di due assassini, le strapperebbe il tubo dell'ossigeno dal naso.»

Horton iniziò a tossire e non si fermò.

«Si sente bene?» chiesi.

« No. » Si allontanò dalla porta e riportò la bombola nella stanza. Si sedette al tavolo-scrivania della sala da pranzo. « Mi potrebbe dare un po' d'acqua? »

Andai al lavandino e gliene portai un bicchiere. Lo bevve poco alla volta, poi tirò una serie di grandi boccate d'ossigeno. La tosse cessò.

« Signor LaFleur » disse Kylie, « so di averla messa sotto pressione, ma i due uomini che protegge stanno per uccidere una donna innocente. Stiamo correndo contro il tempo per fermarli e in questo momento lei è l'unico che può aiutarci. »

« Chi è? »

« Si chiama Rachael O'Keefe. »

« La stronza che ha ucciso sua figlia? » ansimò.

« Quella stronza è stata dichiarata non colpevole da una giuria di suoi pari – un'altra di quelle libertà per cui lei si è preso una pallottola –, il vero assassino è stato catturato ieri sera e ha confessato tutto. »

« Il *vero* assassino? Bel tentativo, signorina, ma non me la bevo. Quanto stupido pensa che io sia? O'Keefe fa notizia e io non ho altro da fare che guardare la CNN tutto il giorno. Prima dicono che è colpevole, poi che non è colpevole, poi che è uscita dal carcere ed è stata rapita. Non riesco a stare dietro a questa ragazza. E ora mi dite che il vero assassino ha confessato? Che sciocchezza! »

« È la verità! » replicò Kylie.

« In caso lo avrebbero detto in tv, ma ieri sera non ho sentito niente. Forse è in onda adesso. » Prese il telecomando.

« Non sarà in tv » spiegai. « Stiamo cercando di non farlo trapelare, perché, se esce la notizia, i due uomini che l'hanno sequestrata non cercheranno di estorcerle una confessione. Si pareranno il culo e la uccideranno seduta stante. »

L'anziano lasciò andare il telecomando e scosse la testa. « I poliziotti mentono sempre. Perché dovrei fidarmi di voi? »

«Non me ne frega un cazzo se si fida o no di noi!» sbottò Kylie, puntando il dito contro l'anziano come una maestra arrabbiata. «O ci dice quello che sa e ci aiuta a impedire l'omicidio di una donna innocente, oppure può starsene zitto, accendere la televisione domani mattina e passare il resto della sua vita a cercare di convivere con il più grande errore che abbia mai commesso.»

La stanza era avvolta in un silenzio assoluto, a parte i rumori di un vecchio solitario che aspirava aria da una bombola di ossigeno. Aveva bisogno di tempo e noi glielo concedemmo.

La foto di lui e Hattie il giorno del loro matrimonio era ancora sulla scrivania. La prese e la fissò.

«Ho controllato Catt per mesi» disse, senza distogliere lo sguardo dalla foto. «È stato abbastanza facile da organizzare. Anche nelle mie condizioni. Speravo dicesse qualcosa che potesse incriminarlo, ma viveva da solo, quindi non parlava molto. Per lo più telefonate, ma niente che potesse collegarlo all'omicidio di Hattie.»

Posò la fotografia. «Però non mi sono arreso. Ben presto è diventata la mia ragione di vita. Non facevo altro, non pensavo ad altro. A come fargliela pagare. Ho meditato di ucciderlo, ma sapevo cosa avrebbe detto Hattie: non abbassarti al suo livello. Così, ho continuato a controllarlo. E poi una sera – erano circa le undici – ho sentito qualcuno suonare al campanello di Catt e camminare lungo il corridoio fino alla sua porta. Ho messo le cuffie. Erano due poliziotti. Almeno così hanno detto.»

«Crede che non lo fossero?» chiesi.

«Non lo so e non mi interessa. Uno dice a Catt che vogliono portarlo dentro per interrogarlo. Lui chiede: 'Per cosa?' L'altro risponde: 'Sei un molestatore segnalato. Che ne dici? Vuoi collaborare e seguirci di tua spontanea volontà, oppure ti ammanettiamo e ti trasciniamo fuori di qui?'»

Si rivolse a Kylie. «Le suona familiare? Stesse stronzate, poliziotti diversi. Speravo che opponesse resistenza, così magari lo avrebbero strapazzato un po', invece li ha seguiti senza fiatare.»

«È mai tornato?»

«Diavolo, no, e ho tenuto le orecchie aperte. Ho anche continuato a monitorare i notiziari, augurandomi che lo inchiodassero con qualcosa di grosso. Niente. Tre giorni dopo, è sulla prima pagina del *Post* tutto agghindato con la sua tuta hazmat. Penso che quei due poliziotti abbiano fatto quello che avrei fatto io, se avessi potuto. Non l'hanno soltanto ucciso. Ci ho riflettuto molto. L'hanno costretto a confessare l'omicidio di Hattie. Quei due tizi sono i miei eroi. Non avrei mai potuto denunciarli.»

«Questo era allora. Adesso è adesso» intervenne Kylie. «I suoi eroi stanno per ammazzare una donna innocente. Quanto è eroico un gesto simile?»

LaFleur non rispose. Si chinò e aprì il cassetto inferiore della scrivania: era pieno di audiocassette.

76

Le scatole con i vecchi telefoni, i cavi e gli attrezzi da telefonista che Horton LaFleur aveva conservato erano un po' alla rinfusa, ma i nastri di sorveglianza dell'assassino di sua moglie erano ben ordinati con data e codice.

Li portammo tutti in ufficio, ma ci bastò ascoltarne uno per dimostrare che Dave Casey e Gideon Bell erano state le ultime due persone ad aver visto Sebastian Catt la notte in cui era scomparso. Si erano identificati come agenti dell'NYPD, ma non risultava che lo avessero arrestato e interrogato e nemmeno che avessero messo piede nel suo quartiere.

«Ora viene la parte difficile» dissi.

«Arrestarli?» chiese Kylie.

«Dirlo a Cates.»

Kylie arricciò il naso. «Ce la siamo cavata abbastanza bene senza nessuno che ci fiatava sul collo. Dobbiamo dirglielo proprio adesso?»

«No. Dovevamo dirglielo due giorni fa, prima di invitare Casey e Bell in casa nostra. La cazzata l'abbiamo già fatta, non complichiamo la situazione.»

Erano solo le sei meno un quarto, ma Cates era venuta direttamente in ufficio da Gracie Mansion. Le raccontammo tutto e le facemmo ascoltare il nastro.

«Tutto qui?» disse.

« Sì, signora » risposi. « Il buono, il brutto e il cattivo. »

« Il brutto siete voi due che gestite lo spettacolo da soli, ma di questo mi occuperò un'altra volta. Per ora, concentriamoci sul buono – avete trovato il killer della tuta hazmat – e sul cattivo: al momento il caso non reggerebbe. Avete solo un nastro di sorveglianza registrato illegalmente da un uomo che ha ammesso di odiare Catt a tal punto da pensare di ucciderlo. Anche uno studente di legge al primo anno potrebbe invalidare le vostre prove in tribunale. E se arrestate Casey e Bell, non ci diranno mai dove si trova Rachael O'Keefe, che finirà per andare incontro a una morte lenta e miserabile. »

« È innocente » disse Kylie. « Pensavo che questi due tizi fossero i paladini della giustizia... »

« Ma potrebbe identificarli. Getteranno la giustizia alle ortiche, se questo permetterà loro di salvarsi le chiappe » ribatté Cates. « Non so quanto tempo ci rimanga prima che la confessione di Calvin Vidmar trapeli e il mondo intero scopra che O'Keefe è innocente. Dobbiamo convincere Casey e Bell a condurci da lei prima che sia troppo tardi. »

« Li seguiremo » propose Kylie. « Devono pur nutrirla, come hanno fatto con tutte le altre vittime. »

« Sapete dove sono in questo preciso istante? »

« No. »

« Non potete seguirli finché non sapete dove si trovano » disse Cates, « e se la notizia si diffonde prima che li troviate, Rachael sarà morta e sepolta e quei due appenderanno le tute hazmat al chiodo, si siederanno e aspetteranno che l'indagine sul serial killer giustiziere diventi un cold case. »

C'era un motivo se Cates aveva raggiunto quella posizione pur essendo tanto giovane. Ero felice di avere di nuovo a disposizione la sua mente brillante.

« Ho un'idea! » esclamò.

Davvero molto felice.

*

Alle 6:30 di venerdì mattina, esattamente quattro giorni dopo aver pensato di aver incontrato due candidati perfetti per la squadra Red dell'NYPD, chiamai Gideon Bell. Alle 7:15 lui e Casey si presentarono al distretto.

Io e Kylie esibimmo sorrisi smaglianti quando varcarono la porta. Non dovevamo fingere di essere felici di vederli. Lo eravamo. Un po' come il lupo quando Cappuccetto Rosso arriva con un cesto di prelibatezze.

« Cavolo, Zach, al telefono sembravi eccitato » disse Bell. « Che succede? »

« Vuole esserci anche il mio capo. Te lo dirà lei » risposi.

Ci incamminammo lungo il corridoio verso l'ufficio di Cates, che si alzò in piedi quando Casey e Bell entrarono nella stanza. Dopo le presentazioni, chiusi la porta.

« Prima di tutto, voglio ringraziarvi per averci aiutato » esordì il capitano. « Abbiamo buone notizie: il 911 ha ricevuto una chiamata da una donna che diceva di essere Rachael O'Keefe. Ha spiegato di essere trattenuta da due uomini. Era piuttosto confusa e blaterava di essere stata torturata. Il centralinista ha cercato di localizzarla, ma poi è caduta la linea. La donna non ha richiamato e abbiamo pensato che fosse uno scherzo, ma sua sorella Liz ha ascoltato il nastro del 911 e ha confermato che si trattava proprio di Rachael. »

« Quindi è viva » disse Bell. « È un'ottima notizia. Potete rintracciare la chiamata? »

« Un cellulare da qualche parte nel Queens. Non abbiamo ottenuto abbastanza dati per la triangolazione, ma stiamo continuando a cercarlo. Potremmo non essere in grado di individuare l'esatta posizione, ma non appena avremo ristretto il campo a un'area gestibile, andremo porta a porta finché non la troviamo. Potrebbe essere un intero isolato di condomini, quindi avremo bisogno di rinforzi. Voi volevate partecipare e la Red apprezzerebbe di sicuro il vostro aiuto.»

«È fantastico!» esclamò Bell. «Grazie, capitano. Non vediamo l'ora.»

Non c'era un accenno di tensione sul suo volto. Casey, invece, ci rivolgeva un sorriso forzato, ma non aveva l'aria di un poliziotto che si è appena conquistato la grande occasione per impressionare il capo di una squadra d'élite.

Il cellulare di Cates squillò. «È il nostro informatico» disse, rispondendo alla chiamata. «Che succede, Matt?»

Tenne il telefono incollato all'orecchio per cinque secondi e poi riattaccò.

«Ci stanno lavorando. Hanno bisogno di altri venti minuti.»

«Voi prendete queste radio e iniziate a dare un'occhiata in giro» dissi. «Vi chiamerò non appena avremo individuato l'obiettivo.»

Presero una radio a testa e si diressero verso la porta. Bell tornò indietro. «Capitano Cates, è sempre stato il nostro sogno lavorare con la Red. Grazie ancora per l'opportunità.»

«Grazie a voi» replicò Cates. «Siete stati una parte importante di queste indagini e meritate di essere presenti, quando troveremo Rachael.»

Aspettò che i due si allontanassero dal corridoio per non farsi sentire.

«E grazie, detective Jordan e MacDonald, per avermi permesso di far parte della vostra piccola squadra investigativa. Allora» disse, inarcando le sopracciglia, «come sono andata?»

77

«Come cazzo ha fatto a recuperare un cellulare?» esclamò Gideon, mentre si metteva al volante del SUV e partiva.

«Non lo so, ma la situazione sta precipitando» replicò Dave. «Proprio come con Enzo, solo peggio. Questa volta siamo davvero finiti.»

«Forse qualcuno è entrato dalla porta sul retro. Sei sicuro di averla chiusa a chiave?»

«No, Gideon, l'ho lasciata aperta così chiunque poteva entrare e chiamare il 911.»

«Non metterti sulla difensiva. Sto solo chiedendo.»

«Strano, più che altro sembrava che mi stessi dando la colpa.»

«Mi dispiace. È successo tutto all'improvviso. Sono un po' spaventato.»

«È questa la differenza tra me e te: io sono molto spaventato.»

«Che ne dici se la smettiamo di farci prendere dal panico e iniziamo a riflettere?» suggerì Gideon.

«Io sto già riflettendo» replicò Dave. «Sto pensando a cosa può significare essere un poliziotto che trascorre il resto della sua vita a Sing Sing.»

Gideon imboccò il ponte Ed Koch. Era l'inizio dell'ora di punta, ma il traffico in uscita da Manhattan era molto meno caotico di quello in arrivo dal Queens. «Ecco come la penso: nessuno è entrato dalla porta sul retro. Nessuno è entrato da nessuna parte. Se qualcuno fosse stato lì e avesse visto Rachael, avrebbe già chiamato. Ho ragione?»

Dave fece spallucce. «Lo spero.»

«Inoltre, indossa solo una tuta hazmat, quindi dove ha nascosto il cellulare? Anche se ne avesse magicamente trovato uno, è in catene... Ha forse composto il numero con i denti? È tutta una bufala, Dave. Qualche fuori di testa ha chiamato il 911 fingendo di essere Rachael e quei poliziotti idioti se la sono bevuta.»

«Quali poliziotti idioti? Jordan e MacDonald o noi? Quando hanno detto che la sorella ha identificato la voce...»

«Dai, Dave, usa la testa: la sorella *voleva* che fosse Rachael. I detective *volevano* che fosse Rachael. Così, se la sono bevuta. Ma io e te sappiamo che non poteva mettere le mani su un telefono. Dev'essersi trattato per forza di uno scherzo telefonico. Rilassati.»

«Rilassarmi? Forse se avessero fatto lo scherzo telefonico da Brooklyn... Ma non è così. Bufala o no, il risultato è che la polizia si sta concentrando sul Queens, quindi ora non mi rilasserò finché non la sposteremo il più lontano possibile. Prima è, meglio è.»

«Ero convinto che per quest'ora avrebbe confessato» disse Gideon, «ma è una tipa tosta. Potrebbero volerci giorni prima di girare il video.»

«Non abbiamo giorni» ribatté Dave, «il garage è troppo rischioso. Non possiamo tenerla lì. Odio guidare fino agli Adirondack, ma credo che la baita di mio cugino sia la scelta più sicura. Direi di impacchettarla e andarci subito.»

«C'è un piccolo problema» replicò Gideon, «ci vogliono cinque ore ad andare e altre cinque a tornare. Jordan e MacDonald ci chiameranno da un momento all'altro per aiutarli a perlustrare il quartiere da cui hanno stabilito che proviene la chiamata. Non possiamo sparire dalla circolazione e non possiamo nemmeno nascondere Rachael nel bagagliaio dell'auto.»

«Be', non possiamo comunque lasciarla in garage.»

«Certo che possiamo. Solo che non è il caso di lasciarla viva.»

«Quindi mi stai dicendo che dobbiamo ucciderla e basta? Senza il video?»

«Preferisco pensare che sia meglio ucciderla per non essere scoperti» rispose Gideon. «Ehi, non si può vincere sempre. Lei non ha ceduto e noi non abbiamo tempo di aspettare. Non abbiamo altra scelta. Dobbiamo ucciderla.»

«Quando?»

«Non rimandare a domani quello che puoi fare oggi» rispose Gideon, uscendo dal ponte e svoltando su Vernon Boulevard. «Saremo lì tra cinque minuti.»

«Così d'emblée? Corriamo dentro e la ammazziamo?» chiese Dave.

«E cos'altro vuoi fare? Fermarti e portarle un'altra pizza? Comprarle qualche regalo d'addio? Dave, questo non sarà un grande spettacolo come Enzo. Sappiamo come fare. Le infiliamo un sacchetto di plastica in testa, impacchettiamo l'attrezzatura e la lasciamo lì. Prima o poi la troveranno.»

Dave annuì, cercando di accettare il fatto che di lì a cinque minuti avrebbero ucciso una persona. Non ci aveva mai fatto il callo. Era una cosa da Gideon. «Ti hanno mai detto che sei un pezzo di merda malato?»

«Sì» rispose Gideon. «Ma ripetimelo ancora. Non mi stanco mai di sentirlo.»

78

Nei dieci minuti in cui il capitano Cates aveva gettato la rete su Casey e Bell, Matt Smith aveva piazzato un localizzatore GPS e due cimici nella loro auto. Poi aveva lanciato un incantesimo nerd per fare in modo che io e Kylie potessimo seguire i loro movimenti e ascoltare le loro conversazioni su un iPad.

Mezz'ora prima, Cates aveva riunito una squadra SWAT di dodici uomini e un elicottero con i contrassegni dell'NYPD coperti da loghi della ABC *Eyewitness News*. La copertura perfetta per un'ora di punta.

L'operazione era coordinata dal nuovo polo antiterrorismo della città, il Monitor, un hub supertecnologico da venti milioni di dollari collegato a più di un milione di occhi e orecchie in tutti e cinque i distretti. Una specie di Grande Fratello sotto steroidi.

Tutte quelle risorse venivano impiegate per salvare una donna, una giovane madre la cui negligenza aveva portato alla morte dell'innocente figlia di cinque anni e che solo due giorni prima non era riuscita a ottenere un paio di poliziotti in un'auto di pattuglia che la scortassero in un rifugio sicuro.

Quello era il passato.

Ormai Rachael O'Keefe si era trasformata da anonima flebotomista da quindici dollari all'ora a una dei cittadini più importanti di New York. E il fatto che, in caso fosse morta, il sindaco rischiasse il posto non nuoceva certo alla sua causa.

Io e Kylie indossammo i giubbotti antiproiettile e ci precipitammo alla nostra auto nel momento esatto in cui il SUV di Casey e Bell si allontanò dal distretto. Kylie si mise al volante e i sei veicoli della SWAT che erano in attesa in York Avenue si lanciarono verso East 67th Street e ci vennero dietro.

Quando partimmo, iniziai a seguire Casey e Bell, rimanendo il più vicino possibile, ma sempre fuori dalla vista.

Come previsto, si diressero verso il Queens e dalla discussione che stavano sostenendo in macchina fu chiaro che avevamo trovato il nostro killer della tuta hazmat.

Gli sguardi degli altri si posarono su di noi, mentre il nostro convoglio armato si muoveva verso sud attraversando Second Avenue.

« Bisogna dare atto a Cates di aver messo insieme questa squadra micidiale in pochissimo tempo. »

« Per me è eccessivo » commentò la mia compagna di squadra a metà dell'Ed Koch Bridge. « Soprattutto l'auto con i pagliacci che chiude il gruppo. »

I pagliacci a cui si riferiva erano i detective Donovan e Boyle. Cates li aveva chiamati per l'operazione. Senza spiegazioni. Kylie non ne era felice, ma sapeva bene che non poteva discutere le decisioni del capitano.

« Cosa preferiresti fare? » chiesi. « Assaltare la fortezza con la tua mimetica firmata, una pistola per mano e un coltello di quaranta centimetri tra i denti? »

E poi un bagliore arancione incendiò il cielo.

Come tante tessere di un domino rosso brillante, i fanali posteriori davanti a noi si accesero e Kylie frenò per evitare di schiantarsi contro il retro di un furgone bianco.

Chiamai via radio il Grande Fratello. « Esplosione sul lato Queens dell'Ed Koch Bridge. Cosa sta succedendo? »

« Vista. Sono partiti tutti i nostri allarmi. Aspetta, controllo le telecamere del traffico davanti a voi. È un codice 10.53: sembra che un autobus urbano abbia tamponato un autoarticolato, facendo esplodere il serbatoio. I passeggeri stanno uscendo dall'autobus e gli autisti abbandonano i mezzi.»

Controllai il GPS. Casey e Bell erano dall'altra parte dell'incidente, avevano appena attraversato Queensboro Plaza e procedevano a passo spedito.

E poi sentii Gideon via radio: «*Non abbiamo scelta. Dobbiamo ucciderla*».

«Monitor, qui Red Leader» esclamai. «Siamo bloccati. Possiamo uscire da questo imbottigliamento o no?»

«Negativo. È tutto bloccato. Aspettate, potete superare l'incidente se siete a piedi.»

Ormai non avevamo alternative. «Squadra Red, qui Red Leader» dissi. «Abbandonate i vostri veicoli e muovetevi. Subito. Monitor, non posso seguire gli obiettivi mentre corro. Tienimi aggiornato.»

Io e Kylie saltammo giù dalla Ford e iniziammo a correre. La squadra SWAT era proprio alle nostre spalle in pieno assetto tattico. Alcuni automobilisti abbassarono i finestrini, urlandoci di correre più veloce e di sbloccare il maledetto traffico. Questa è una delle cose belle di New York: c'è sempre qualcuno che ti dice come fare il tuo lavoro.

«Red Leader, gli obiettivi hanno appena svoltato da Jackson a Crane Street. È una strada chiusa, quindi l'ostaggio potrebbe trovarsi lì.»

«Quanto dista da dove siamo noi?»

«Due chilometri. Potete requisire un veicolo una volta superato l'incidente?»

«Ci stiamo arrivando. È un caos totale. Non ci sono soccorritori, ma l'intero tratto di strada è un cantiere, alcuni operai edili con gli estintori stanno fornendo assistenza. Sento le autopompe in avvicinamento, ma non riesco a requisire un veicolo, Monitor. Anche se ci fosse un trasporto truppe in attesa, il traffico si estende fino a Queens Boulevard. Questa è la strada più veloce. Credo che ci vorranno dieci o dodici minuti prima che l'intera squadra sia in posizione su Crane Street.»

«Red Leader, non so se hai captato la loro ultima trasmissione. Hanno intenzione di uccidere l'ostaggio e scappare. Non credo che abbiate dieci minuti.»

«Allora devo guadagnare tempo» replicai.

Mi fermai un istante. La stazione della metro sopraelevata di Queensboro Plaza era sopra di noi. Mi appoggiai a uno dei pilastri di cemento armato ricoperti di graffiti, tirai fuori il cellulare e composi il numero.

Dave Casey rispose al primo squillo. «Zach, che succede? L'hai già trovata?»

«No» risposi, cercando di evitare che il respiro affannoso mi tradisse. «Ma Calvin Vidmar, il portiere del palazzo di Rachael, ha appena confessato di aver ucciso Kimi O'Keefe. Nel suo appartamento abbiamo trovato le prove che lo confermano. Ho pensato che tu e Bell doveste saperlo. Rachael O'Keefe è innocente.»

Casey non disse una parola.

«Dave, mi hai sentito? Hai capito quello che ho detto?»

«Sì... ho sentito. Ti ho sentito benissimo. Grazie per aver chiamato.»

Quando riattaccò, mi misi a correre. Kylie e la squadra SWAT mi avevano già superato.

79

«Hai sentito la radio?» chiese Gideon.

Dave scosse la testa, cercando di elaborare la conversazione con Zach Jordan. «No, ero al telefono. Cosa sta succedendo?»

«Quell'esplosione, un 10.53 sulla rampa del ponte. Un autobus ha tamponato un camion e ha fatto esplodere il serbatoio.»

«Qualcuno si è fatto male?»

«Dave, chi se ne frega! Il punto è che tutto il cazzo di ponte è chiuso, siamo arrivati appena in tempo. Facciamo quello che dobbiamo fare e muoviamoci.»

Dave scese dall'auto, aprì la porta del garage e la richiuse non appena il SUV fu dentro.

«Chi ti ha chiamato poco fa?» domandò Gideon, raggiungendolo.

«Jordan.»

«E?»

«Ha detto che O'Keefe è innocente, che il portiere del suo palazzo ha confessato di aver ucciso la bambina.»

«Stronzate! Ci sta prendendo in giro!»

«Che vuoi dire?»

«Metti insieme i pezzi. Jordan, MacDonald, Cates: si stanno tutti prendendo gioco di noi. Prima ci chiamano per quella telefonata fasulla che sappiamo non può essere stata fatta da

O'Keefe. Poi andiamo nel Queens e loro ci seguono. Ci hanno seguito, Dave.»

Dave sbirciò attraverso una delle due finestre sudicie e rinforzate dal filo. «Allora dove sono?»

«Sono dall'altra parte della maledetta esplosione. Non possono arrivare qui. Ecco perché Jordan ti ha chiamato con un'altra storia del cazzo. Questa volta è innocente? Stanno cercando di guadagnare tempo. Prendiamo la nostra roba e andiamocene da qui. Tu carica l'attrezzatura video. Io prendo le cose dal retro.»

«E Rachael?»

«Come prima. Può identificarci. La uccidiamo. Fine della storia.»

«E se fosse davvero innocente?»

«Dave, ci stanno prendendo in giro. È colpevole. Sappiamo che lo è. Tu carica la macchina. Io mi occupo di lei. Poi ce ne andiamo da qui.»

«No che non lo farete» disse una voce.

Si voltarono e un colosso uscì da dietro il muro di cinta all'estremità dell'edificio. Dave ne sapeva parecchio di armi e riconobbe al volo la pistola Smith & Wesson 5946 da nove millimetri. Era dotata di un silenziatore Infiniti da venti centimetri montato sull'estremità.

«Siamo poliziotti» disse Gideon. «Metti giù la pistola. Subito.»

Il colosso rise. «Metti giù la pistola? Hai le palle, amico. Che ne dici di inginocchiarti, appoggiare le armi sul pavimento con calma, farle scivolare qui e poi mettere le mani dietro la testa? Sai, proprio come nei film.»

Dave si chinò e fece scivolare la pistola sul pavimento della stanza. Gideon non si mosse. «State commettendo un errore, siamo dell'NYPD.»

«Be', questo spiega perché non ascoltate. Ora, o ti abbassi finché hai ancora delle ginocchia che ti aiutano a piegarti, o te ne faccio fuori uno e lascio che la gravità faccia il resto. Il destro o il sinistro? Decidi tu.»

Gideon si inginocchiò accanto a Dave. «Se pensi di poter entrare e rapinare un paio di poliziotti» disse, facendo scivolare la pistola sul pavimento di cemento, «sei pazzo.»

Il colosso rise di nuovo. «La pensi così? Questa non è una rapina.»

«E allora come diavolo la chiami?»

«Io lo chiamerei il giorno del giudizio» rispose l'uomo dai capelli d'argento che uscì da dietro il muro. Aveva una pistola nella mano destra, una Beretta 85 nera con un silenziatore di dodici centimetri. Nella sinistra teneva la pera orale.

«Gesù» esclamò Dave. «Joe Salvi.»

«E figlio» precisò il boss mafioso.

A quel punto, Jojo Salvi uscì spavaldo da dietro il muro con una versione in nichel satinato della Beretta del padre.

«Laggiù» disse Salvi a Jojo. «Di fronte a Tommy Boy.»

Una volta che Jojo ebbe preso posizione, i mafiosi rimasero in silenzio, un minaccioso triangolo di armi e muscoli.

Poi, finalmente, Salvi parlò. «Ingegnoso» disse, tenendo in mano lo strumento di tortura. «Facile da usare ed estremamente efficace: ogni intelligente uomo d'affari dovrebbe averne una. Penso che la terrò.»

Lanciò la pera orale a Tommy Boy.

Salvi fissò i poliziotti con gli stessi occhi scuri e minacciosi che avevano scrutato la chiesa piena di gente al funerale del figlio. Ormai aveva trovato quello che cercava: «Il tuo collega sembra confuso» disse, rivolto a Gideon. «Ma tu sapevi che stavamo arrivando, vero Gideon?»

Dave si voltò di scatto a sinistra. «Cosa vuol dire?»

Lui si limitò a guardare dritto davanti a sé.

«Lascia che ti chiarisca la situazione» rispose Salvi. Frugò nel taschino della giacca e tirò fuori un diario di pelle marocchina rosso scuro con una filigrana dorata intorno ai bordi. «Ti sembra familiare?»

Dave non riusciva a mettere insieme i pezzi abbastanza in fretta. «Dove... come...»

«Zitto» lo ammonì Gideon. «Salvi, non fare l'idiota. Siamo poliziotti. Non mi interessa cosa pensi stia succedendo, ma ti potresti beccare un bel po' di anni di galera per questo. Se adesso metti giù la pistola, faremo come se non fosse successo niente.»

«Oh, siete poliziotti?» replicò Salvi, abbassando il braccio con l'arma lungo il fianco. «Perché non ha detto niente?» chiese a Rachael O'Keefe, ancora incatenata a un tubo con la bocca sigillata dal nastro adesivo. «Guardi, signora, i poliziotti sono qui. Vuole andare con loro?»

Rachael scosse la testa con foga e lanciò un urlo soffocato.

«Brutte notizie, ragazzi» disse Salvi. «Non state facendo colpo sulla signora. Credo che di questi tempi nessuno abbia più rispetto per i poliziotti. Nemmeno una donzella...» Senza alcun preavviso, con il calcio della pistola colpì la mascella di Gideon, frantumando le ossa, lacerando la carne e facendo esplodere i capillari.

Il sangue schizzò in tutta la stanza. Gideon si piegò in due, ma riuscì a rimanere in ginocchio.

Salvi si rivolse a Dave. «Mi dispiace, detective Casey. Mi sono distratto. Aveva una domanda? Oh sì, come ho avuto il diario di mio figlio? È buffo: la madre di Gideon l'ha trovato ed è stata così gentile da restituirlo alla famiglia. Una donna adorabile. Si è occupata della maggior parte delle composizioni floreali per il funerale di Enzo.»

Dave si rivolse a Gideon. «Tua madre? Hai detto di averlo bruciato. Perché hai tenuto...»

«Taci» fece lui, sputando sangue e frammenti di denti.

«Sapevi che tua madre glielo aveva restituito?»

«Certo che lo sapeva» rispose Salvi.

«L'ho appena scoperto» ribatté Gideon. «Non volevo che uscissi di testa mentre eravamo nel bel mezzo di questa storia, ma ti giuro che te l'avrei detto non appena avessimo finito qui.»

«Quindi mi hai *risparmiato* il fatto che la mafia mi stava dando la caccia?»

Gideon distolse lo sguardo.

«Con lui non si può parlare, Dave» incalzò Salvi. Si avvicinò all'attrezzatura video. «Avete una bella postazione qui. Vi piace registrare le confessioni? Anche a me. Siamo qui da un po' e credo che Jojo abbia imparato come fare. Jojo, accendi la telecamera.»

Il ragazzo non si mosse.

«Sei sordo?» gridò Salvi. «Accendi la telecamera.»

«Non lo so, papà» disse Jojo. «Dobbiamo fare il lavoro per cui siamo qui, ma filmarlo... non penso che sia una buona idea...»

Salvi alzò una mano. «Non pensare.» La sua voce era un sibilo minaccioso e cupo. «Tua madre aspetta da dodici anni. Ora accendi quella cazzo di telecamera.»

«Okay, okay» fece Jojo, infilando la pistola nella cintura. Si mise dietro la telecamera e la puntò sui due uomini in ginocchio. Schiacciò il pulsante per registrare e una luce rossa lampeggiò. «Quando sei pronto, papà.»

«D'accordo, allora» disse Salvi. «Credo di essere il regista di questo piccolo film. Questa sarà la grande scena della confessione, quella che tutti aspettavano.»

Si mise a due metri di distanza e puntò la pistola alla testa di Dave. «Ora inizia a confessare.»

«Questo posto si riempirà di poliziotti da un momento all'altro» disse lui.

Salvi rise. «Siete voi i poliziotti. Siete venuti a torturare questa donna. Cosa avete fatto, avete chiamato i rinforzi?» Abbassò la voce fino a ridurla a un sussurro. «Senti, Dave, mi sembri un tipo rispettabile, quindi dimmi: di chi è stata l'idea di uccidere mio figlio?»

«Suo figlio ha violentato mia sorella» rispose lui.

«Non mi interessa se si è scopato tua nonna, l'ha fatta a pezzi e l'ha data in pasto al suo cane. Lo avete ucciso entrambi. Questo lo so. Ora voglio sapere chi di voi due ha pianificato l'omicidio.»

«Che differenza fa? Tanto ci ucciderete entrambi.»

«La differenza? La differenza è che uno di voi ha tirato le fila, mentre l'altro è soltanto un soldato, un gregario. Uno di voi ha preso la decisione di spaccare la testa al mio ragazzo e di tenergli la faccia sott'acqua finché non è annegato. C'è sempre un capo.» Salvi puntò la pistola contro Gideon. «È stato lui? Si comporta come se fosse lui a comandare.»

Gideon, tutto sanguinante, fissò Salvi con aria di sfida.

Il boss mafioso ricambiò lo sguardo. «Ma non è così» disse, dandogli un calcio nelle costole abbastanza forte da sentire lo schianto delle ossa rotte. «Non è il capo di nulla.»

Gideon si accasciò a terra, urlando di dolore.

«Ah... fa male? Cattiva notizia: non è il primo colpo che fa più male. È ogni respiro che farai d'ora in poi. La buona notizia è che non ti restano molti respiri.» Salvi rivolse un cenno a Tommy Boy. «Tira su questo pezzo di merda.»

Il colosso afferrò Gideon per il colletto e lo rimise in ginocchio.

Dave distolse lo sguardo e poi la vide: un'ombra comparve e sbirciò attraverso la finestra sudicia.

Kylie MacDonald.

80

Tre mattine alla settimana cerco di allenarmi nella palestra del distretto: pesi, tapis roulant, ellittica. Una volta alla settimana vado da un insegnante di yoga. Quindi, sono in forma; non quanto la squadra SWAT, ma loro erano appesantiti da così tante attrezzature tattiche che riuscii a raggiungere il gruppo.

«Non ce la faremo» disse Kylie, mentre la affiancavo. «I nostri cinque minuti sono scaduti e abbiamo ancora più di un chilometro da...»

La mia radio ci interruppe. «Monitor a Red Leader.»

Risposi di corsa. «Parla pure, Monitor.»

«Ti sto seguendo con le telecamere del traffico. C'è un mezzo di trasporto su 21st Street, a un isolato da te. È tutto tuo.»

Certo, eccolo là: un grande e bellissimo autobus bianco e blu dell'NYPD.

«Grazie, Monitor» dissi, mentre la squadra saliva. «Qual è la posizione dell'obiettivo?»

«Il nostro elicottero li ha visti entrare sei minuti fa in un garage al civico 88 di Crane Street.»

«Siamo partiti» dissi, mentre l'autobus si allontanava.

21st Street, che passa sotto la metro sopraelevata, è una strada stretta a doppio senso di marcia, ma il conducente riuscì a destreggiarsi in fretta nel traffico mattutino. Tuttavia, non ero sicuro che andasse abbastanza veloce. Se Gideon avesse rispettato la scadenza dei cinque minuti, Rachael sarebbe morta prima del nostro arrivo.

Aggiornai Alan Rowe, il capo della SWAT, sulle ultime novità. Cercammo su Google Maps il civico 88 di Crane Street e, quando l'autobus si fermò all'imbocco della strada senza uscita, il sergente Rowe aveva già un piano. Divise la squadra in tre: un gruppo per sfondare la porta del garage, un secondo per entrare dal retro e due uomini per coprire il lato dell'edificio accanto allo scalo ferroviario.

Tutti gli edifici di Crane Street erano coperti di graffiti e tutti parevano abbandonati, compreso il magazzino di quattro piani al centro dell'isolato.

Corremmo quasi senza far rumore fino alla fine della strada e prendemmo posizione. Kylie e io seguimmo Rowe fino alla facciata del garage.

La porta era circa due metri per tre ed era di lamiera ondulata. «Nessun problema» disse il sergente. «Ho appena sentito la squadra sul retro e c'è una piccola porta che è molto più facile da sfondare. Chi deve entrare sta facendo passare una miccia detonante intorno a ogni ingresso. Al mio ordine, farà saltare quella sul retro come diversivo. Un secondo dopo, abbatterà la porta del garage.»

«Io e Jordan entreremo per primi» disse Kylie.

«Non se ne parla» replicò Rowe. «Conoscete la procedura. La squadra d'ingresso mette in sicurezza la stanza. È il suo mestiere.»

«Va bene, lei entra per primo. Sa cosa sta per trovare?»

«Non ne ho idea.»

«Dovrebbe.» Detto ciò, Kylie si spalmò contro il lato dell'edificio, si mise a terra e strisciò verso una delle due finestre quasi annerite.

«Che diavolo sta facendo?» chiese Rowe.

«La mia ipotesi migliore è che stia cercando informazioni» risposi. «Qualunque cosa sia, non c'è modo di fermarla.»

Kylie alzò la testa abbastanza da guardare attraverso la finestra sudicia. Cinque secondi dopo, si abbassò e tornò da noi.

« La situazione è tutta nuova » spiegò, prendendo un blocco e una penna e disegnando un parallelepipedo. « Questa è la stanza. »

Tracciò una X al centro della figura. « Qui c'è Rachael, è incatenata, ma è in piedi, quindi sembra che sia ancora viva. »

« E qui » disse, aggiungendo altre due X, « ci sono Casey e Bell. Sono a terra, in ginocchio, e tre uomini armati di pistola li tengono sotto tiro. » Inserì altre tre X.

I colpi di scena non erano ancora finiti. « Tre uomini » ripetei.

« Sì » confermò Kylie. « E uno di loro è papà Joe Salvi. »

81

«Ripeto la domanda» disse Joe Salvi. «Chi è tornato a casa dal liceo un pomeriggio e ha detto all'altro che dovevate uccidere Enzo? C'è sempre un capo. C'è sempre un gregario.»

Le parole di Salvi ricordarono a Dave suo padre. «Ci sono i capi» ripeteva sempre, «e ci sono gli indiani. Il problema dell'NYPD è che ci sono troppi capi del cazzo e non abbastanza indiani buoni. Io sono un indiano, Dave. Ricevo un ordine e porto a termine il lavoro.»

Ed è ciò che Dave aveva cercato di fare. Certo, l'idea era stata di Gideon, ma una volta che lui aveva accettato di collaborare, aveva dato tutto se stesso. Enzo, Kang, Catt, Tinsdale, la Parker-Steele, ognuna delle vittime aveva avuto ciò che meritava. Avrebbe solo voluto avere il tempo di eliminarne altri.

Ma gli restavano appena venti secondi. Là fuori, Kylie MacDonald non era sola. Lei e Jordan sarebbero stati spalleggiati dalla squadra SWAT decisa a salvare Rachael. Avrebbero fatto saltare la porta del garage e un esercito di poliziotti con scudi balistici e fucili d'assalto avrebbe fatto irruzione.

Venti secondi. Giusto il tempo di abbattere un'ultima canaglia.

«Sono stato io» gridò Dave, rivolto a Salvi. «Gideon in realtà è tutto fumo e niente arrosto. Enzo ha violentato mia sorella e io ho giurato di ucciderlo. Sono stato io a spaccargli la testa con una bottiglia di vodka da quattro soldi. Poi l'ho trascinato fino al mare e lui per tutto il tempo ha strillato come una femminuccia.»

Dave notò Salvi stringere la presa sulla pistola. Voleva premere il grilletto.

Ma si trattenne. Aveva bisogno di un'altra spintarella.

«Tutti voi Salvi siete bravi a fare la voce grossa quando siete in vantaggio» incalzò Dave con aria di scherno. «Ma quando la situazione si capovolge, siete tutti come Enzo, che invoca quella puttana di sua madre...»

Salvi fece partire un colpo.

Sangue, ossa e materia grigia del cranio di Gideon schizzarono sul viso di Dave.

«Sai, Dave» fece Salvi, «non sei solo un pessimo poliziotto, sei anche un pessimo bugiardo. Non capisco perché tu voglia prenderti una pallottola per quello stronzo. Ti ha fregato. Ti ammiro per la tua lealtà, ma ti ucciderò comunque.»

Stava puntando la pistola alla testa di Dave quando la prima esplosione scosse la stanza. La porta sul retro implose, provocando fumo e una pioggia di detriti. I tre mafiosi si girarono di scatto. Un istante dopo, una seconda esplosione aprì un ampio varco nella saracinesca del garage e uomini con elmetti, visiere e giubbotti antiproiettile si riversarono all'interno.

Tommy Boy reagì all'istante, sparando alla cieca contro l'orda di uniformi che si precipitava verso di lui.

Un modo molto stupido di morire per un uomo così intelligente. Una raffica di proiettili provenienti da sei diverse armi d'assalto gli squarciò il corpo, facendolo franare a terra.

«Non sparate, non sparate!» urlò Joe Salvi, alzando le mani.

«Gettate le armi, faccia a terra, mani dietro la testa» abbaiò una voce.

Un mezzo sorriso si insinuò sul volto di Dave Casey. Il poliziotto che dava gli ordini era Kylie MacDonald. Jordan era insieme a lei.

Due Beretta caddero a terra e Salvi e Jojo si sdraiarono sul pavimento. Quattro poliziotti li ammanettarono, li perquisirono e li misero in ginocchio.

« Ehi, calma » esclamò Salvi. « Abbiamo appena catturato i killer della tuta hazmat. Il mio autista ha sparato a uno di loro. »

« E poi abbiamo salvato la stronza ammazza-bambini » aggiunse Jojo.

« Davvero? » ribatté Kylie. « Non è quello che ho visto dalla finestra. »

Joe Salvi la guardò incredulo. « Ah, sì? Ha sbirciato attraverso una finestra coperta da una rete metallica e da anni di sporcizia e pensa di essere una testimone oculare attendibile? Il mio avvocato ci andrà a nozze. »

« Non credo che il procuratore distrettuale avrà bisogno della mia testimonianza, signor Salvi » replicò Kylie. « C'è un testimone oculare molto più attendibile che è rimasto nella stanza per tutto il tempo. »

« Chi? Lui? » chiese il boss, indicando Dave. « Un poliziotto corrotto diventato un assassino psicopatico? O che ne dice di lei? Di certo è una testimone più che attendibile, dopo essere stata incatenata e torturata negli ultimi tre giorni. »

Salvi rise e Jojo si unì a lui.

« No, signor Salvi » rispose Kylie. « Penso che abbiamo un testimone inattaccabile che convincerà qualsiasi giuria di quello che è successo qui, qualunque cosa dicano o facciano i suoi avvocati. »

« E dove sarebbe questo testimone? »

« Proprio qui » disse Kylie, appoggiando la mano sulla videocamera e indicando la luce rossa lampeggiante. « Sta ancora registrando. »

82

Dave Casey ci aspettava nella stanza degli interrogatori. Per essere un poliziotto che aveva ucciso uno spacciatore nero e un gangster cinese e stava per trascorrere il resto della sua vita rinchiuso tra i loro amici, sembrava sorprendentemente tranquillo.

«Grazie per essere qui» disse, appena io e Kylie entrammo nella stanza. «Avete visto la cassetta?»

«Non ancora» risposi. «Siamo venuti direttamente. Sei sicuro di non volere un avvocato o un rappresentante sindacale?»

«Mi avete già letto i miei diritti. No, grazie. Gli unici con cui voglio parlare siete voi.»

«Allora siamo solo noi tre» replicai, sedendomi di fronte a lui. Kylie rimase in piedi.

«Giusto. Noi tre, più quanti dietro lo specchio spia?» chiese, indicando il grande specchio incastonato nella parete in fondo.

«Sette e più. Dave, sai quanto è grossa questa storia. Ora, dobbiamo procedere con le domande o preferisci parlare?»

«Oh, parlerò, ma prima ho qualcosa da chiedere.»

«Fa' pure.»

«L'ultima telefonata che mi hai fatto... Hai detto che il portiere aveva confessato l'omicidio di Kimi O'Keefe. Era una stronzata?»

«No, era tutto vero» risposi. «Sapevamo che stavate per uccidere Rachael e volevamo destabilizzarvi.»

« Grazie. Non avrei potuto vivere con la mia coscienza, se avessimo... »

Fece una pausa, cercando un'espressione migliore di: *Se l'avessimo uccisa a sangue freddo.*

« Se avessimo... seguito la procedura. »

« Ma non ti sei fatto scrupoli a uccidere gli altri quattro » intervenne Kylie.

« Gli altri cinque » precisò Casey. « Dodici anni fa, quando eravamo ancora al liceo, io e Gideon abbiamo ucciso il figlio più giovane di Joe Salvi, Enzo. Era un teppistello violento e sadico che terrorizzava il quartiere e sapevamo che la situazione sarebbe peggiorata. Poi è successo: ha violentato mia sorella Meredith e Gideon mi ha convinto che era nostro compito eliminarlo. Non sto incolpando lui. Ero pienamente d'accordo. »

Proprio quando pensavo di aver assistito all'ultimo colpo di scena, Dave Casey ne aveva tirato fuori un altro. Alzai lo sguardo verso Kylie, che teneva la bocca aperta senza proferire parola.

« Dalle vostre facce, immagino che Salvi non vi abbia spiegato perché lui e la sua banda erano lì » disse Dave. « Certo che no. Sono affari di famiglia. Per tutti questi anni ha cercato l'assassino di Enzo e si è imbattuto nella verità solo pochi giorni fa. Ci ha colti di sorpresa. »

« Questo spiega perché un uomo così in alto nella catena alimentare come Salvi non abbia mandato una squadra di sicari » osservai.

« È tutto sulla cassetta » replicò Casey.

« C'è una cosa che non quadra » disse Kylie. « I tipi come Salvi preferiscono la segretezza. Se c'è una telecamera nella stanza, la distruggono. Non sapeva che la registrazione era ancora in corso? »

« È stato Joe Salvi in persona a ordinare al figlio di accenderla. Immagino volesse registrare me e Gideon mentre confessavamo l'omicidio di Enzo e portare la cassetta alla moglie. Dubito che avesse in mente di premere il grilletto durante la registrazione, ma questo è l'aspetto buffo delle telecamere: un attimo di distrazione e ti dimentichi che sono accese.»

«Cosa lo ha distratto?»

Dave fece un sorriso. «Guardate il filmato. Non voglio rovinarvi il finale. A proposito, probabilmente vorrete mandarne una copia al civico 106 di Howard Beach. Sono dodici anni che cercano di risolvere il caso e sono sicuro che saranno felici di chiuderlo.»

Ero certo che qualcuno dall'altra parte dello specchio lo stesse già facendo.

«Dave» riprese Kylie, «eri un ragazzino quando hai ucciso il figlio di Salvi. All'epoca è stata una vendetta personale. Che mi dici di questi omicidi casuali?»

«Non sono stati affatto casuali. Stavamo ripulendo la città che non poteva o non voleva ripulirsi da sola. Mi stai dicendo che non hai mai avuto voglia di fare una cosa del genere?»

«Tra avere voglia e farlo davvero c'è una bella differenza» rispose Kylie. «Siamo poliziotti, non giustizieri. Lavoriamo all'interno di un sistema.»

Lui sorrise. «Voi due – soprattutto tu, Kylie – lavorate all'interno di un sistema solo quando vi fa comodo. Poi passate dall'altra parte e fate quello che vi pare. Non dimenticate che siete stati voi a chiedere a me e Gideon di pedinare una coppia di poliziotti innocenti.»

Kylie si voltò e guardò lo specchio. Poteva immaginare gli sguardi che le stavano rivolgendo dall'altro lato.

«Molte persone erano dalla parte del killer della tuta hazmat» disse Casey. «So che non approvate ciò che abbiamo fatto, ma non fingete di non capire.»

«Aiutaci a capire un po' meglio» lo incalzai. «Ripercorri insieme a noi la vicenda dall'inizio.»

«Tutto è partito con una semplice domanda» cominciò Dave.

« Pensi che Hitler fosse un bravo ragazzo, quando frequentava il liceo? »

Parlò senza sosta per le due ore successive. Quando ebbe finito, guardò dritto nella telecamera e disse: « Bene, questa è la mia videoconfessione. Nessuno mi ha costretto a parlare. L'ho fatto di mia spontanea volontà. Voglio solo aggiungere che mia sorella Meredith non aveva la minima idea che io e Gideon avessimo ucciso Enzo o gli altri. Sì, ha detto a Gideon che Rachael O'Keefe si sarebbe rintanata a casa di sua zia nel New Jersey, ma solo perché lui l'ha fatta ubriacare e le ha estorto l'informazione. Eravamo poliziotti. Si fidava di noi. Molte persone si fidavano di noi. Persino i detective Jordan e MacDonald hanno condiviso con noi informazioni riservate. Meredith era solo una delle tante persone che abbiamo ingannato. Non ha avuto alcun ruolo nei nostri crimini e non dovrebbe subirne le conseguenze ».

Incrociò le mani e le appoggiò sul tavolo. « Penso di aver finito, ma ho altre due domande. »

« Chiedi pure. »

« Che ne è stato di Rachael O'Keefe? »

« È stata portata al centro traumatologico del New York Presbyterian » spiegò Kylie. « Con lei ci sono sua sorella e la polizia di New York che la sorveglia ventiquattr'ore su ventiquattro per tenere lontani la stampa, i pazzi e il solito assortimento di sciacalli che vogliono sfruttare la sua storia. »

« Ditele che io... » Dave si fermò. « No, immagino che non voglia sentire niente da me. » Scosse la testa, cercando di scrollarsi di dosso i rimorsi che senza dubbio lo avrebbero perseguitato per il resto della vita.

« La seconda domanda? » chiese Kylie.

« Cosa pensate che succederà ai Salvi? »

« L'ufficio del procuratore distrettuale ha esaminato la videocassetta e sono sicuri di poter condannare Joe Salvi. »

« La videocassetta è davvero una prova ammissibile? » domandò Dave. «Il tribunale non la rigetterà? A loro piace farlo, sapete.»

«Non questa volta» replicò Kylie. «Il procuratore ha confermato che Salvi sapeva della telecamera. In apertura ha detto di essere il regista del film o qualcosa di simile. E l'obiettivo era abbastanza aperto da poterlo riprendere mentre freddava un poliziotto. È un ergastolo senza condizionale. E Jojo si beccherà almeno venticinque anni in quanto complice.»

«Sapete, mio padre era un poliziotto e, nel profondo, io e Gideon siamo sempre stati poliziotti. E, anche se abbiamo superato il limite, siamo riusciti a sconfiggere un'intera dinastia di mafiosi. Joe Salvi e i suoi due figli. Gideon ne sarebbe dannatamente felice.»

«Immagino che molte persone a Howard Beach ne saranno dannatamente felici» replicai.

«Non sai quante» disse Casey. «Tutti vivevano nel terrore. È la fine di una tirannia durata sessant'anni. Nessuno a Howard Beach sentirà la mancanza dei Salvi.»

Fece una pausa, mentre un sorriso inquietante compariva sul suo volto. «Tranne forse il giorno del Ringraziamento, a Natale, il 4 luglio e a Halloween.»

EPILOGO

L'ULTIMA VITTIMA DEL KILLER DELLA TUTA HAZMAT

83

Era il mercoledì mattina dopo il giorno delle elezioni. Salendo le scale del distretto con una borsa della spesa in una mano e il giornale nell'altra, fui sorpreso di vedere Kylie alla sua scrivania.

«Pensavo che avresti accompagnato Spence in riabilitazione» dissi, posando la borsa a terra.

«Non può registrarsi prima delle tre del pomeriggio, quindi ho pensato di venire qui e di lasciarlo un po' da solo. Sono sicura che alla fine della giornata ne avrà abbastanza di me.»

«Conosco la sensazione» replicai, porgendole una copia del *Daily News*. «Hai visto questo?»

In prima pagina campeggiavano due foto: un'esultante Muriel Sykes che pronunciava il suo discorso di insediamento e uno sconfortato sindaco Spellman che guardava i risultati alla televisione. Sopra ogni scatto c'era un breve titolo.

SYKES VOLA ALTO: CHE SMACCO!

«Zach, so chi ha vinto. Lo sappiamo tutti. Ieri sera, un'ora dopo la chiusura dei seggi, i network hanno dato la notizia della vittoria di Sykes.»

«Sì, ma solo il *Daily News* parla di noi.»

Riuscii così ad attirare la sua attenzione. Sfogliai il giornale fino a pagina 3. «'Nonostante uno dei killer della tuta hazmat sia stato ucciso a sangue freddo dal boss mafioso Joseph Salvi e l'altro sia stato arrestato in un'audace retata della squadra Red dell'NYPD, i due assassini seriali hanno mietuto un'ultima vittima: la carriera politica del sindaco Stanley Spellman. Per quattro mesi il killer della tuta hazmat ha terrorizzato la nostra città, ma Spellman si è rifiutato di coinvolgere la formidabile squadra Red. Solo quando la manager della campagna della sua avversaria politica è stata vittima di omicidio, il sindaco ha chiamato i migliori a New York. La squadra, guidata dai detective Zach Jordan e Kylie MacDonald, ha risolto il caso in soli quattro giorni. Gli exit poll hanno confermato che la scelta di Spellman di non coinvolgere prima la Red è stata uno dei motivi principali per cui molti elettori hanno votato Muriel Sykes.' »

« Formidabile squadra Red... i migliori a New York... Immagino che non sia stato Damon Parker a scrivere il pezzo » disse Kylie. « Cosa c'è nella borsa della spesa? »

« È una tavola da Go, realizzata a mano da un albero di kaya di settecento anni. In più, una scatola di pietre Yuki autentiche. È per il vecchio cinese di Columbus Park. È troppo bravo per giocare sul compensato. »

« Gli hai comprato un regalo? »

« Niente di che. È costato meno di quanto avrei pagato un informatore per le stesse cose che ci ha detto lui. Non hai mai fatto qualcosa di carino per ringraziare un testimone? »

« No. »

« Be', forse dovresti iniziare portando fuori a cena quel ciccione di Joe Romeo. Voleva ottenere qualche ricompensa. »

Kylie mi diede un pugno sulla spalla proprio mentre le porte dell'ascensore si aprivano e compariva una donna alta con un tailleur blu su misura, impreziosito da un foulard Hermès rosso, bianco e blu.

Muriel Sykes.

« Dovreste vedere le vostre facce » esclamò, venendoci incontro.

«Sembrate due studentelli sorpresi a picchiarsi in classe dal nuovo preside. Portatemi nell'ufficio del capitano Cates.»

L'accompagnammo lungo il corridoio. La porta di Cates era aperta e Sykes entrò. «Anche voi due» disse. «Dentro.»

La seguimmo, chiudemmo la porta e restammo lì senza sapere cosa fare.

Cates, invece, che è una professionista della politica, si illuminò, si alzò e, facendo il giro della scrivania, strinse la mano a Sykes.

«Sindaco eletto Sykes» disse con un tono a metà tra l'adulazione e la presa in giro. «Congratulazioni. È un onore. Cosa posso fare per il primo sindaco donna di New York in questa giornata storica?»

«Grazie, ma si tratta più di quello che posso fare io per lei» replicò Sykes. «So che ci sono state persone coinvolte nella mia campagna elettorale che hanno calunniato l'NYPD Red.»

«Non persone» replicò Cates. «Solo Damon Parker.»

«Lo so. Damon sa comportarsi come un perfetto idiota, ma questa è la politica e ora che le elezioni si sono concluse, voglio assicurarle che sono la sua più grande sostenitrice.»

«Buono a sapersi.»

«Sono grata per quello che ha fatto, Delia» continuò Sykes. «Conosco i detective Donovan e Boyle dai tempi in cui ero procuratore. Non sono certo dei tipi da Red, ma sono molto leali e sono stati i miei uomini di riferimento per anni. Il fatto che li abbiate coinvolti nella cattura dell'assassino, quando per mesi hanno fatto pasticci con il caso, ha significato molto per me e per loro. Quindi, grazie.»

«Dovere.»

«Il governo della città è stato nelle mani degli uomini già troppo a lungo» aggiunse Sykes. «Sarà la mia priorità trovare donne intelligenti su cui poter contare.»

«Se ne trovo qualcuna» replicò Cates, «gliela manderò.»

Sykes rise e si rivolse a noi. «Per quanto riguarda voi, detective, complimenti per il vostro brillante lavoro. Capisco perché Irwin Diamond vi abbia scelto per questo caso. Nessuno vi sfugge, compresa la sottoscritta.»

E sapevo bene che quello sarebbe stato l'unico riferimento al fatto che aveva violato la legge, facendo sparire il portatile di Evelyn Parker-Steele.

«Non solo avete risolto il caso del killer della tuta hazmat, ma avete anche salvato una vittima innocente da un rapimento e, come se non bastasse, avete inchiodato il boss mafioso della città con un'accusa che sicuramente non verrà ritirata.»

La ringraziammo entrambi.

«Mi spiace solo che a New York non ci sia la pena di morte» intervenne Kylie. «Nessuno la merita più di Joe Salvi.»

«Concordo» disse Sykes. «Per questa ragione, stamattina ho chiamato subito Fred Pearson. Fred mi ha sostituito come procuratore nel distretto sud. New York non può giustiziare Salvi, ma i federali sì.»

«Lo sapevamo» replicò Kylie. «Ma c'è una differenza tra potere e volere. Non succede quasi mai.»

«Ha ragione» ribatté il neosindaco. «*Quasi* mai. Ma i federali hanno già fallito in passato, cercando di incriminare Salvi con l'accusa di associazione mafiosa. Fred Pearson è un mio protetto e so che sarebbe entusiasta di ricevere un video di Joe Salvi che uccide un poliziotto a sangue freddo.»

«Però Salvi lo sapeva che Bell era un poliziotto corrotto» dissi.

«È vero, ma questo non cancella il fatto che Bell facesse parte dell'NYPD e fosse un agente in servizio in quel momento. Inoltre, Salvi ha ucciso per vendetta personale; quindi, non può certo dichiarare che era impegnato in una missione di servizio pubblico. Non prometto nulla, ma i federali non vedono l'ora di bruciare quel bastardo; perciò, non vi sorprendete se Joe Salvi si beccherà un'iniezione letale prima che io mi ricandidi alle elezioni tra quattro anni.»

«Grazie per il sostegno, sindaco eletto Sykes» disse Cates. «Se c'è qualcosa che possiamo fare, ci faccia sapere quando inizierà la sua campagna per la rielezione.»

Sykes inspirò e si alzò in tutta la sua imponente statura. Fissò tutti e tre e disse: «È appena cominciata, capitano. È appena cominciata».

84

Per sbrigare le pratiche di una normale indagine per omicidio possono volerci giorni. Ma quel caso era tutt'altro che normale. Gli assassini erano due poliziotti, qualcuno dell'ufficio del procuratore aveva fatto trapelare informazioni riservate e una delle vittime era la responsabile della campagna elettorale del nuovo sindaco. Io e Kylie stavamo annegando nella burocrazia.

«Credo che abbiamo appena superato il punto in cui ci stiamo mettendo più tempo a compilare questi rapporti che a risolvere il caso» disse Kylie, alzandosi dalla scrivania a mezzogiorno. «Mi dispiace non poter restare, Zach, ma io e Spence dobbiamo partire per il centro di riabilitazione fra trenta minuti. Ci vediamo domani.»

Kylie se ne andò e mezz'ora più tardi ricevetti un messaggio: *Cosa diavolo c'è di più interessante di me? C.*

Avevo dimenticato il mio pranzo con Cheryl.

Premetti «Salva» sul portatile e corsi dietro l'angolo al Gerri's Diner.

Gerri era alla cassa. «Ciao, bello» esclamò. «Ho sentito che hai una nuova ragazza.»

«Sono in ritardo di quindici minuti, quindi quella attuale potrebbe essere incazzata con me, ma perché pensi che ne abbia una nuova?»

«Gira voce che il nuovo sindaco sia venuto a trovarti stamattina. Non sono affari miei, ma Muriel Sykes è abbastanza vecchia da poter essere tua madre.»

«Non sono affari tuoi? Gerri, tutto quello che accade al Diciannovesimo Distretto è affar tuo. E non preoccuparti del nuovo sindaco. Se mai dovessi iniziare a frequentare donne dell'età di mia madre, tu saresti la prima della lista.»

«Solo belle promesse» ribatté lei. «Ora vai di corsa al tavolo, prima che quell'informatico inglese ti freghi la dottoressa Cheryl da sotto il naso.»

Mi affrettai. Il mio appuntamento era a metà di un'insalatina, mentre Matt Smith era seduto di fronte a lei.

«Vi dispiace se mi unisco a voi?» chiesi.

Matt si alzò di scatto. «Non mi trattengo. Mi limito a tenerti il posto al caldo e ad assicurarmi che nessuno di questi poliziotti arrapati ci provi con la tua ragazza.»

Cheryl smise di mangiare e alzò lo sguardo dal piatto, ma non disse una parola.

Mi sedetti. «La mia cosa?»

«Dai, amico, so che pensi che sia un segreto ben custodito, ma non serve essere un dannato genio per capire che c'è qualcosa tra voi due. Buon per voi. Siete una bella coppia.» Guardò l'orologio. «Immagino che Kylie stia andando al centro di riabilitazione con il marito.»

«Siediti» dissi.

Lui prese posto accanto a me.

«Sei una vera e propria miniera di informazioni personali» sussurrai. «Come diavolo fai a sapere di Spence?»

Lui fece spallucce e si chinò, parlando a bassa voce. «L'informazione è il mio mestiere. Per cosa pensi che stia la I di IT? Giuro che terrò la bocca chiusa. L'ho tirato fuori solo perché sapevo che voi due ne eravate al corrente. Questa non è la prima volta di Spence in riabilitazione. Pensate che ce la farà?»

Guardai Cheryl per capire se avrebbe risposto alla domanda. Nemmeno per sogno.

« Sì » dissi. « Sa che se non dovesse farcela perderebbe la migliore donna che abbia mai avuto. »

« È proprio quello che stavo pensando, e se Kylie MacDonald dovesse tornare single... » Matt fece una pausa di riflessione nel mondo della fantasia. « Diavolo, amico, non c'è bisogno che ti dica quanto è fantastica. »

« Non ce n'è bisogno » replicai, cercando di tenere lo sguardo il più lontano possibile da Cheryl e di sgomberare la mente dal passato e ancora di più dal futuro. « Non ce n'è proprio bisogno. »

« Bene, godetevi il pranzo, voi due » concluse Matt, alzandosi. « So che te l'ho già detto, Zach, ma hai fatto un ottimo lavoro con il caso del killer della tuta hazmat. »

Si diresse verso la porta. Cheryl mi fissò senza fiatare e, dopo dieci secondi di silenzio, scoppiò in una risata da ragazzina che mi contagiò.

« Be', quello che è appena successo dà un nuovo significato all'espressione 'situazione sociale imbarazzante' » disse Cheryl. « Pensavi che avesse una cotta per me e invece si scopre che ha una cotta per Kylie. Come ti senti al riguardo? »

« Mi sento come se fosse qualcosa di cui non voglio parlare » risposi. « Di certo non ora, e nemmeno a un centinaio di metri dal Gerri's Diner. »

« E a centosessanta chilometri dal Gerri's Diner? »

« Non capisco. »

« Credo di essere pronta a portare questa relazione al livello successivo » spiegò Cheryl.

« Okay... »

Fece scivolare l'iPhone sul tavolo. « So di avertene parlato, ma non ti ho mai mostrato una foto. »

Guardai lo schermo. Era uno scatto di una casa bianca con il tetto, il cortile e il vialetto coperti di neve.

«È ancora più bella d'estate, quando ci sono i fiori, e a ottobre, quando le foglie ingialliscono.»

«È la tua casa a Woodstock?» domandai.

«Per metà è mia. L'accordo dice che Fred e la sua futura sposa si tengono l'altra metà, ma...»

«Ma?»

«Non la useranno per un po'. La futura signora Robinson è incinta.»

«Mmm» dissi, accarezzandomi la barba immaginaria. «E come ti senti al riguardo?»

«Mi sento come se fosse qualcosa di cui non voglio parlare» rispose lei. «Mai. Allora, ti andrebbe di andare a Woodstock questo fine settimana, rastrellare un po' di foglie, respirare un po' di aria di campagna, sdraiarci accanto al camino e bere del buon vino?»

«Sembra possa essere divertente quasi quanto il lavoro che sto facendo.»

«Lo adorerai. Una volta quella casa era una parte molto gioiosa della mia vita, poi un giorno ha smesso di esserlo. Sono finalmente pronta a tornarci e a ritrovare la gioia e vorrei farlo con te. Allora, che ne dici? Questo fine settimana?»

«Stai scherzando? Mi chiedevo se mi avresti mai invitato.»

«Be', ora puoi smettere di chiedertelo.»

Io? Che smetto di farmi domande? Non succederà mai. Anche in quel momento mi stavo chiedendo se Spence sarebbe riuscito a superare la riabilitazione. Se non ce l'avesse fatta, Kylie l'avrebbe lasciato e in quel caso Matt le avrebbe chiesto di uscire e in quel caso...

Cheryl mi sorrise, si allungò sul tavolo e, senza curarsi di chi stava guardando, mi prese la mano.

Ricambiai il sorriso, le coprii la mano con la mia, mi scrollai dalla testa tutti gli altri pensieri e mi domandai: *Come diavolo ho fatto a essere così fortunato?*

Ringraziamenti

Gli autori desiderano ringraziare il vicesceriffo Frank Faluotico e il primo sergente Alan Rowe dell'ufficio dello sceriffo della contea di Ulster (New York), il detective Sal Catapano dell'NYPD, il dottor Lawrence Dresdale, Bob Beatty, Mel Berger e Jason Wood per il loro aiuto nel rendere più reale quest'opera di fantasia.

GRAFICA VENETA
CARBON NEUTRAL

Questo libro è stampato da Grafica Veneta S.p.A.
con un processo di stampa e rilegatura certificato 100% carbon neutral
in accordo con PAS 2060 BSI

PEFC
PEFC/18-31-226
Certificato PEFC
Questo prodotto è realizzato con materia prima da foreste gestite in maniera sostenibile e da fonti controllate
www.pefc.it

Finito di stampare
nel mese di novembre 2024
per conto della Longanesi & C.
da Grafica Veneta S.p.A.
di Trebaseleghe (PD)
Printed in Italy